용감한 수탉과 예언자의 칼

# 용감한 수탉과 예언자의 칼

발행일    2019년 11월 27일

지은이    임종운                                    그린이  구현지
펴낸이    손형국
펴낸곳    (주)북랩
편집인    선일영                        편집    오경진, 강대건, 최예은, 최승헌, 김경무
디자인    이현수, 김민하, 한수희, 김윤주, 허지혜        제작    박기성, 황동현, 구성우, 장홍석
마케팅    김회란, 박진관, 조하라, 장은별
출판등록  2004. 12. 1(제2012-000051호)
주소      서울특별시 금천구 가산디지털 1로 168, 우림라이온스밸리 B동 B113~114호, C동 B101호
홈페이지  www.book.co.kr
전화번호  (02)2026-5777                     팩스    (02)2026-5747

ISBN     979-11-6299-993-6 03810 (종이책)      979-11-6299-994-3 05810 (전자책)

이 도서의 국립중앙도서관 출판예정도서목록(CIP)은 서지정보유통지원시스템 홈페이지(http://seoji.nl.go.kr)와
국가자료공동목록시스템(http://www.nl.go.kr/kolisnet)에서 이용하실 수 있습니다.
(CIP제어번호: CIP2019047987)

**(주)북랩** 성공출판의 파트너

북랩 홈페이지와 패밀리 사이트에서 다양한 출판 솔루션을 만나 보세요!

**홈페이지** book.co.kr    •    **블로그** blog.naver.com/essaybook    •    **출판문의** book@book.co.kr

어른과 아이들이 함께 읽는 머리를 맑게 하는 책

# 용감한 수탉과 예언자의 칼

임종운 글
구현지 그림

북랩 book Lab

# 머리글

　사람마다 정도의 차이가 있겠지만 거의 모든 사람들은 옛날이야기를 좋아한다. 단순하면서도 재미있고 슬픔과 실패가 기쁨과 성공으로, 좌절이 약이 되어 값진 교훈으로 우리를 따스하게 품어 주는 것이 옛날이야기이다.

　여기에는 동물과 사람이 구별될 필요도 없고 지엄한 신들도 따뜻한 인간성과 교통한다. 우둔함과 현명함이 의미를 잃고 억울함과 위세도 위로의 해학으로 치유될 수 있다. 구수한 상상의 세계에서 펼쳐지는 자유로움과 해방감, 그래서 얻게 되는 마음의 평화와 안도감, 그래서 마침내 느끼게 되는 행복감! 아마도 이런 감정들이 옛날이야기를 즐기는 이유들이 될 것 같다.

　이런 이유들로 필자는 애써 순진한 아이가 되기로 자청하고 오래전 잃어버린 호기심을 찾아보는 취미가 있다. 남의 나라에서 떠돈 지 어언 20여 년, 필자는 기회 있을 때마다 여러 나라 이곳저곳 헌책방을 기웃거리며 그곳에 숨어 있는 옛날이야기를 뒤적이면서 언젠가 필자와 취향이 같은 사람을 만나면 그분들과 함께 행복의 사냥터로 나서는 꿈을 꾸었다.

이 책은 필자의 이러한 생각을 담아 한국에 잘 알려지지 않은 아홉 개의 국내외 옛날이야기들을 추려 한국 독자들을 위해 재구성하고 새롭게 엮어 본 것이다. 독자들은 이 책을 읽음으로써 한국 전래동화뿐만 아니라, 옛날 유대인들의 이야기, 아일랜드 민담을 포함해서 멀리 아라비아 사막 영웅의 이야기 속으로 들어가 다양한 탐험의 시간을 갖게 될 것이다.

필자의 소박한 바람은 일차적으로 이 책을 통해 잠시나마 독자들이 일상의 무거운 마음들과 팽팽한 긴장감을 내려놓고 달콤한 휴식을 즐기는 것이며, 더 나아가 필자와 함께 나름대로의 행복 사냥터로 나서는 것이다.

2019년 12월
임콜른

## 목차

머리글 · 4

# Part 1.

# 단편

# 용감한 수탉

옛날 옛적 지리산 깊은 계곡에 못안골이라는 작은 마을이 있었다. 그 마을은 워낙 험지에 있는지라 뒤로는 높이를 알 수 없는 깎아지른 낭떠러지를 둘렀고, 앞으로는 먼 아래 동네의 농사를 책임지는 큰 연못이 있어 앞뒤로 꽉 막힌 답답한 모양을 하고 있었다. 이런 고약한 지형에도 불구하고 그곳 사람들은 자기 마을을 가리켜 배산임수형이니 선인 취적(신선이 피리를 부는)상이니 하며 지리산 명당 중에 하나라고 에둘러서 말하곤 하였다. 마을 규모는 보잘것없는 열 가구 정도인데 기이하게도 같은 성씨는 드물고 주로 각성바지들이 한 동네를 이루고 있는 점이 인근 다른 지리산 산골 마을과 크게 다른 점이었다.

이 동네의 유래를 둘러싸고 여러 가지 설들이 있었는데 그중에 하나는 산판이 벌어져 타관 객지의 떠돌이들이 이곳에 정착하다 보니 그렇게 되었다는 뜬소문이었고 또 다른 하나는 먼 아래 동네에서 무슨 일들이 벌어져 이곳으로 모이게 되었다는 믿거나 말거나 하는 이야기였다. 가령 혼자된 과부가 동네 머슴과 일이 벌어져 도망 왔다는 이야기나 아래 동네에서 구박받던 벙어리와 귀머거리가 살던 동네와 연을 끊고 부부 연을 맺어 이 동네로 흘러들어 왔다는 이야기 등……. 아무튼 못안골 사람들은 거의 모두 기막힌 사연 하나쯤은 간직한 채 서로 상처를 보듬어 주고 사는 정겨운 동네였다.

이런 동네의 가장 외진 곳에, 그러니까 절벽과 가장 가까운데 다 허물어져 가는 움막 같은 집이 하나 있었는데, 그곳에는 초로의 사나이가 개 한 마리와 함께 외롭게 살고 있었다. 그의 이름은 '어쩔이', 언제부턴가 동네 사람들이 붙인 별호가 그의 이름이 되어 버려 그의 진짜 이름은 그만 잊힌 지 오래되었다.

그도 남들처럼 엄연히 성도 있고 번듯한 이름도 있었건만 왜 이런 거북한 별호가 그의 이름을 대신하게 되었을까? 어쩔이…… 그는 늙은 절름발이었다. 또한 그는 궁색한 홀아비인 데다 몸이 성치 않으니 불평을 입에 달고 살았다. 일가친척도 없이 외톨이 신세에 아무 소생도 없이 가난에 쪼들리니 세상 원망을 어찌 피할 수 있으랴! 그의 얼굴엔 항상 먹구름이 가득하고 잔뜩 찌푸린 표정에 오는 말이든 가는 말이든 말끝마다 혀를 끌끌 차고 고개를 설레설레 흔들며 "어쩔거나" 하는 통에 사람들이 그런 별호를 붙인 것이다.

가련한 어쩔이, 그러나 그에게도 자식 같은 복실이가 있었다. 몇 년 전 아랫동네에서 얻어다 기른 강아지가 이제는 다 커서 언제나 귀를 쫑긋 세우고 어쩔이 말을 들어주고 언제나 그의 곁을 지키고 따르니 복실이는 어쩔이의 애환을 달래 주는 소중한 식구이자 다시없는 동반자였다.

동네에서 따돌림과 멸시를 당하는 어쩔이가 그런대로 숨통을 트는 곳이 또 하나 있다면 헛간을 드나드는 길목에 있는 너럭바위였다. 이곳은 햇볕이 잘 드는 곳인 데다 조금만 목을 빼면 멀리 계곡도 내다보이는 전망 좋은 곳이었다. 오래전 아마도 채석장의 누군가가 이곳이 좋아서 깨어진 상석을 붙여 놓고 잠시나마 한시름 놓았을 장소, 이제는 어쩔이의 거처가 되다시피 하였다. 이곳은 헛간의 가축을 돌보기도 좋고, 근처 손바닥만 한 채전 밭을 드나들기도 수월하고 복실이와 함께 멀리 산 아래 세상을 굽어볼 수 있는 좋은 전망대였다. 어쩔이는 이따금 너럭바위에 앉아 몰려오는 회한과 시름을 달래며 끝없는 신세타령으로 하루하루를 보내고 있었다.

어쩔거나, 그의 인생이 왜 이렇게 되었을까? 그도 한때는 잘나가던 시절이 있었다. 몸이 성하고 젊을 때에는 이 동네 저 동네 불려 다니며 일을 하는데, 구성진 노랫가락은 물론 때에 맞는 우스갯소리도 곧잘 하여 인근에서 인기 있는 일꾼이었다.

또 한때는 지리산에 큰 산판이 벌어져 큰돈도 만졌고 인근 숯 공장에서 짭짤한 품삯을 받아 나름대로 약간의 밑천도 모아 두었다. 여기까지였을까, 그의 좋은 시절은? 인물 좋고 인정 많은 그를 아끼는 주위 사람들이 여기저기 좋은 혼처를 입에 올리며 말을 주고 받을 무렵이었다. 불행하게도 그는 큰 사고를 당하고 말았다. 아랫동네 최 부자 선영 산소 이장 작업 중 채석장에서 무거운 상석을 지고 나르다 다리를 크게 다친 것이다. 사고를 당했을 때 그가 제대로 된 치료를 받았더라면 한결 몸 가누기가 수월했겠지만 기껏해야 응급조치로 된장을 바르고 고약을 얻어다 붙인 것이 고작이다 보니 상처는 덧나고 부러진 뼈가 제대로 붙지도 못하여 그만 쓸모없는 절름발이 신세가 되고 만 것이다.

비가 오면 장대비가 내린다더니 한 번 틀어진 그의 인생은 그 뒤로 일이 꼬이고 꼬여 점점 가망이 없게 되어 갔다. 심하게 다리를 저는 그에게 일감을 주는 사람도 없고 날로 늘어가는 줄담배와 말술타령에 몸은 점점 망가지고 그나마 조금 모아 둔 밑천마저 동나고 말았다. 그가 하는 일이란 겨우 잔칫집이나 초상집을 찾아다니며 허드렛일을 돕거나 장터거리를 헤매며 거의 문전걸식과 다름없는 처참한 생활을 하는 것이었다.

그의 형색을 볼라치면 머리는 반란군처럼 길었고, 제대로 먹지도 못한 탓에 앞 이빨마저 빠진 채 남루한 옷을 걸치고 이곳저곳을 헤매는, 영락없는 상거지 꼴이었다. 불쌍한 어쩔이, 그러나 그는 아직 거지는 아니었다. 다 헐어 쓰러져 가지만 그래도 그에게는 비바람을 막아주는 움막 하나는 남아 있었다. 오갈 데 없는 그에게 거처를 마련해준 사람은 지난번 사고 당시 일을 시킨 최 부자였는데, 최 부자는 어쩔이에 대한 마음의 빚도 있었지만, 근처의 논밭을 관리할 사람도 필요했기 때문이었다.

그러던 어느 날 최 부자가 움막으로 올라와서 어쩔이를 찾았다. 그는 친절하게도 어쩔이가 거처하는 방을 이리저리 살펴보고는 "원 이런 곳에서 사람이 살 수 있나?" 하면서 당장 목수를 불러 집을 고치고 다듬기 시작하였다. 며칠간 본채도 고치고 문간방도 수리하더니 간단한 세간까지 마련하여 집으로 옮겨 놓은 다음 어쩔이를 불러 자기 집 '정지살이'(부엌일 하는 젊은 여인)와 같이 살 것을 주문하였다. 집도 주고 같이 지낼 여자까지 주선해 주다니 다시없이 심성이 고운 사람, 사람들은 최 부자의 너그러운 처사에 칭송으로 화답했고, 달리 방도가 없었던 어쩔이도 얼떨결에 떠밀려 일이 되어 가는 대로 내버려 두었다.

다음이 문제였다. 며칠 후 이불과 한 뭉치 옷 보따리, 그리고 간단한 가재도구들이 사립문을 지나면서 그간 행했던 마당이 사람 온기로 채워지는가 했는데, 웬걸 여인이 사립문을 열고 들어온 순간 어쩔이는 그 기세에 눌려 감히 그녀를 쳐다볼 수도 없었다. 말끔한 옷매무새를 갖추고 눈을 내리깐 젊은 여인은 이따금 사시 눈으로 차가운 눈빛을 쏘아댔고, 엉거주춤하는 어쩔이에게 이렇다 저렇다 말도 없이 팔뚝을 걷어 부치고는 집 안 여기저기를 정돈하더니 곧 안방으로 직행하여 그만 방문을 '찰칵' 닫아걸어 버렸다.

그렇게 하루가 지나고 이틀이 지나고 몇 달이 지났건만, 어쩔이는 여인과 겸상은커녕, 자신이 차린 식은 밥에 짠지가 고작인 초라한 밥상이 전부였다. 움막 시절에는 그래도 편한 법은 먹었는데, 집이 고쳐지고 여인이 들어오니 눈칫밥을 얻어먹는 처지가 되었고, 볼품없는 집안 살림마저도 여인의 손으로 넘어간 것이다.

어쩔이가 돈을 벌어다 주는 것도 아니고, 전답이 있어 같이 들판에 나갈 일도 없으니, 어쩔이는 들어갈 자리도 설 자리도 마땅하지 않았다. 살림 일체를 여인이 담당하고 어쩔이는 문간방에서 기거하며 여인의 지시에 따르기만 하면 그런대로 호구는 때우는 식인데 겉으로 보면 어쩔이 상태는 전보다 나아진 것이 틀림없지만, 속이 불편한 것은 어쩔 수 없었다.

이렇게 어색하기 짝이 없는 더부살이가 계속되던 어느 날 예기치 않았던 변고가 일어났다. 무슨 영문인지 모르겠지만, 밤이슬을 맞고 들어온 젊은 여인이 방문을 걸어 잠근 채 목 놓아 울고 있었다. 다음 날도 여인의 방문은 열리지 않았고 방에는 인기척도 없었다. 사람들이 여기저기 쑥덕거리며 여인에 대해 말하기 시작했다. 사태의 중심에 최 부자댁 안방마님이 있었다. 그러나 세도가의 안방 일을 어찌 함부로 말하겠는가? 사람들은 그저 쉬쉬하며 목소리를 낮추고 한동안 쑥덕거렸다.

사태를 어슴푸레 짐작한 어쩔이는 측은한 생각이 들어 여인을 위해 정성스럽게 죽을 쑤어 방 앞에 두었는데, 돌아온 것은 거친 욕설과 함께 내동댕이쳐진 죽사발뿐이었다.

"병신 주제에…… 누가 동정하라고 했어?"

비수처럼 가슴에 박히는 '병신'이라는 말이 '쨍'하는 여운을 남기고 마당 뒤쪽으로 사라진다. 어쩔이는 순간 화가 머리끝까지 치밀어 부들부들 떨었지만, 어찌 할 바를 몰라 그만 자리를 뜨고 말았다.

같은 욕이라도 어린 여자에게 그것도 같은 집에 사는 여자한테 이런 수모를 당하고 보니 갑자기 앞이 캄캄하고 아무것도 보이지 않는다. 가까스로 몸을 추스른 어쩔이는 아랫마을에 내려가 말술로 분을 삼킨다. 그 뒤 며칠을 밥도 먹지 못하고 술타령으로 보낸 어쩔이가 몸이 상해 집에 드러누워 있는데, 문 밖에서 고함 소리가 들려왔다. 밥을 얻어먹기 위해서는 남의 집에 가서 새끼를 꼬아 주든, 집에서 가마니를 짜든, 아무튼 살림에 보탬을 주지 않고서는 집에 들어올 생각을 말라는 것이었다.

상태는 분명 점점 나락으로 치닫고 있어 회복이나 개선을 기대하기엔 불가능한 지경이 된 것이다. 자신 것인가 했던 이 집도 실상 자기 것이 아니었고, 난데없이 나타난 이 집 상전을 위해 일을 해야 하는 머슴살이 신세를 확인한 것이다. 늙어 빠진 자신이 상한 몸을 가지고 이런 수모를 당하면서 저 젊은 화냥년을 먹어 살린다? 굴러온 돌이 박힌 돌을 빼낸다더니 이것이 정녕 무슨 경우인가? 온갖 생각이 오갔지만 그에겐 딱히 좋은 방책이 떠오르지 않았다. 그는 또 다시 휑한 눈을 부비며 밖으로 나와 아랫마을 주막에 가서 외상술로 상한 마음을 달래 본다. 그러나 마음이 진정되기는커녕 더욱 산만해지고 몸은 거북해져 그만 주막을 나와 너럭바위로 올라간다.

그때였다. 갑자기 옆에 따라오던 복실이가 자지러지게 짖어 대더니 이리 뛰고 저리 뛰어 어쩔이를 보고 짖어 대다가 어디론가 그를 안내하기 시작하였다.

오늘따라 복실이가 왜 이럴까, 술이 취해 발걸음도 겨우 떼던 그는 복실이의 행동이 너무 뜻밖이라 잠자코 이리저리 복실이를 따라갔는데 계곡 아래 무슨 흰 천 더미가 보이기 시작하였다. 이런 깊은 계곡에 웬 물건인가, 궁금증을 가득 안고 그곳으로 가 보니 갑자기 어쩔이는 눈이 휘둥그레지고 술이 확 깨고 정신이 번쩍 들었다.

"사람이다! 어쨌든 살려야 한다!" 환자가 아직 숨이 붙어 있는 것을 확인한 어쩔이는 쓰러진 사람을 번쩍 안아 들고 자기 집으로 향한다. 언제 어떻게 왔는지 어느덧 어쩔이는 환자를 아랫목에 눕히고 물을 끓여 여기저기 핏물을 닦아내고 상처를 동여매고 있었다. 다행히 큰 부상을 입은 것은 아니었다. 부상을 당한 사람은 하얀 옷을 말쑥하게 차려 입은 노인으로 풍채만 보아도 그가 범상한 인물이 아님을 알 수 있었다. 그는 한참 만에 정신을 차리더니 어쩔이를 잠깐 쳐다본 후 아무 말 없이 멋쩍은 웃음만 살짝 짓고는 다시 깊은 잠으로 빠져들었다.

그의 아버지가 살았다면 이런 연세쯤 되었을까, 어쩔이는 한 번도 본 적 없는 아버지를 만나거나 한 것처럼 노인을 대하였다. 급히 군불을 지피고 죽을 끓이면서 아랫목을 따뜻하게 만들고 헝클어진 방 여기저기를 말끔하게 정돈하였다. 하루를 꼬박 잠들어 있던 노인은 얼굴에 화기가 돌고 어쩔이가 정성껏 차린 죽 그릇을 비우며 점차 기운을 차리기 시작하였다.

이러기를 한 사흘, 무슨 일인가 궁금해하던 안방 여인이 드디어 실상을 알고서는 욕을 퍼붓기 시작했다. "돈을 벌어 오라 했더니 돈은커녕 송장을 집 안에 들여 양식을 축내다니, 집 안을 온통 병신집합소로 만들 셈이냐?" 고래고래 고함을 지르다가 아무 반응이 없자, "그래 병신들끼리 잘 묵고 잘 살아라!" 한바탕 악담을 끝으로 축담을 향해 물 한 바가지를 퍼붓고는 발길을 돌려 나가다가 우연히 복실이를 만난다. 영문도 모르고 꼬리를 치던 복실이는 피할 겨를도 없이 무참히 몽둥이세례를 당한다. "깨갱……" 순식간에 치명타를 입은 복실이는 다친 몸을 이끌고 얼른 사립문 밖으로 몸을 감췄다.

다음 날 노인이 큰 차도를 보이며 눈을 뜨자 어쩔이는 입이 귀에 걸렸다. 어쩔이는 노인에게 공손하게 인사를 드렸다. "어르신, 이렇게 회복하시니 더 큰 다행이 없습니다. 아무 걱정 마시고 다 나을 때까지 부디 저희 집에서 계시면서 불편한 것이 있으면 저에게 말씀해 주십시오". 진심을 다해 인사하는 어쩔이를 물끄러미 바라보던 노인은 수염을 한번 쓰다듬고 엷은 미소만 지었을 뿐 아무 말이 없었다.

아버님 같은 분, 이런 분이 그저 자기 방에서 계신다는 것만으로 어쩔이는 행복하였다. 지금까지 그 누구도 자기를 사람대접해 준 적도 없었거니와 그런 사람들을 살갑게 대할 일도 없었던 어쩔이 는 아무 조건 없이 그저 노인과 함께 있는 것만으로도 흐뭇했다.

'조금만 더 차도가 나면 그간 내가 받았던 설움이라도 다 쏟아 내 며 하소연이라도 해 봐야지. 신비한 미소를 가진 저 어른은 아마도 내 마음을 알 것이고 한 많은 내 신세타령이라도 잘 들어주실 거야!' 가련한 어쩔이는 이렇게라도 한 가닥 숨구멍을 찾아야 했다.

며칠이 다시 지나 어쩔이는 아랫동네에 다녀올 일이 생겼다. 먹 을 것을 구해 와야 하고 부탁해 놓은 탕약도 가져와야 했다. 아침 일찍 노인께 소박한 밥상을 차려드리고 집을 나서 아랫마을 여기 저기를 돌아 양식을 얻고 주문해 놓은 탕약을 구한 후 오후 늦게 집에 돌아와 보니 웬걸, 노인도 없고 복실이도 사라졌다.

"어르신! 어르신!" 소리 높여 외쳐 노인을 찾아 나섰으나 흔적도 없고, "복실아! 복실아!" 목메어 불렀으니 대답이 없었다. '도대체 다들 어디로 갔단 말인가!' 그간 노인을 보살피느라 복실이가 없어 진 것을 이제야 알게 된 것이다. '누구에게 물어보나? 저 못된 년에 게 물어볼 수도 없고……'. 어쩔이는 채석장 옆 높은 마루에 올라 고함을 냅다 질렀다.

"어르신! 복실아!"

그러나 메아리만 되돌아올 뿐 주위는 온통 조용했다. 이 소동이 길게 계속되자 한참 만에 지나가는 농부 하나가 다가와 드디어 입을 열었다.

"진정하게, 어쩔이! 다 지나간 걸 어쩔거나. 자 잊어버리고 마음을 굳게 먹게나."

"무슨 말씀이요? 다 지나갔다니……? 그게 무슨 말이오?"

다그치는 어쩔이, 슬금슬금 그의 눈치를 살피던 농부는 잠시 뜸을 들이다가 무겁게 말을 잇는다.

"참 안됐네만…… 다 가 버렸네."

"다 가 버렸다니? 무슨 말인지 모르겠소. 속 시원히 말해 보소."

"나도 지나가면서 들은 이야기인데, 자네가 보살피던 노인도 가 버렸고, 자네 개도 산으로 가 버렸네. 죽었단 말이네."

농부의 말에 의하면 어쩔이가 집을 비운 사이 안방 여자가 아래채로 다가와 누워 있는 노인에게 패악을 부리는 통에 노인이 아픈 다리를 끌며 집을 떠났고, 일전 몽둥이를 맞아 절뚝거리던 복실이도 시름시름 앓다가 그만 죽고 말아 누군가 이를 수습하여 뒷산에 묻어 버렸다는 것이다.

'아, 나는 여태 부모도 모르고 형제도 없는 사고무친, 그 노인이라도 아버님으로 모시고, 복실이를 내 자식 삼아 그런대로 살아 보려 했건만, 저년이 이렇게까지 내 모든 것을 다 빼앗아 간단 말인가?'

어쩔이는 왈칵 눈물을 쏟았다. 쏟아지는 눈물 뒤에 뻗치는 살벌한 눈빛. 당황한 농부는 재빨리 자리를 피했고 어쩔이는 주먹을 불끈 쥐고 집으로 향했다. 집에 도착하자마자 고래고래 고함을 지르고 닥치는 대로 부수고 던지고 난동이 계속되었다. 장독은 깨어져 마당이 질퍽하고, 놀란 짐승들이 이리 뛰고 저리 뛰어 날뛰는데, 기갈 드센 여인이 달려 나와 고함과 욕설로 대적하니 온 동네가 야단법석 구경꾼이 모여들었다. 보다 못한 동네 사람들이 어쩔이를 말렸으나 악이 오를 대로 오른 그는 보이는 것이 없었다. 한참 만에 최 부자 머슴들이 들이닥쳐 어쩔이를 제압하자 어느새 나타난 여인이 어쩔이 뺨을 후려치며 욕설을 퍼부었다.

"어디서 행패야, 이놈아! 병신 주제에 밥이라도 얻어먹었으면 그만이지, 어데서 이런 패악질이야!"

"이년이…… 으윽!"

반격을 가하려는 어쩔이. 그러나 제압당한 그가 할 수 있는 것은 바동거리는 것뿐, 건장한 장골 둘이 좌우로 팔짱을 끼고 용을 쓰는 어쩔이를 질질 끌고 바깥으로 나와서는 몽둥이를 휘둘러 사정없이 두들겨 팼다. 축 늘어져 그만 정신을 잃고 쓰러진 어쩔이. 장정들은 그제야 몽둥이찜질을 멈추고 어쩔이를 번쩍 들어 헛간 속으로 던져 놓고는 어질러진 마당을 정리하였다. 뒤늦게 나타난 최부자는 아무 말 없이 뒷짐을 지고 이리저리 서성이다가 동전 몇 닢을 머슴들에게 건네주며 현장을 떠났다. 이렇게 긴 날이 지나고 다음 날 아침이 되었다.

따스한 햇볕이 헛간을 비추며 아침은 왔다. 그러나 어쩔이는 아직 자리에서 일어나지 못한 채 몽롱한 상태로 누워 있었다. 멀리서 어슴푸레 복실이 짖는 소리, 수탉의 홰치는 소리 사람들의 웅성거리는 소리가 뒤섞여 도무지 어디가 어딘지 모를 혼란한 상태에 있는데, 어디선가 나팔 소리가 들리고 장막이 걷히더니 큰 소리가 두 번 들린다.

"일동, 상향!"

"재배!"

주위의 모든 이들이 모두 일어나 "재배!" 하고 복창하며 전면 옥좌를 보고 큰 절을 두 번 올리는데, 영문을 모르는 어쩔이도 그들을 따라 어설프게 예를 갖추었다. 옥좌의 높이와 크기를 비롯해서 좌우로 늘어선 사람들의 행색을 살펴보니 이건 예사 자리가 아니었다.

'이건 염라대왕 앞이 아니냐! 그럼 내가 죽었단 말인가?'

도무지 믿기지 않는 상황에 어쩔이는 엉거주춤하고 있는데, 사람들 하나둘씩 옥좌 앞으로 불려 나가고 드디어 어쩔이 차례가 되었다. 이어서 높은 옥좌에서 잠시 소란이 있더니 두툼한 명부가 접히고 갑자기 우레와 같은 하명을 내린다.

"괴이한 일이로다. 그대는 아직 이곳에 올 때가 되지 않았는데 어찌하여 이곳에 왔는가? 곧바로 왼쪽 문으로 나가 절차를 따르라!"

옥좌에서 떨어지는 근엄한 목소리. 압도하는 기운에 눌러 감히 얼굴을 처다볼 엄두도 내지 못하고 어쩔이는 곧 다른 방으로 인도되었다. 거기엔 앞의 경우처럼 옥좌가 그리 높지도 않고 옥좌 좌우 둘러싼 사람들의 수도 많지 않았다. 놀랍게도 옥좌에 앉아 있는 분은 이 세상에서는 아직 보지도 듣지도 못한 용모를 하고 있다. 어린아이 얼굴에 노인 같은 기품이 도는 그분은 얼굴에는 휘황한 광채가 나서 자세히 처다볼 수도 없을 정도이지만 언뜻언뜻 비치는 윤곽만 보아도 그 수려함이 극에 달하고 너무나 우아하고 단아하여 도무지 남자인지 여자인지도 분간이 안 가는 데다가, 들려오는 목소리는 너무나 부드러워 마치 시냇가의 여울물 소리처럼 감미롭고 청량하여 첫 마디만 듣고도 벌써 황홀한 기분이 들었다.

"하늘일이 세상일보다 더 복잡한 법, 어쩌다 그대는 오지 않아도 될 길을 왔구나. 그대는 속히 다시 하계로 내려가 남은 천수를 다 누리기를 바란다. 다만 그동안 그대가 겪은 고초와 선행을 감안해서 우리가 그대에게 한 가지 상을 내리고자 하니 무엇이든지 말해보라. 단 한 가지 소원을!"

아름다운 얼굴은 만면에 웃음을 지으며 부드럽게 말하였다.

'⋯⋯ 소원? 무슨 소원?' 그는 갑자기 소원을 말하라는 분부를 받들기가 난감하였다. 단 한 개의 소원이라, 하, 많은 소원 중 어느 것을⋯⋯? 순간 스쳐가는 생각들! 돈과 높은 벼슬? 본 적도 없지만 한없이 그리운 아버지, 어머니, 형제자매들? 아니, 그런 것 말고, 억울한 자기 처지를 단번에 바꿀 수 있는 단 한 개의 소원은⋯⋯?

우물쭈물 어쩔이는 어떤 소원을 말할지를 몰라 당황하였다. 그때였다. 어쩔이 귀가 열리더니 나지막이 들려오는 소리가 있었다.

"다른 것은 다 필요 없다. 그대는 짐승들의 말을 들을 수 있는 능력을 달라고 하라. 나는 그대가 살려준 그 노인이다. 자네의 은덕을 갚기 위해 나는 그대를 여기에 오게 하였으니 내 말을 믿고 속히 아뢰도록 하라!"

더 생각할 겨를도 없이 어쩔이는 귀에 들리는 대로 대답을 마쳤다.

"엉? 무엇이라고? 짐승의 말을……?"

차마 말도 다 맺지 못하고 아름다운 얼굴은 몹시 당황하더니 잠시 뜸을 들이다 다시 물었다.

"그건 매우 곤란한 요청이다. 하계의 질서를 무너뜨리는 것은 내가 할 수 있는 일이 아니니까. 하지만 그대가 왜 그런 괴이한 청을 하는지 그 이유가 궁금하구나. 어디 들어 보자. 그대는 왜 그런 청을 넣었는가?"

눈웃음을 거둔 아름다운 얼굴이 호기심을 잔뜩 안고서 어쩔이를 가만히 쳐다보았다.

"예, 소인은 지금까지 하계에서 수많은 세월을 보냈으나 여태 인간 구실은 물론 최소한의 인간대접도 받지 못하고 지내 왔습니다. 이렇게 얼떨결에 생각지도 못했던 저승까지 왔으니 차라리 소인 같은 놈에겐 차라리 잘된 일이 틀림없겠습니다. 그런데, 이런 처지에 소인더러 다시 이승으로 내려가서 천수를 다하라고 하시니 실로 난

감합니다. 지난날을 회고해 보니 소인이 이날 이때까지 목숨을 부지해 온 것은 오로지 형제처럼 때로는 가족처럼 지내 온 집짐승 덕이었습니다. 식은 밥 한 덩어리도 못 먹은 채로 소인을 위해 목숨까지 내던지는 복실이가 그러했고, 모이도 제대로 주지 않았지만 꼬꼬 닭은 날마다 저에게 먹을 것을 내주었습니다. 매일 그들은 친절하게 무어라고 저에게 말을 걸었지만, 소인은 그들의 말을 알아듣지 못하니 늘 답답했습니다. 소인의 눈으로 볼 때 인간은 이승을 고해로 만드는 원흉이지만, 짐승을 비롯한 기타 생물들은 이승을 이롭게 하는 덕자들이옵니다. 소인을 이왕 이승으로 보내실 바에는 그들과 잘 지낼 수 있도록 허락해 주소서. 만약 소인이 그들의 말을 조금이라도 알아듣는다면 저주받은 소인의 생이 다소 살 만한 것이 되지 않겠습니까? 부디 소인에게 자비를 베풀어 주시어 저의 유일한 친구들의 말을 알아들을 수 있도록 청하나이다.”

“으음, 듣고 보니 이해가 가는 말이구나. 그렇지만 일이 아주 난처하게 되었다. 일단 내가 소원을 들어준다 했으니 지키지 않을 수 없고 그렇다고 하계의 일을 뒤흔들 수도 없으니 낭패로구나. 이왕 일이 이렇게 되었으니 일단 그대에게 단 하루 그런 재능을 허락하노라. 단 이 일은 하계에서 허락되는 일이 아니니 그대는 이 일을 그 누구에게도 발설하지 말라!”

희미한 운무가 휘감아 오더니 갑자기 수탉이 홰를 치며 “꼬끼요” 하고 노래를 불렀다.

'여기가 어딘가?' 어쩔이는 다시 의식을 회복하고자 주위를 둘러보았다. 헛간, 정신을 차리고 보니 온몸이 말을 듣지 않고 아무렇게나 구겨지고 찢어진 옷 사이로 피멍이 드러나고 코피는 얼굴 여기저기에 말라붙어 있다. 하지만 이것은 어쩔이 관심이 아니었다.

'참으로 괴이한 꿈이다!' 마치 생시처럼 선명하게 떠오르는 환영에 어쩔이는 가슴이 떨려 왔다. 이것은 필경 며칠 굶고 온몸이 상해 헛것이 보인 것이거나, 혼절해서 잠시 허망한 꿈을 꾼 것이 아닐까……? 황망한 어쩔이가 멍하니 밖을 내다보는데, "꼬끼요! 꼬끼요!" 수탉이 홰를 치며 고함을 치더니 다시 뒤뜰로 나가고 그 뒤로 암탉 몇 마리가 "골, 골" 하면서 새끼들을 몰고 있었다.

'무슨 짐승 말을……?' 아무 일도 일어나지 않은 현실을 확인하고 어쩔이는 다시 깊은 잠으로 빠져들었다. 허기진 채 심한 부상을 당한 환자의 수면병, 그는 다시 깊은 잠 속으로 빠져 들어갔다.

그리고 어디선가 개 짖는 소리가 들리고 닭들이 소란을 피우는 소리가 들려왔다. 어쩔이는 지금 햇볕 잘 드는 헛간 앞 너럭바위에 걸터앉아 있는데, 소리가 나는 쪽을 보니, 희미하게 복실이가 보였다.

"어데 갔다 지금 오노?" 반가운 마음에 큰 소리로 "복실아!" 불렀지만 복실이는 돌아보지도 않고 무엇을 향해 컹컹 짖기만 하였다. 자세히 살펴보니 복실이가 상대하는 것은 평소에 뒷마당을 주름잡던 덩치 큰 수탉이었다.

사실 온순한 암탉에 비하여 수탉은 늘 복실이와 앙숙이었고, 어쩔이에게도 적대적이었다. 불편한 다리를 끌며 닭장을 손질하는 어쩔이에게 이따금 날카로운 부리와 발톱으로 사정없이 공격하는가 하면 암탉과 어린 닭들을 보살피는 그를 내쫓기 위해 부리를 빼어들고 깃털을 곤두세우는 통에 어쩔이마저 그놈의 눈치를 보지 않을 수 없었던 것이다.

"컹컹!"

"꼬꼬댁 꼭꼭!"

한참 동안 복실이와 수탉은 서로 노려보며 으르렁거리며 서로 엉겨 붙어 싸움을 하고 있었다. 복실이가 달려들면 수탉도 물러서지 않고 힘껏 날아올라 공격을 피하다가 다시 내려와 날개를 퍼덕이며 발톱과 부리로 공격하는 수탉은 실로 용감한 전사였다. 갑옷 같은 붉은 깃을 흔들며 상대를 행해 목청 높여 호통 치다가 이따금 정면 공격을 감행하는 그는 세상에서 으뜸가는 맹장의 기개가 어떤 것인가를 보여 주는 듯 늠름하고 용맹스러웠다. 한참이나 계속된 소란, 와자지껄 야단 법석, 혼란한 가운데 어쩔이 귀는 점점 밝아지더니 마침내 그들의 싸우는 소리가 뚜렷하게 들리기 시작하였다.

"내 뭐랬나, 이 얼간아! 늙어 빠진 아첨꾼 같은 놈! 네 정신이나 차려라 이놈아!"

"저놈이 감히…… 아첨꾼? 그러는 네놈은 무엇이냐? 배은망덕한 놈! 짐승 망신을 다 시키는 주제에 나보고 아첨꾼이라니……!"

"배은망덕이라고? 이놈아! 그러니까 내가 정신 차리라고 말하는 거다. 이놈아! 짐승 망신을 시키는 쪽은 바로 너 같은 놈을 두고 하는 말이라는 걸 모르는 모양이구나!"

"저놈이…… 말이면 다 말이라고 하느냐? 너도 생각이 있으면 그런 말은 못 할 거다. 지금은 우리 주인 입장을 생각해서라도 조금 조용히 지내면 안 되겠나? 이 천하에 망나니 같은 놈아!"

"이 멍청한 늙다리야. 내가 한마디 해 두마. 네가 주인, 주인 하는 자가 어쨌단 말이냐? 네 주인인지 몰라도 내 주인은 아니다. 잘 들어라, 이놈아! 네놈은 미천한 종놈이지만 나는 지엄하신 왕이다. 왕! 꼬꼬댁 꼭꼭!"

"허, 참 못하는 소리가 없구나. 내 어찌 미친놈 말을 다 들을 수가 있겠냐만 어디 한 번 그 잘난 놈의 내력이나 들어보자. 주인이 주는 모이를 받아먹고 사는 네놈 주제에 웬 뜬금없는 왕 타령이냐? 왕 타령이!"

"불쌍한 놈, 네 조상인 늑대에게 부끄러운 줄 알아라. 인간에게 알랑거려 부스러기나 얻어먹고 사는 주제에 나 같은 위대한 짐승에게 무슨 훈계라도 할 셈이냐? 나로 말하자면 네놈과는 아예 질이 다른 짐승이다. 네놈이 우리 내력을 알고 싶다고? 그렇다면 잘 들어라, 이놈아! 우리 조상은 먼 옛날 온 세상을 지배하던 하늘의 제왕, 바로 익룡이다. 지금은 상을 바꾸어 이런 모양으로 살지만 언젠가 다른 세상이 오는 날 우리는 본성을 회복하여 다시 세상을 지배하게 될 것이다.

생각해 봐라. 이 세상 제일 힘센 사자라는 녀석도 볼품없는 갈기와 이빨 나부랭이로 그 용맹을 뽐내지만 참으로 가소로운 일이다. 우리는 홍포나 백포를 두르고 애초부터 왕관을 쓰고 이 세상에 태어난다. 우리는 이렇게 태생적으로 너희 족속들과는 다르지 않느냐! 그 어느 동물이 우리보다 위에 있으랴. 잘 알아두어라 이놈아! 우리 수탉은 모든 동물의 제왕! 네놈 같은 어리석은 중생들이 아직 모르고 있을 뿐이다.

우리는 날이면 날마다 새벽에 일어나 가엾은 중생들의 오만과 무지를 일깨우려 하지만 중생들은 여전히 미개할 뿐이다! 뭐, 우리가 모이를 얻어먹는다고? 천만에! 오히려 그 반대라는 걸 알아라! 이 짐승아! 인간들이 하도 애걸하여 우리 계란을 원하기 때문에 우리는 그들의 공물을 조금 받을 뿐이다, 이놈아!"

"닭대가리 허풍이 이 정도일 줄은 정말 몰랐네. 이놈아! 참으로 듣기가 민망하다. 너도 짐승이냐? 생각이 있으면 말해 봐라. 폭풍설한을 막기 위해 네놈 집을 만들고, 귀신같은 족제비를 퇴치하려고 주인이 밤잠을 설치는 것을 보지도 못했냐? 너 같은 놈은 난들에 나가 솔개 밥이 되어야 정신을 차릴 게다! 제발 귀신 씻나락 까먹는 소리 말고 집짐승으로 최소한의 예의라도 차려야 하지 않겠나? 우리 주인이 지금 생사를 넘나드는 어려운 지경에 있지 않나.

제발 그 주둥아리라도 닥치고 잠자코 지내면 좋으련만. 쯧쯧."

"이런! 이 인간 같은 놈아. 네놈은 이미 우리 짐승계를 떠났구나! 만물의 원수인 인간을 그렇게도 편들고 싶으냐? 뭐, 네 주인을 동정하라고? 미안하지만 나는 네 주인이라는 작자가 참으로 못마땅하고 짜증난다! 더구나 요새 일어난 일을 생각하면 동정은커녕 분통이 터질 뿐이다. 그렇게 당해도 싸지. 다른 사람들은 고사하고 안사람 하나도 감당 못해서 마누라에게 구박받고 두들겨 맞으며 사는 것이 사내로서 가당한 일인가?

나를 봐라! 한 명도 아니고 수많은 암탉들의 성화를 다 받아 내야 하고 도처에서 떼거리로 몰려오는 온갖 잡것들이 어디 한두 놈인가? 나는 그놈들과의 싸움에 몸을 사린 적이 단 한 번도 없다. 이놈아! 뭐, 네 주인이 몸이 성하지 않다고? 다 핑계일 뿐이다! 지난번 다친 노인을 번쩍 들어 올리던 그 힘센 팔뚝은 누구 것이며, 탕약을 구하려 아랫마을로 내닫던 잽싼 발걸음은 다 누구 것이더냐? 나를 보아라! 나는 왕이다! 나는 왕이다! 꼬끼오 꼭꼭, 꼬끼오 꼭꼭."

"……."


어쩔이가 눈을 떴다. 희미한 전경, 방금 본 것이 꿈인가 생시인가? 분명한 것은 못돼 먹은 수탉이 지껄이던 것들이 모두 헛소리가 아니라는 것이었다. 어쩔이는 입술을 깨물고 일어섰다. 그리고 부엌 찬장을 뒤적이며 목도 축이고, 주섬주섬 음식도 챙겨 먹었다.

며칠이 지난 어느 날, 곧 비가 쏟아질 것처럼 하늘이 잔뜩 흐려 사위가 어둑어둑한 때, 난데없이 징소리가 온 동네 마을에 퍼졌다.

"땡, 땡, 땡……."

그칠 줄 모르고 동네를 흔드는 굉음. 사람들이 소리 나는 쪽으로 몰려왔다. 현장은 다름 아닌 어쩔이 집, 아니 그 젊은 여인의 집, 아니 최 부자 집, 아무튼 소리 나는 곳은 어쩔이가 지난번 치도곤을 당했던 바로 그 장소였다. 마당 한가운데엔 장작불이 검붉게 타오르고 절벽으로 이어지는 마당 끝 가장자리엔, 문제의 젊은 여인과 지난번 어쩔이를 두들겨 팼던 두 장정이 손발이 다 결박당한 채 무릎을 꿇고 앉아 있었다. 그들은 이미 사색이 되어 미동도 하지 못했다. 조금만 몸을 뒤틀어도 곧바로 황천객이 되고 마는 위태로운 난간에 걸쳐 있는 데다 입에 채운 재갈 때문에 소리도 못 지른 채 새파랗게 질린 얼굴로 오직 눈만 굴릴 뿐 제대로 바동거리지도 못하고 있었다.

"땡, 땡, 땡……."

징소리는 긴 여운을 메아리로 넘겨주며 사람들을 모았다. 웅성거리는 소리들 사이로 최 부자가 보이자 드디어 징소리는 멎었다. 사태를 짐작한 장정 여럿이 어쩔이에게 접근하려 하자 어쩔이는 시퍼런 낫을 꺼내고는 누구든 접근하면 성치 못할 것이라고 으름장을 놓자 모두들 저만치 물러서고 말았다. 그리고 어쩔이의 쩌렁쩌렁한 목소리가 장내를 압도하였다.

"동네 사람이여, 모두 잘 오셨소. 오늘은 아마 여러 사람 제삿날이 될 것이니 잘들 보시오. 그리고 최 부자 나으리도 잘 들으시오. 나는 오늘 한 많은 내 팔자를 여기서 이만 끝낼 것인데, 죽기 전에 깔끔하게 정리할 게 있어 여러분을 이렇게 모시었소. 내가 지금까지 사람대접 못 받고 산 것은 더러운 팔자소관이라고 합시다. 그러나 그것도 어느 정도가 있는 법, 며칠 전 나는 아무 연유도 없이 여기 두 놈에게 몽둥이로 두들겨 맞아 거의 죽었다가 오늘 살아났소. 이놈들은 과거 내가 젊을 때 코흘리개였던 놈들인데, 그 무슨 원한으로 나를 죽이려 했는지 그 까닭을 알아야 하겠소.

그리고 옆에 있는 년을 한 번 보시오. 이년은 나에게 폭언과 폭행 심지어 어제는 내 뺨까지 후려치고는 내 자식 같은 복실이를 죽게 했으니 나를 죽인 거나 다름없소. 오늘 그 연유라도 알아야 내 저승길이 편할 게 아니요. 먼저 최 부자 나으리에게 물어보겠소. 저 여편네가 내 여편네요, 당신 여편네요?"

"……."

"아직 내 말이 말 같잖으니 어찌 할 수 없지. 내 마누라도 아니고, 최 부자 것도 아니구나. 그런 년이 아무 까닭 없이 여태까지 내 상전 노릇을 했다니! 이날 이때까지 아버지, 어머니 한 번 불러 보지 못한 내가 수양아버지라도 모시고 살려 했건만 아무 이유도 없이 내 손님을 내쫓고, 죄 없는 나를 욕하고 뺨을 후려치고, 내 자식 같은 복실이를 죽여? 이년! 우선 이것은 내 뺨을 친 값이니 달게 받아라!"

'싹둑', 여자의 산발 머리가 시퍼런 낫으로 잘리더니 삼태기같이 마당으로 '툭' 하고 떨어졌다. 사람들은 기겁하여 벌린 입을 다물지 못했다.

"네 이년! 이젠 죽은 복실이 값으로 네년 손모가지를 자르겠다. 어디 자르기 전에 네년의 말이라도 들어보자!"

시퍼런 낫날이 물려 놓은 자갈을 단번에 베어 버리자 여인은 "윽" 하고 소리를 내더니 대성통곡뿐, 절규의 울음이 활활 타는 장작불과 함께 춤을 추었다.

"…… 최 부자는 속히 대답을 하시오! 여러 사람을 죽일 셈이오?" 누군가 고함으로 최 부자를 불렀다.

"옳소! 최 부자는 대답하시오!" 그러자 다른 사람이 맞장구쳤다.

사태가 이렇게 되자 최 부자도 다른 방도가 없이 나서게 되었다.

"자, 이러면 되겠는가? 어쩔이! 우선 진정하고 말로 함세. 다 내 잘못이니, 용서하게. 이 집도 저 여식도 다 자네 것, 앞으로 나는 이 집에 얼씬도 않겠네. 자네가 당한 고통을 잘 몰라 미안하이. 자네 집 옆 논 열 마지기면 되겠나? 자, 이제 화를 풀고 나머지는 말로 함세."

무릎까지 꿇고 어쩔이에게 사정하는 최 부자를 보고 사람들이 "우" 하며 놀람을 표시하였다.

"논 열 마지기? 그리고 여자까지…… 고맙수다. 허지만 이제 다 필요 없게 되었네요. 내일이면 관아에서 나를 찾을 것이고, 죽은 복실이가 다시 올 일도 없는 것이고, 부러진 내 다리가 성해져서 병신 소리 안 듣는 일도 없지 않겠소. 사실 따지고 보면 내가 이렇게 된 것은 나으리 탓도 아니고, 저 여편네 탓도 아니요. 이유는 단 하나. 이 지긋지긋한 가난 때문이 아니겠소.

내가 밥술깨나 먹었다면 나으리 집에서 일하지도 않았을 것이고, 사고도 없었을 것, 그리고 설사 내가 병신이 되었더라도 돈만 있었다면 동네 사람들이 나를 이렇게 대하지는 않았을 것. 오로지 그놈의 가난 때문에 사태가 이렇게 된 것 아니오. 이제 나는 이 지긋지긋한 팔자에 더 이상 미련이 없소이다."

주섬주섬 호주머니를 뒤져 무언가를 입에 탁 털어 넣고 꿀꺽 삼키는 어쩔이, 구경하던 사람들이 우르르 달려가 어쩔이 손을 잡았으나 때는 이미 늦었다. 비틀거리는 어쩔이, 곧 정신을 잃고 쓰러졌다.

그리고 며칠이 지났다. 큰 태풍을 넘긴 동네 사람들이 안정을 찾아가고 난장판이 됐던 어쩔이 집도 인사불성이던 어쩔이도 점차 제자리를 갖추어 갔다. 유난히 따스한 햇볕, 두 번이나 저승길을 갈 뻔했던 어쩔이는 이제 너럭바위에 걸터앉아 쉬고 있었다. 그의 옆에는 어린 강아지가 재롱을 부리며 마치 엄마 품을 찾아들듯 그의 품으로 파고들고, 수탉은 씩씩하게 홰를 치며 '꼬끼오!' 소리 높여 한낮을 알리고 있었다. 그는 알 수 없었다. 어찌 다시 살아나게 되었는지, 그리고 왜 관아에선 아무 기별도 없는지, 그리고…… 그리고, 어찌하여 여태까지 패악을 일삼던 그 여자가 그렇게 엄전하게 바뀌었는지……

그리고 또 세월이 흘렀다. 어쩔이 집에 동네 사람들의 발길이 잦

아졌다. 농기구도 빌리고, 음식도 나누고, 아이들 싸움에도 웃으며

다녀갔다. 아이들 싸움? 그렇다! 어쩔이는 억센 팔뚝을 가진 상남자, 싸움 잘하는 아이를 셋이나 두고 있었다. 어쩔이는 타고난 재주도 있어 바구니도 만들고 소쿠리도 만들고 돗자리도 짜서 팔아 짭짤한 수입을 올리는 바람에 가게도 남부럽지 않게 되었다. 특히 그의 아내는 식구들뿐만 아니라 동네 사람들 모두에게 인정을 베풀고 살갑게 대하는 터라 동네 여인들이 모두 그녀를 좋아하지 않을 수 없었다.

동네 아이들도 어쩔이 집 아이들을 좋아하였다. 이따금 이웃 동네에서 힘깨나 쓰는 아이들이 동네 싸움을 걸어 올 때마다 어쩔이 아이들이 전면에 나서서 그들을 여지없이 물리쳤기 때문이었다. 체구가 그다지 크지도 않았던 아들들이 어찌 그런 당찬 골목대장들이 되었을까? 사실 그들은 모두 아버지로부터 억센 팔뚝들을 물려받아 다소 유리한 신체를 타고난 것은 틀림없었다. 하지만 그것만으로 동네 싸움에 판을 좌우하기엔 역부족! 그들에게는 특별한 비방 하나가 있었다.

위기의 순간이 되면 삼 형제는 모두 동시에 억센 팔뚝을 걸어 올리고 한꺼번에 달려들기 때문에 그 누구라도 이들을 당해 낼 수가 없었다. 사실 전방위로 끈질기게 달려드는 그들의 공격을 누구도 감당할 수도 없었거니와 그들만이 구사하는 비장의 전술 때문에 인해 싸움이 시작되기도 전에 형세는 이미 결판나 버렸기 때문이었다. 본격적인 판이 벌어지기도 전에 세 아이가 누가 먼저랄 것도 없이 똑같이 소매를 걷어붙이고는 힘찬 날갯짓을 한 다음 큰 소리로 합창하여 한바탕 괴기스러운 주문을 걸어 기선을 제압하면 아무도 그런 그들을 당할 수가 없었다. 일단 그들의 주문 폭탄을 얻어맞은 이들은 맞서는 사람이고 구경꾼이고 할 것 없이 모두 그들의 강력한 주술에 사로잡혀 발이 얼어붙고 온몸이 굳어 버려 움직이지도 못했기 때문이었다.

"다이왕 는나! 다이왕 는나!"
"다이왕 는나! 다이왕 는나!"

# 호랑이 수염

옛날 옛적 한반도의 어느 깊은 산골에 가난한 여인이 살고 있었다. 그 여인은 늙은 시부모와 아이 셋 그리고 자신과 몸이 성치 않은 남편을 포함해서 모두 일곱 식구들의 호구를 모두 책임져야 하는 힘겨운 지경에 있었다.

오직 나약한 여자 혼자 힘만으로 이 많은 식구를 건사하고 가난한 집안 살림을 꾸리는 것이 어찌 용이한 일일까? 옷 해 입히고, 빨래하고 밥하고 나무하고 논밭 일을 모두 도맡아 하는 그녀는 단 하루도 편한 날이 없었다.

상황이 더욱 나쁜 것은 하루 종일 등골 빠지는 노동도 감당하기 어려운 지경인데, 밤마다 호랑이가 으르렁거리는 통에 밤잠도 편하게 잘 수 없다는 사실이었다. 그녀는 그저 죽지 못해 산다는 심정으로 매일매일을 견디어 나갔다.

그 여인의 이름은 알 길이 없고 다만 동네 사람들이 그녀를 부를 때는 '무산댁'이라는 택호를 부르거나 그 집 큰 아이이름을 붙여 '호길 어머니' 식으로 부르곤 하였다. 무산댁이라……? 어떻게 이런 택호가 정해졌는지 자세히 아는 사람들이 없었다. 하지만 어떤 사람들은 그녀가 먼 타지의 산이 없는 넓은 들판 출신이라고 해서 붙인 이름이라고 하는가 하면, 또 다른 사람들은 친정집이 마치 무주공산 같은 외딴 곳에 있다고 해서 붙여진 이름이라고 주장하기도 했다.

그러면 '호길'이라는 이름은 어디서 왔을까? 사실 무산댁은 자신을 호길 엄마라고 부르는 것을 더 좋아하였다. 호길의 출산을 앞두고 산중의 제왕인 호랑이 태몽을 꾸었기 때문이었다. '필경 새로 태어날 우리 아이는 우리 집안을 번듯하게 만들 출중한 인물이 될 것이다.' 무산댁, 아니 호길 엄마는 이렇게 굳게 믿고 있었다.

하지만 길조는커녕 집안에 우환이 끊이지 아니하여 아이들은 계속 병치레요, 남편이라는 사람은 나무에서 떨어져 곱사등이 된 데다 매일 술타령이니 아이가 태어난 것과 길조는 아무 상관이 없었다. 더구나 심술궂은 동네아이들이 호길을 호식으로 놀리는 통에 아이 이름조차도 또 하나의 비수가 되어 부모 마음을 아프게 만드는 것이 되고 말았다.

아무튼 무산댁은 이 동네로 시집와서 하루도 편한 날이 없는 고통의 나날을 보내곤 하였다. 그녀의 주위는 온통 그녀를 옥죄는 것들로 되어 있었지만, 그중에도 가장 그녀를 괴롭히는 것은 남편의 패악이었다.

몸도 성치 않은 사람이 매일 술타령으로 몸을 더 상하게 하고 술에 취하면 아이들이고 부인이고 가릴 것 없이 폭력을 행사하고 이들이 도망가 버리면 고래고래 고함을 지르고 울부짖고 살림살이를 집어던지니 성한 세간 하나 없고 일 년 살림의 기본이 될 장독들을 있는 대로 박살내니 끼니때 국도 끓여 내지 못하는 판이었다.

그것도 하루 이틀도 아니고 이런 분탕질이 사흘이 멀다 하고 계속되니 늙은 시부모는 병이 깊어 죽을 날만 기다리고 아이들은 동네 아이들이 되어 거의 얻어먹고 사는 가련한 처지가 되었다.

불쌍한 무산댁, 그녀는 기댈 곳이라고는 없는 참으로 곤란한 지경에 있었다. 오래전에 친정이 있긴 했지만 너무 멀어 찾아가는 길도 잘 모르고, 빈한한 친정집을 찾아간들, 무슨 수가 생기는 것도 아니었다. 더구나 시댁 쪽으로 가까운 친족 하나 없다 보니 무산댁은 거의 막다른 길에 서 있게 되었다. 보다 못한 동네 사람들이 가끔 아이들과 병든 시부모를 거두고는 있지만 그것이 오래 계속될 수는 없는 것, 무산댁은 어떻게 해서라도 무슨 수를 내야만 하는 입장이었다.

그러나 가냘픈 여자의 몸으로 무슨 수가 있으랴. 대책 없는 하루하루가 지옥처럼 지나가고 있던 어느 날, 우물로 물을 길러 가던 무산댁은 우연히 지나가는 탁발승을 만나게 된다. 사람의 심사가 얼굴에 다 쓰여 있는 법, 스님은 지나가는 말로 위로라도 할 양으로 고통 받는 중생에게 말을 건넨다.

"보살님, 보아 하니 집안에 큰 우환이 있는 모양입니다. 소승이 도움 될 만한 일이 없겠습니까?"

"아이고 스님, 스님이 저의 처참한 지경을 알아주시니, 필경 무슨 방책이 계신 것 같군요. 제발 쉰네와 우리 불쌍한 가족을 살려 주십시오."

마땅히 하소연할 데조차 없었던 무산댁은 친절한 스님의 말씀에 감동하여 스님에게 매달리게 되었다. 물동이를 내려놓고 한참을 울고 불며 하소연하는 무산댁을 물끄러미 바라보던 스님은 무겁게 말을 이었다.

"소승은 지금 집도 절도 없이 떠도는 운수납자의 처지이고 공부가 약하여 보살님을 도울 만한 처지가 못 되어 안타깝군요. 하지만 보살님의 딱한 사정을 그냥 지나칠 수는 없는 터, 한 가지 방법을 알려 드리겠소. 여기서 그리 멀지 않은 곳에 큰스님 한 분이 계시는데, 그분이라면 보살님을 위해 분명한 계책을 알려 주실 것입니다. 그분은 못 고치는 병이 없고 해결 못하는 문제가 없는 선지식이지요."

이렇게 말하고는 간단한 위로의 말과 함께 선지식이 계신 곳을 알려 주었다. 그리고 마치 바람처럼 홀연히 시야에서 사라졌다. '이것이 꿈인가, 생신가?' 순식간에 무산댁은 다른 사람이 되어 멍하게 서 있었다. 분명 어제와 다른 오늘, 이제 무산댁은 대책을 향한 방향을 잡아 머리가 맑아지고 절망으로 가득 찼던 가슴에 희망의 싹을 심게 된 것이다.

더 지체할 것이 없었던 무산댁은 곧 행장을 차리는 한편, 아이들과 시부모 그리고 말썽꾼 남편을 위해 약간의 음식을 준비해 둔 다음 무작정 선인이 계신 곳을 찾아 나섰다. 그 스님, 아니 큰스님 은 어디에 계실까? 첩첩 산중을 돌고 돌아 더 깊은 계곡을 찾아드 니 보이는 것은 울창한 숲과 바위뿐 도무지 사람의 인적이라고는 없는 계곡에 다다랐다. 스님의 말씀에 따르면 이 부근 어느 근처 가 분명한데 도무지 어디가 어딘지를 몰라 서성이는 수밖에 없었 다. 저 멀리 서산에 해는 기울고 여기저기 음산한 산짐승 소리가 들리고 등골은 싸늘하게 식어 갔다.

"여기 아무도 없습니까? 큰스님! 큰스님!"

몇 번이고 무산댁은 여기저기 둘러 고함을 치며 큰스님을 불러 보았다.

"누가 이 깊은 산골에서 소란을 피우는가?"

한참 만에 홀연히 수염을 길게 늘어뜨린 노인 한 분이 모습을 드 러내었다. 생각할 겨를도 없이 무산댁은 눈물을 쏟으며 노인 앞에 엎디어 절을 올렸다. 만약 보는 이가 있었다면 같이 울지 않을 수 없는 지경, 노인도 슬픈 눈으로 그녀의 하소연을 모두 들어주었다.

"참으로 딱한 처지로구나! 허지만 깊은 산골에 숨어들어 이미 세 상과 인연을 끊은 내가 어찌 세상일에 관여할 수 있으랴. 세상일은 세상 속에서 구해야지 어찌 여기 산중에서 구할 수 있단 말인가? 나는 할 일이 없으니 어서 돌아가시게. 곧 어두워질 것이고, 여기 는 산짐승이 많아 밤에는 몹시 위험하다네."

노인은 아무 표정도 없이 미동도 않고 빨리 하산할 것을 주문하였다. 다시 울고불고, 조르고 조른 무산댁, 세 번째 거절을 끝으로 노인이 할 수 없다는 듯 말을 이었다.

"…… 영 방법이 없는 것은 아니다. 하지만, 자네가 그것을 할 수 있을지는 의문이다."

냉랭하게 노인은 말을 끊었다.

"무슨 말씀을 그렇게 하십니까? 방법만 알려 주신다면 그 어떤 일도 마다하지 않겠습니다. 부디 소인에게 자비를 베풀어 주십시오."

무산댁은 기회를 놓치지 않기 위해 필사적으로 그 말을 붙잡았다. 한참을 말없이 무산댁을 바라보기만 하던 노인은 드디어 그녀의 청을 들어주기로 하고 무겁게 몇 마디 말을 했는데, 무산댁이 벌린 입을 다물지 못하고 잠시 그저 멍한 자세로 서 있었다. '이건 아니다. 그럴 리가……?' 그녀는 방금 자신이 들은 말을 믿을 수가 없었다.

"아니, 호랑이 수염이라니요? 그것도 산 호랑이 수염을……?"

다시 침묵. 잠시 무거운 분위기가 계속되다가 노인이 다시 그녀를 타이르며 말했다.

"그러니 내가 뭐랬나? 자네가 할 수 있는 일이 아니라니까……. 생각해 보게, 연로한 자네 시부모의 병은 구완이 어려울 정도로 깊고, 자네의 남편도 성치 않은 몸에 술병에다 주사에다, 병이 병을 불러 손쓸 수도 없는데, 어찌 보통의 처방으로 해결할 것이라고 생각했는가? 내가 처방하는 약은 산 호랑이 수염이 없으면 효험이 없으니 참으로 딱한 일이네. 나는 할 말을 다 했으니 이제 자네 몫이 남았네.
그 약재를 구해 오지 않으면 다시는 나를 찾아올 생각을 말게."

혀를 끌끌 차며 노인은 그녀를 떠나갔다.

그녀가 어떻게 그 험한 산길을 돌아 집으로 돌아왔는지 얼마나 시간이 걸렸는지를 알 길이 없다. 그녀의 관심은 온통 이 말도 안 되는 그 약재를 어떻게 구하느냐 하는 생각뿐, 밤이고 낮이고 일할 때나 쉴 때나 온통 그 생각으로 골몰하였다. 우선 호랑이 굴을 알아야 하고 다음은 방법을 찾아야 한다. 그녀는 이웃 동네 유명한 포수를 찾아가 호랑이 굴을 탐문하였다. 여인의 말을 들은 포수도 벌린 입을 다물지 못했다. 온갖 짐승을 잡아 생계를 꾸려가는 자기도 산에 들어갈 때는 어떻게 하면 그 무서운 짐승을 피해 다니느냐로 골머릴 썩는데, 하물며 여인의 몸으로 그 짐승을 잡겠다는 말인가? 포수는 그녀의 말이 다 끝나기도 전에 고개를 가로저었다.

한참 실랑이 끝에 여인은 간신히 호랑이가 있는 계곡을 알게 되었다. 다행한 일이었다. '다음은……?' 생각 또 생각, 그러나 무슨 뾰족한 생각이 나올 수 없었다. 여인은 어떻게든 기필코 호랑이 굴로 들어가야 했다. 설사 미친 사람 취급을 당해도 하릴없는 것, 그 길 외에 무산댁은 달리 선택할 방도가 없었다.

포수의 자세한 설명을 귀 담아 들은 무산댁은 어렵지 않게 호랑이 굴을 발견하게 된다. 먼발치 높은 언덕에서 무산댁은 호랑이의 일거수일투족을 면밀히 살펴보았다. 호랑이는 주로 밤에 먹이 활동을 하는데, 한낮에는 낮잠을 자거나 털을 고르고 있다가 해가 기울어지면 어슬렁거리며 영역을 순찰하거나 먹이 사냥을 나서곤 하였다. 멀리서 보아도 호랑이는 용맹과 기품을 함께 자랑하는 동물계의 왕이 분명하였다. 이마에는 선명한 왕자 무늬를 붙이고 상대를 압도하는 위엄을 보여 주고, 알맞게 뻗어 있는 수염은 제왕의 면모를 받쳐 주었다. '저것이다. 순백색의 수염, 저것이 나와 우리 가족을 살리는 귀한 약재. 나는 어떻게든 저것을 구해야 한다!'

몇날 며칠을 호랑이 관찰로 보낸 무산댁은 어느 날 정오쯤 드디어 행동을 개시하였다. 우선 집 안 곳곳에 있는 쥐들을 잡아 껍질을 벗기고 간단한 조미를 한 다음 적당한 거리를 두고 호랑이가 자주 다니는 길목에다 그럴싸한 모양새로 작은 소쿠리 밥상을 차리게 되었다. 다음 날 아침 일찍 그 장소로 가 보니 음식은 모두 비워지고 소쿠리만 뒹굴고 있었다. 다음 날은 닭을 잡아, 잘 구운 생선을 곁들여 한 바구니 밥상을 차리고 호랑이 굴에 조금 더 가까운 자리에 놓아두었다. 역시 소쿠리는 비워져 있었고, 그다음 날은 조금 더 굴속과 가까운 자리에…… 이렇게 매일 조금씩 호랑이 굴까지의 거리를 좁혀 가면서 점차 음식은 많아졌고, 냄새도 많이 풍기는 것으로 만들었다. 들꿩 요리, 한동안 개고기, 그리고 돼지고기, 염소고기 등등. 무산댁의 온갖 정성이 들어간 식사가 꾸준히 제공되었다.

그러던 어느 날 드디어 무산댁은 느닷없이 호랑이와 마주치게 되었다. 맛있는 음식을 소쿠리에 이고 고개를 넘고 있는데, 먼발치서 호랑이가 자기를 잔뜩 노려보고 있지 않는가. 진땀, 그러나 무산댁은 크게 동요치 않고, 차분히 음식을 내려놓고 슬금슬금 뒷걸음

치며 달래듯 호랑이에게 말을 걸었다.

"백수의 왕이시여, 쇤네가 올리는 이 밥상을 받으시고 저와 저의 가족을 살리는 것을 도와주세요."

그동안 먼발치에서나마 호랑이를 자주 본 터라 그리 겁이 나지도 않았고 워낙 간절한 마음으로 짐승을 대한 터라 그 간절함이 공포를 이긴 것이었을까, 무산댁은 천천히 발길을 돌린다. 호랑이도 놀라기는커녕, 이제 음식이 오는가 보다 하는 양으로 어슬렁거리며 고개를 내려와 음식을 탐할 뿐 무산댁을 개의치 않았다. '이제 되었다!' 가슴을 쓸어내리며, 무산댁은 안도의 한숨을 내쉬었다.

마침내 계절이 바뀌어 이제 겨울 한파가 몰아칠 때가 되었다. 그동안 무산댁의 몸은 파김치가 되었고 물먹은 솜이불같이 되었지만 마음은 이루 말할 수 없이 기쁘고 때마침 일거리도 많이 들어와 가족 끼니와 호랑이 밥상 차리기도 그리 어렵지도 않았다. 궁하면 통한다더니 바로 무산댁의 처지를 두고 하는 말이었다. 이제 호랑이와 무산댁은 서로를 경계하지 않는 사이가 되었고, 호랑이는 두 마리의 새끼까지 거느린 어미가 되어 더욱 먹이가 많이 필요한 처지가 되었다.

며칠 후 호랑이 산후 조리를 위해 이번엔 귀하고 귀한 돼지고기까지 곁들여 푸짐한 한 상을 마련한 무산댁은 아예 호랑이 굴속까지 가서 음식을 내려놓았다. "어흥!" 호랑이는 기쁨의 포효를 할 뿐 무산댁을 괘념하지 않고 음식을 달게 받아 먹었다. 자신은 물론 새끼들까지 배불리 먹인 짐승이 다시 포악할 필요가 없는 것, 호랑이는 마침내 무산댁을 자연스럽게 대하고 때로는 길게 하품을 하거나 잠깐 졸기도 하는 등 둘 사이는 매우 친한 사이가 되었다.

하루하루 때를 가늠하던 무산댁은 마침내 결정적인 순간이 왔음을 깨닫게 되었다. 아무것도 모르는 호랑이 새끼들은 무산댁과 어울려 한바탕 장난까지 치다가 졸고 있는 어미 호랑이의 선잠을 깨우는 일이 많아진 것이다. 무산댁이 노리던 것이 바로 이런 순간이었다. 어느 날 무산댁은 기회를 포착하여 재빨리 작업을 개시하였다. 먼저 숨겨온 작은 가위를 들고 새끼의 수염부터 자르면서 연습을 한 다음 쏜살같이 어미 수염의 일부를 자르는 데 성공한다. 아무것도 모르는 어미 호랑이는 계속되는 새끼들의 장난에 선잠을 깨고 그들을 혀로 잠깐 핥아 주더니 다시 눈을 감고 잠을 청한다. 그리고 무산댁은 살그머니 자리를 뜨고 숲속을 빠져 나왔다. 대성공. 마침내 뜻을 이루고 소원은 성취되었다.

"스님! 스님! 큰스님! 쇤네가 왔습니다요. 어서 나와 보셔요!"

무산댁은 마치 맹수가 울부짖듯이 큰스님을 불렀다. 이윽고 큰스님이 나타났다. 무어라고 길게, 길게 사설을 늘어놓는 무산댁, 그러나 큰스님은 아무 표정도 없이 그녀의 말을 듣고서 말했다.

"그래, 자네의 이야기는 잘 들었네만, 찢어지게 가난한 자네 살림에 값비싼 호랑이 고기밥상은 어디서 나왔는고? 또한, 호랑이 보시도 힘에 부치는데, 병든 시부모와 많은 아이들, 그리고 패악을 일삼은 남편을 모두 건사했다니, 그것도 아녀자 혼자 힘으로…… 어떻게 그것이 가능한 일이던가? 또한 살아 있는 맹수의 수염까지? 말도 안 되는 소리!"

호랑이 수염은 쳐다보지도 않고 노인은 무산댁을 의심하였다.

"아이고, 스님 왜 이리 의심이 많습니까. 이 손을 보셔요. 그리고 이 머리칼을 보셔요. 내 나이에 이런 거친 손을 가진 아낙네가 어디 있으며 머리숱이 이토록 엉망인 아낙네가 나 말고 그 어디 있단 말이오. 그놈의 호랑이 수염 때문에 다른 것은 눈에도 마음에도 들어오지 않습니다. 어쨌거나 오늘 이렇게 수염을 가져왔으니 저에게 약속한 약을 어서 지어 주셔요. 이렇게 어미 호랑이와 새끼 호랑이 수염 모두를 가져왔습니다."

"아무튼 호랑이 수염은 가짜가 많아요. 그리고 있다고 해도 그것들은 모두 죽은 맹수한테 구한 것이 대부분이지. 지난번 내가 분명히 말했잖아. 나는 죽은 호랑이 수염으로는 약을 만들 수 없다니까!"

"아니라니까요. 쉰네의 이야기를 잘 들어 보셔요……."

무산댁이 다시 자세히 경과를 말하자 마지못해 스님이 말 대접을 하였다.

"알았네. 그럼 자네가 가져온 그 호랑이 수염부터 살펴봄세."

노인은 의심쩍은 표정으로 수염을 받아들고 한동안 이리저리 살피더니, 고개를 끄덕이며 모서리로 가서 부싯돌을 꺼내 불을 피웠다.

'아! 이제 드디어 나에게 줄 영약을 만드는구나!'

무산댁은 안도의 숨을 쉬고 노인의 행동 하나하나를 주시하였다. 인정 쑥을 꺼낸다. 부싯돌을 꺼낸다. 마른 낙엽을 끌어 모은다. 그다음은?

'엥! 저게 무슨 짓인가?'

무산댁은 자지러지게 놀라고 말았다. 노인은 아무 생각도 없이 그 귀한 호랑이 수염을 태우고 있다. 그것도 아무 받침도 없이 그저 허공에다, 천연덕스럽게…….

'어떻게 이럴 수가?'

무산댁은 어안이 막혀 말이 나오지 않았고 벌린 입을 다물지 못했다. 삽시간에 호랑이 수염은 어미 것 새끼 것 할 것 없이 모두 하얀 연기로 변했고 타다 남은 재는 땅으로 떨어져 흔적도 없게 된 것이다. 하얗게 질린 눈, 백지장처럼 굳은 얼굴로 노인을 바라보고만 있는 무산댁. 이것을 아는지 모르는지 일을 다 마친 노인은 손을 '털털' 털면서 천연덕스럽게 말을 쏟았다.

"무산댁이라고 했지. 잘 들어 두시게. 이제 호랑이 수염은 필요 없게 되었네. 자네는 이미 필요한 약을 다 가졌거든. 생각해 보시게, 자네가 말했던 난폭한 남편이 그 호랑이보다 더 무서웠던가? 어려웠던 살림살이가 호랑이 건사보다 더 어려웠던가? 이제 무섭고 어렵던 시절이 모두 다 가 버렸으니, 이젠 모든 일이 여의할 걸세. 자, 이제 나를 볼 일이 없으니, 편히 하산하시게……."

말을 마치고, 노인은 바람같이 숲속으로 사라졌다. 그리고 무산 댁도 한참 만에 정신을 차린 뒤 마을로 돌아왔다.

그 뒤 몇 달이 지났을까, 동네 사람들은 한동안 호랑이 소리를 듣지 못했다. 이전에는 밤이면 밤마다 으르렁거리는 호랑이 소리 때문에 오금을 못 펴고 잠을 설치던 동네 사람들에게 드디어 평화가 찾아온 것이다.

호길이 집도 점차 안정을 찾아 갔다. 무산댁 남편의 술주정과 패악은 온데간데없어지고, 성치 않은 몸이나마 광주리도 만들고 소쿠리도 만들어 살림에 보태는 착한 남편이 되었고, 아들과 며느리의 극진한 간호 덕분으로 노부모들의 병도 점차 호전되었다. 아이들은 다시 찾아온 가정의 화평에 화합하듯이 모두 스스로 집안일을 거들고 나섰다. 그 뒤 호길이 집 대청마루 위에 멋진 수염을 가진 호랑이 그림이 걸리었고 마을 사람들도 하나둘 비슷한 그림을 걸기 시작하더니 마침내 마을로, 마을로 이어져 한반도 전역으로 퍼져 나갔다.

# 임금님의 새 옷

옛날 어떤 나라의 조정 중신들에게 긴급 조회 통문이 돌았다. 대신들이 황급히 의관을 정제하고 왕궁으로 달려가니 국왕은 보이지 않고 총리 대신 혼자 자리를 지키는데, 그 얼굴엔 먹구름이 가득했다. 평소에 활달했던 그가 어두운 얼굴을 하고 마치 벌 받는 학동처럼 난감해하니 대신들도 덩달아 무거운 기분이 되었다. 잠깐 망설이던 그가 드디어 말을 꺼냈다.

"어서 오시오. 대신들이이여! 오늘 여러분을 모신 것은 매우 중대한 일이 생겼기 때문이오."

대신들 모두 의아한 얼굴이 되어 총리 대신의 다음 말이 떨어지기를 기다렸다.

"여러분들이 잘 알고 계시다시피, 우리나라 최고 행사인 국왕 폐하의 탄신일이 앞으로 달포가 남았는데, 오늘 아침 폐하께서 직접 납시어 준비 상태를 점검하신 뒤 저에게 직접 특별 하명이 떨어졌소이다. 환후가 평복되지도 않은 터에 이렇게 납시어 살피신 것은 이번 행사에 대한 국왕폐하의 심려가 얼마나 큰가를 보여 준다고 볼 수 있겠지요. 조금 전 폐하께서는 퇴궐하시면서 가까운 지방에 내려가 요양을 한 후 기일에 맞추어 환궁할 것이니 조정대신들이 알아서 이 행사를 잘 주선하라는 어명을 내리셨소."

왕의 표정과 몸짓만으로도 사람의 목숨이 왔다갔다하는 판에 어명이라! 왕께서 직접 내린 명령을 어찌 거역할 것인가! 여기저기 웅성웅성거리는 소리들이 오가더니 이윽고 나이 든 대신이 대표로 나서며 총리 대신께 질문하였다.

"어명은 어명이니 다른 방도가 없습니다만, 문제는 어명을 어떻게 받들 것인가 하는 것이오. 가까이 있는 총리 대신은 아마도 우리보다 폐하의 복안을 잘 알 것 아니겠소. 부디 총리께서 짐작하고 계신 생각이 있으면 알려 주시오. 몇 년 전 우리는 왕관을 다시 만들어 진상했고, 작년에는 중전마마의 금비녀도 새로 만들어 봉헌하여 치하를 받지 않았소?"

"옳은 말씀이오. 근년에 폐하께서는 새로 만든 왕관과 왕비의 금비녀를 매우 흡족히 여기시고 기뻐하셨지요. 모름지기 백성들은 황실과 궁궐의 웅장함과 화려함을 보고 왕국의 안전을 확인하고 안심하는 법, 백성을 위해서 그리고 왕실의 권위와 위엄을 위해서 올해도 무언가 특별한 것을 마련해야 하겠습니다. 우선 제가 말씀드리기 전에 여러 중신들의 의견부터 말씀해 주시지요."

노련한 총리 대신이 일단 이렇게 중신 회의의 가닥을 잡고 전체 방향을 틀어 나갔다. 일단 방향이 잡히자 마치 물줄기가 낮은 방향을 찾아 거칠 것 없이 나아가듯이 갖가지 의견이 쏟아졌다. 천하의 불노 영약을 구해 바치자는 의견, 천하제일의 빛나는 황금 칼을 만들어 바치자는 의견, 황금 마차, 황금 술잔…… 그리고, 그리고…… 어떤 사람 하나가 마침내 황금 갑옷과 투구, 마침내 진주와 온갖 보석으로 만든 황제의 새 옷을 만들어 봉헌하는 것이 지금의 왕관과 가장 어울리는 것이라고 제안하였다.

"여러 대신들의 분분한 의견은 하나 같이 우리나라와 국왕폐하를 향한 우리의 충정을 표하는 매우 값진 제안들이요. 폐하께 오늘 나온 여러 가지 충정 표시들을 잘 아뢰도록 하겠습니다. 제가 폐하의 복안을 잘 알 수는 없지만 오늘 제안들 중에는 틀림없이 폐하의 마음에 드는 제안이 있을 것입니다. 여러 제안 중에 제가 흥미를 가진 제안은 우리 국왕 폐하의 새 옷에 관한 부분입니다."

총리 대신은 여러 가지 예를 들면서 국왕 폐하의 새 옷 필요성을 설파한 다음, 보다 위엄 있고 권위를 나타내는 새로운 문양은 물론 옷감의 색채와 도안, 모든 장신구의 크기와 배치 등에 대해 혁신적인 제안을 피력하였다.

총리 대신이 누구던가! 대왕의 장인이자 최고의 대신, 그는 이미 실질적인 왕권을 행사하는 당대 최고의 세도가였다. 조정 대신들은 이미 알고 있었다. 이번 행사에도 필경 잔인한 숙청이 이미 예고되고 있음을. 지난해 새 왕관을 만들 무렵 나라 일에 협조하지 않는다는 구실을 붙여 얼마나 많은 사람들이 투옥되고 얼마나 많은 재산들이 몰수되었던가! 묵묵부답으로 듣고 있던 대신들은 간담이 서늘해졌다. 조회는 총리 대신의 협조 당부와 함께 끝났다.

　그 시각 왕은 왕궁을 떠나 김 장군을 만나고 있었다. 사방은 어둑한 밤, 천막 안에 황 촛불만이 두 사람의 만남을 지켜보고 있었는데, 두 사람 모두 눈물을 글썽이며 대화를 이어 갔다.

　"……. 장군이 아직 살아 있으니 짐은 안심이오. 우선 그간의 경과와 변방의 사정을 말해 보오."

　수심이 가득 찬 용안을 쳐다본 김 장군은 주먹으로 눈물을 닦아낸 다음 대강 다음과 같은 줄거리로 아뢰었다.

　지난해 총리 대신의 모함에 빠져 변방으로 쫓겨나 현장에 가 보니 진지는 거의 부서진 채 비어 있고 남은 병력을 모아 보니 고작 몇백 명뿐으로 변방 진지는 그야말로 풍전등화, 호시 탐탐 노리는 적들이 지금 들이닥친다면 방어할 재간이 없는 형편이었다. 병사들은 새로 부임해 온 장군의 눈치만 볼 뿐 누구 하나 제대로 된 보고를 하는 사람도 없고 틈만 나면 막사를 벗어나 자기 호구 챙기기에 급급하니 군율은 무너지고 기강과 사기는 찾아보기 힘들 지경이었다. 이런 상태에서 일이 벌어진다면 전투가 벌어지기도 전에 병졸이 먼저 사라질 판에 무슨 수로 이 변방을 지킬 것인가? 이런 전장에서 속수무책 패장으로 죽는다면 고향 땅에서 볼 모처지인 가족에게 해가 미칠 것이요, 후퇴한들 화를 면할 길이 없는 그야말로 진퇴양난, 바로 그것이었다.

더구나 들려오는 소문은 김 장군의 혼을 빼놓기에 충분하였다. 적국의 십만 대군이 이미 공격 준비를 마치고 출병을 막 앞두고 있다는 것이었다. '십만이라? 지금 이 군대로 그들을 어떻게 맞설 것인가?' 김 장군은 잠이 오지 않았다. 일단 급하게 남은 병사들을 추스르고, 파발을 보내어 원군 요청을 거듭했지만 본영에서 그 어떤 기별도 없었다.

'이런 상황에 병법이 무슨 소용인가! 아! 교활한 총리 대신은 이렇게 나를 제거하려 했구나! 이럴 줄 미리 알았더라면, 지난번 궁에서 모함을 받았을 때 총리 대신을 제거할 거사라도 했던 편이 오히려 나았을 것 아니던가! 그때는 역적 간신을 제거한다는 명분도 있었고 수하의 충직한 장교들과 군사라도 있었으니 한번 수를 내 볼 수도 있었겠지. 설사 거사에 실패한들 대의는 살아 있을 터이니 나라와 조정을 지키는 장수로서 그 얼마나 장쾌한 일이랴! 허나 이제 와서 후회를 해 본들 무슨 소용이 있겠는가?' 김 장군은 앞이 캄캄하여 밤잠을 잊은 지가 오래되었다.

전장에서 전투를 앞둔 장수가 전략조차 세울 수가 없다면……? 멍하게 칼을 만지며 며칠을 보내던 어느 날 밤이었다. 때는 보름, 만달이 휘영청 병영을 비추며 떠 있고 여기저기 개 짖는 소리가 들리는가 하더니 갑자기, 날카로운 여인의 괴성이 밤공기를 가르며 들려왔다.

"염병할 놈의 개, 왜 가만있는 달을 보고 지랄이야. 멍청한 놈 같으니라고 꼭 그 병신 같은 장군을 닮았구나!"

'이런 고얀, 이젠 저자 거리 여염집 아낙네까지 나를 능멸하는구나!' 김 장군은 갑자기 화가 치밀어 견딜 수가 없게 되었다. 당장 문을 박차고 밖을 살펴보니 목소리 주인은 없고 여기 저기 개 짖는 소리만 들리고 주위에 사람 인기척이라고는 찾아볼 수 없었다.

다음 날 김 장군은 단단히 무장을 하고 관아 단속에 나섰다. 우선 지난밤 관사 근처에 얼씬거린 여인을 찾아내 물고를 내어 가까운 데부터 기강이라도 잡을 생각이었다. 모든 관속과 병사들을 집합시켜 어제 밤 관사 근처 통행을 조사하니 아무도 대답을 하지 않았다.

모두가 모르는 일. '이러다 없는 사기마저 망가뜨리는 것이 아닌가?' 이런 생각이 머리를 스칠 무렵 그래도 김 장군에게 호의를 보내던 늙은 일꾼 하나가 나서며 말했다.

"장군님! 보시다시피, 여기 있는 저희들은 어젯밤 일을 아무도 아는 사람이 없습니다. 혹, 여기 없는 사람 중에 한 사람일지도 모르지요. 무슨 일이 있었는지 잘 모르겠사오나, 여기 사람들은 그만 물러가게 하시고 늙은 소인에게 하문하시면 어떨까 하옵니다."

옳은 말. 주위 사람들을 모두 내보내고 김 장군은 노인을 데리고 한적한 장소로 가서 어제 일을 자세히 설명하였다. 노인은 김 장군 말을 다 듣고 난 후, 그런 말을 할 여자는 딱 한 사람. 지난번 장군의 객사 주방을 담당하던 버릇없는 혹부리 여인일 것이라고 일러 주었다. 그리고 그 혹부리는 하도 방정맞은 소리를 입에 담고 다니는 통에 전임 장군도 그대로 내버려 두었는데 지금 장군께서 새삼 괘념할 일이 아니라고 일러 주기도 하였다.

김 장군이 "좌우간 그 혹부리를 만나 보고 후에 판단을 해 보리라. 그 혹부리를 불러오라" 하고 명을 하니,

노인은 "그래 보겠습니다만 장군이 부른다고 올 사람이 아닙니다. 정 추궁하려고 하신다면 직접 만나 보시는 것이 좋겠습니다. 소인은 이만 물러갑니다" 하였다.

'이런 망측한 일이 또 있을까? 한때는 조정의 이름 난 장수요, 전장을 주름 잡던 명장이 한낱 부엌데기한테 조롱을 받아야 하나?'

그러나 일단 내친걸음. 김 장군은 객사 주방으로 발길을 돌려 혹부리를 불렀다. 대답도 없이 나타난 그녀는 입 한 번 씰룩하고는 말없이 빤히 장군을 쳐다볼 뿐이었다.

"너는 보는 눈이 없느냐? 너를 먹여 주는 상전에게 눈인사조차 없으니……."

"상전인지 동전인지 나는 모르겠소만 나는 그 누구에게도 얻어 먹고 살지는 않지요. 그리고 소인은 오로지 존경하는 사람에게만 예를 갖추니 그렇구먼요."

"이년을 당장……? 장군의 미간이 찌그러지고 눈썹이 곤두서는 순간 여인이 말했다.

"그래 우쩔 것이요! 적군을 치라고 만든 칼을 무고한 백성에게 들이대? 천하의 대장수의 꼬락서니가 고작 그것이오? 싸움하는 법도 모르면서 무슨 장군이며 상전인가?"

점입가경. 장군은 할 말이 잃었다. 그렇다고 여기서 물러설 수는 없는 것.

"어허! 네년이 죽으려고 환장을 했구나. 그러면 네년이 병법을 아는 모양인데 어디 부엌데기 전략 좀 들어보자."

이렇게 돌아간 대화는 마침내 김 장군의 침묵으로 이어지고 떠버리 혹부리의 일방적인 승리로 막을 내린다.

다음 날 새벽, 징이 울리고 비상소집이 떨어졌다. 주섬주섬 느릿느릿 병사들이 간신히 대열을 갖추자, 장군은 천천히 망루에 올라 대오를 훑어 본 뒤에 무겁게 말문을 열었다.

"병사들은 들어라! 어쩌면 이것이 본관의 처음이자 마지막 령이 될지도 모르는 일, 부디 명심하여 잘 듣기 바란다. 첫 부임 후 지금까지 본관은 병영 여기저기를 살피는 중에 우리 처지가 생사의 갈림길에 서 있다는 것을 알게 되었다. 우리 모두가 잘 알고 있듯이 지금 우리는 수를 알 수 없는 적군의 공격을 눈앞에 두고 있는데, 이미 수차례 본영으로 보낸 파발은 소식을 모르고, 우리가 비축한 군량과 무기는 이미 바닥을 보이고 있으니 병사들의 사기가 떨어질 대로 떨어져 항전할 염두도 못 낼 형국이다. 그러하니 어쩌면 좋단 말인가? 목숨을 부지하기 위해 항복할 것인가?

아니면 패할 수밖에 없는 싸움에 우리 목숨을 버릴 것인가?

본관이 생각하기엔 이 두 가지는 좋은 방책이 못된다. 이들은 모두 우리의 헛된 죽음을 자초하기 때문이다. 생각해 보라. 투항을 한들, 우리는 적국에서 치욕을 당하거나 필경 어떤 명분에 걸려들어 죽거나 노예 신세를 면할 길 없고, 아무 대책도 없이 싸움에 말려든다면 개죽음밖에 없지 않겠는가!

이제 본관의 생각을 말하겠다. 그대들은 나라를 위해 목숨을 걸 필요는 없다. 조정에서는 이미 그대들을 버렸고 이 땅을 버렸기 때문이다. 따라서 우리는 조정에 빚이 없는 자유인이고 임자 없는 이 땅을 지켜내면 이 땅의 주인은 바로 여러분 것이 된다. 지금 이 자리부터 그대들은 자기 자신과 가족을 위해 싸우라! 목숨을 걸고 싸우라! 이제 우리는 우리 힘만으로 이 땅을 지켜 이 땅을 우리 모두 것으로 만들 뿐만 아니라, 전쟁에 승리하여 새로운 경계를 만들자는 것이 본관의 생각이다.

지금 오른편에 광목천이 마련되었다. 모두 이것을 허리에 두른다. 이것은 지금부터 우리는 새로운 백성이며 이것은 죽기를 각오하고 싸우겠다는 우리 군대의 징표, 앞으로 그대들이 차지할 새 땅에 세울 깃발이다. 본관이 이것을 두르고 직접 선두에 서서 싸울 터이니 여러분은 나를 따라 새로운 땅을 차지하고 가족과 후손을 건사하자!"

일동 침묵, 한동안 조용. 납덩이같은 고요가 병영을 누르더니 조금씩 웅성웅성, 드디어 여기저기 함성이 터져 나왔다. "싸우자! 공격하자! 새 땅을 차지하자!" 눈빛부터 달라진 병사들은 스스로 갑옷을 챙기고, 무기를 벼리고, 썰렁하던 병영이 일시에 북새통을 이루어 사람들이 대거 모여들고 군량미는 쌓여 갔다. 특히 호랑이 무늬가 새겨진 광목천은 군사들을 아예 다른 사람으로 만드는 주술이 되어 군사들의 결의와 사기는 최고조에 달했다.

김 장군은 종전의 갑옷을 벗어 버리고 병사들과 동일한 복장을 한 다음 치밀한 작전을 수립하였다. 작전의 큰 줄거리는 김 장군이 그려 놓았지만 각 조별로 독자적인 작전을 수행하는데, 우선 정예 병사들을 추려 매복조와 선제 공격조로 편성하여 길목을 차단하는 한편 간단없는 야간 기습을 통해 적군을 교란시켰다. 특히 별동대로 뽑은 궁수들은 적군의 후방에 숨어들어 노련한 솜씨로 하나 둘씩 적장들을 꺼꾸러뜨렸다.

방어 전략을 버리고 과감한 선제공격을 개시한 것은 대단한 효과를 발휘하여 적진은 큰 혼란에 빠진다. 덩치 큰 독수리가 작은 까마귀의 간단없는 공격에 꽁무니를 빼듯 적군의 대오는 흩어지고 혼란을 거듭하더니 마침내 본때를 보이기 위해 대군을 몰고 아군의 진지로 쳐들어왔으나, 아군 진지는 이미 텅 비어 있고 오히려 거센 화공을 당하니 막대한 피해만 입고 퇴각하고 말았다. 퇴각하는 적군들의 퇴로도 이미 별동대의 과녁을 피해 갈 수 없었다. 근처의 산세를 잘 알고 있는 노련한 병사들은 유리한 고지에서 돌을 던지고 화살을 퍼붓는 바람에 적군들은 혼란에 빠져 혼비백산 모두 흩어져 도망가기 바빴다. 그 어떤 덩치 큰 맹수라도 죽기 살기로 덤비는 벌떼에 어떻게 당해 내랴, 마침내 적군은 멀리 퇴각하고 아군은 오히려 새로운 땅까지 얻게 되었다.

이렇게 적을 물리치고 일단 변방 수비는 성공하였으나 김 장군은 엄청난 전쟁 후유증으로 자리에 눕게 되었다. 전투 시 입은 상처도 치명적인 데다, 수많은 병사들의 주검을 수습하고 장례를 치르는 것, 피폐한 가옥과 전답의 복구를 위한 재건 사업, 적군들의 재침공을 막기 위한 진지 구축, 군장비의 재정비와 군량미 비축 등의 일로 김 장군은 몸이 열 개라도 모자랄 판이었다. 그중에도 김 장군을 괴롭히는 것은 이미 백성들과 군사들에게 한 약속을 어떻게 지키느냐 하는 문제와 함께 조정과의 관계를 어떻게 순조롭게 복원하느냐 하는 문제였다.

김 장군은 마을 대표를 뽑게 하고 대표들이 모여 나라 재산의 사용권을 배분하는 논의를 진행시키는 한편 새로 얻은 토지를 마을 공동재산으로 돌리는 선에서 마무리하려고 했으나 사정이 여의치 않았다. 주민들의 의견이 잘 수렴되지도 않는 중에, 어떻게 전해졌는지 승전보를 미리 전해들은 조정에서는 득달같이 파발을 보내 김 장군의 파직을 통보하였기 때문이었다.

노고를 치하하고 포상을 내리기는커녕, 오히려 처벌로 돌아온 것이다. 죄목도 갖가지였다. 본영의 지휘를 받지 않고 출정하여 군법을 어겼으며, 백성들을 선동하여 제멋대로 월경하여 향후 분쟁을 자초했으며, 무리한 항전으로 무고한 백성을 희생시켜 국익을 훼손하였다는 등 갖가지 구실을 붙여 전쟁영웅은커녕 오히려 역적으로 몰아간 것이다. 다만 상처가 깊어 움직일 수가 없으니 상처가 아무는 대로 상경하여 죗값을 치르라는 어명이 하달되었다. 살기 위해 싸운 전략 때문에 오히려 역적으로 몰려 죽게 되다니, 이런 기막힌 경우가 어디 있단 말인가!

여기까지 아뢴 김 장군은 다시 한 번 주먹으로 눈물을 닦으며 차라리 전장에서 죽지 못한 자기 신세를 한탄하였다. 왕도 눈물을 글썽이며 한동안 말을 잇지 못하다가 친히 지필묵을 꺼내고는 무언가를 적고 수결한 다음 김 장군에게 건네주면서 별도의 기별을 받거든 지체 없이 상경하여 명을 받으라고 일러두었다.

다시 장소는 바뀌어 대궐에서는 다가오는 대왕의 탄신일인 성평절(成平節)을 맞이하여 새로운 어의 문제와 진표리(進表裏: 임금의 탄신일 등 경사스러운 날에 임금께 옷의 겉감과 안감을 진상하는 일) 준비로 여러 차례 조회가 계속되었다. 의제는 총리 대신의 명으로 천하제일의 옷을 만드는 것인데, 그것이 난감한 일이었다. 어떤 천과 옷감으로 어떻게 만들어야 천하제일이 될 것인가? 절대 권력자가 내는 수수께끼에는 무서운 함정이 있다는 것을 모르지 않는 중신들은 백방으로 탐문하여 그 해답을 찾기 위해 동분서주하였다.

그러던 어느 날 총리 대신과 가까운 사이인 대신 하나가 총리 대신에게 고하기를 천하제일의 옷을 만들기 위해서는 천하제일의 옷감과 천을 알아내는 안목과 그것을 천하제일 옷으로 만드는 최고의 재간이 있는 사람이 필요한 것이 당연한 이치라며, 마침내 그런 자질을 갖춘 사람들을 알아냈다고 보고했다.

흥미를 느낀 총리 대신이 그들을 만났다. 최고 권력자 앞에 선 그들은 대신께 큰절을 올린 다음 연신 밝은 표정으로 분부를 받고자 노력하였다. 둥근 얼굴에 유난히 입술이 길게 갈라진 늙은이는 '촉수'라는 별호를 가진 자로서 자칭 천하제일의 실을 뽑는 재간이 있는 옷감 감별사이고 광대뼈가 돋아 있는 젊은이는 천하제일 재단사로 자처하는데, 이 두 사람은 입만 열면 자기 자랑이고 상대방이 입을 열면 맞장구였다.

"하찮은 거미라도 자기 집은 제일 잘 짓듯이 소인들도 비록 미천하지만 옷 짓는 솜씨 하나로 이 세상을 살고 있지요."

이렇게 자화자찬하는 그들에게 마음이 거북해진 총리 대신은 혼자 중얼거린다. '…… 하필이면 거미와 거미집을?' 조금 언짢은 비유라고 깨달은 그들이 안색을 다시 바꾸고 다시 고한다. "소인들을 불러 주신 은덕을 조금이라도 갚기 위해 우선 대인께 저희들이 최근 만든 조끼 한 벌을 진상코자 합니다". 촉수가 재빨리 꺼내 놓은 조끼로 대인의 눈길이 돌아가자, 그들은 대인을 에워싸고 설명을 늘어놓았다. 연한 푸른색은 하늘색을 담은 것이고 금색의 호랑이 얼굴은 국사를 맡은 근엄한 분께 어울리는 것이라고 호들갑을 떨었다.

이런 그들의 말솜씨 덕분인지 대인은 만족한 듯 부드러운 목소리로 하명한다. "과연 그대들의 솜씨가 소문대로구나. 그대들은 진정 천하제일 어의를 만들 적임자임에 틀림없다. 필요한 것은 관청에서 다 구해 줄 터이니 오늘부터 당장 어의 만드는 일에 착수토록 하라!"

누구의 명령인가, 이것으로 촉수 일당은 천하제일 실력자의 측근이 되고 말았다.

사실 총리 대신이 그들의 정체를 전혀 모르는 것이 아니었다. 총리 대신은 그들이 감옥살이에서 갓 나온 자들로 사기꾼 전력을 가지고 있다는 사실을 미리 알고 있었던 것이다. 그러나 속고 속이는 것이야말로 국사 치정의 핵심, 그들의 수작을 보아 이용하는 것도 흥미 있는 일이었다. 만일 그들의 수작이 그릇될 경우, 그들은 본보기로 처단하기도 쉬운 유랑객들에 불과하고, 더구나 수하 대신의 추천이 있었으니, 일종의 담보요, 공동책임을 물을 수도 있는 터, 손해 볼 것이 없는 일. 총리 대신은 이렇게 회심의 명령을 내린 것이다.

수하 대신도 손해 볼 것이 없었다. 우선 상당한 뇌물을 이미 받은 터이고, 총리 대신께 무언가 성의와 열의를 보임으로써 그의 절대 권력 곁에 한 걸음 더 다가갈 수 있을 것이다. 만약에 일이 틀어질 경우라도 그는 추천한 것밖에 없고 결정은 총리 대신이 한 것, 충성을 벌로 다스린다면 그 누가 측근이 되어 보좌하랴. 그도 마음이 홀가분했다.

촉수 일당은 일이 거침없이 잘 풀려 가는 것에 놀라고 기뻐서 잠을 이룰 수가 없었다. 이날 이때까지 좀도둑 처지에 철창신세만 지다가 지금은 왕궁의 절대적 환대를 받는 귀빈 위치로 올라간 것이다. 그들은 최고의 시설을 갖춘 방을 배정받고 수많은 나인들과 일꾼들을 마음대로 부리는 나으리 신분이 되었다.

그들은 한동안 분주히 움직였다. 북과 베틀을 비롯해서 가위와 실패 등 갖가지 도구와 장비를 차례로 주문하는 한편 지금까지 보지도 듣지도 못한 이상한 도구들도 갖추고 난 뒤 총리 대신께 고하였다.

"분부하신 대로 오늘부터 저희들은 어의를 만들 옷감을 짤까 합니다. 그 전에 옷감을 짤 실부터 뽑아야 할 터인데, 부디 실과 옷감에 들어갈 천하의 보물을 구해 주시면 작업에 착수하겠습니다."

"보물? 무슨 보물……?"

"왕궁에서 귀히 여기는 것은 뭐든 보물이 됩니다. 왕께서 착의하실 귀한 어의엔 왕궁의 보물만큼 어울리는 것이 없습니다. 많이 필요한 것은 아닙니다. 그저 이 그릇에 들어갈 만한 크기로 조금만 보내 주시면 더욱 편리하겠습니다."

촉수 일행이 가리키는 곳에는 큰 아궁이가 있고 그 위에는 입구가 넓은 항아리가 보물이 들어오기만을 기다리고 있었다.

"저것은 무얼 하는 기구인고?"

"예, 이것은 어의 옷감을 짜기 위해 실을 뽑는 도구입니다. 보물을 넣고 열을 가한 후 실을 뽑아냅니다."

"알겠다. 저만한 항아리에 담을 수 있는 양이라면 황금 오십 근이면 되겠는가?"

"그만한 양이라면 능히 족하겠나이다. 더구나 황금은 다루기가 더욱 쉽지요."

한참 시간이 흘렀다. 총리 대신은 황금 오십 근을 내리고 여하간에 기한 내 어의를 완수해야 한다는 엄명을 하달하였다. 촉수 일당은 명을 받들어 낮에는 열심히 불을 피워 실을 짜내고, 밤에는 궁을 빠져나와 숲속에서 치성을 드렸다. 사람들은 세상에서 제일가는 임금의 새 옷이 만들어진다는 소문에 촉각을 곤두세우며 과연 어떤 옷이 만들어질지 매우 궁금해하였다. 한참이 지나 총리 대신이 직접 점검에 나서자, 촉수 일당은 옷매무새를 말끔히 단장한 후 환한 웃음으로 총리 대신을 맞이하였다.

"일의 진척을 고하라!"

"예, 총리님! 총리님의 은덕으로 모든 것이 여의합니다. 이제부터 총리님께 저희들이 그간 뽑아낸 특별한 실타래를 보여드리겠습니다. 다만 유념하실 것이 하나 있사옵니다. 이 특별한 실은 아름다

움이 극치에 달하여 일반 사람들의 눈으로는 볼 수가 없습니다. 이
것은 마치 우리가 엄청난 번갯불을 잘 볼 수 없는 것과 같은 이치
입니다. 이 실타래는 너무나 순수한 색을 가졌기 때문에 보통 사
람의 눈으로는 보기가 매우 어렵습니다. 오직 마음이 깨끗하고 오
염되지 않은 사람으로서 현명한 사람만이 이 색을 볼 수 있사옵니
다. 이제 안으로 드시지요."

어둑한 입구를 지나 깨끗한 탁자를 가리키며 촉수가 말하였다.

"바로 여기에 있사옵니다. 이 세상의 그 어떤 색도 아닌 고고한
색으로 빛나는 이 영롱한 실타래를 보소서."

'엉, 이게 무슨……? 아무것도 없는데 실타래가 있다고? 그럼 내
가 부정한 마음과 어리석은 머릴 가졌다는……?' 일순간 혼란에
빠진 총리 대신은 좌우 거느린 시자들의 따가운 눈초리를 알아차
리고 곧 대인의 위엄을 회복하였다.

"음! 과연 영롱한 빛이로구나! 보통 사람들이 볼 수 없는 색이 바
로 이런 색일 줄이야! 그렇지 않소 이 대감?"

"그러하옵니다. 참으로 형언키 어려운 색이로군요."

다수의 영탄들이 가세하고, 자리는 파해졌다. 거처로 돌아온 총
리 대신은 당황한 기색이 역력하였다. '깨끗한 마음과 현명한 머
리? 한 나라를 보살피는 내가 어리석을 수가 없거니와 썩어빠진 왕
조를 이나마 건사하는 내가 어찌 부정한 사람이라고 볼 수 있겠는
가? 설사 나의 깨끗한 마음을 알아주는 이가 없다 하더라도 나라

를 위해 온갖 궁리를 해내는 나의 명석함이 저놈들이 말하는 깨끗함을 능히 압도하고 남을 터, 걱정할 것이 없는데, 문제는 저 협잡꾼들이 저렇게 판을 짜고 있다, 이 말이거든……. 그럼, 나의 현명함을 어디에 쓸고? 옳다. 판을 키울 필요가 있다'. 한참을 궁리한 총리는 기묘한 웃음을 지으며 편안한 잠을 청했다.

다음 날 총리 대신은 어의(御醫)를 찾아가 자신의 시력 검사를 의뢰하였다. "어제 본 실타래가 가물가물하였다. 아마도 그것은 노안 탓인 것 같으니 그대가 직접 그 문제의 실타래를 보고 와서 내 시력을 점검해 주시게!" 친근한 말로 어의를 구슬러, 촉수 거처로 보낸다.

'천하제일 장인이 만든 실타래와 내가 무슨 상관? 나는 병 고치는 일만 하면 되는데……?' 그러나 최고 실력자의 명을 어찌 거역하랴! 할 수 없이 다녀온 어의는 다음과 같이 고한다.

"대감이시여! 탁월한 재료입니다. 이런 실이라면, 상감마마의 피부병 걱정은 없사옵니다. 소인은 항상 대왕의 민감한 피부를 노심초사 걱정하온데 이 실타래로 옷을 지으면 이제 그 시름을 놓겠사옵니다."

어의는 노련한 사람이었다. 그리고 한편으로 잔인한 사람이었다. 그는 왕명을 직접 하달받는 의사로서 백성과 임금의 고통을 덜어 주는 직무를 수행하는 것이지만 오히려 그들에게 고통을 안겨 주어야 자신의 지위가 더 안정된다고 믿는 사람이었다. 게다가 그는 당대의 둘도 없는 학자이자 의학 전문가, 궁정의 바보들이 만드는 일엔 염증을 느끼고 있었다.

'그리고 보이든 안 보이든 그놈의 실타래는 나와는 아무 상관이 없는데, 왜 바보들이 애꿎은 나를 끌어들이냐 이 말이야. 흥! 나보고 패션까지 진단하라고? 나는 놈들의 수작에 걸려들지 않는다.' 대단한 처방을 내린 어의는 쓴웃음 지으며 돌아갔다. 총리 대신도 안심하였다. 이제 배운 자의 쓴소리를 걱정할 필요가 없어진 것이다.

두 번째로 총리 대신에게 불려간 사람은 내명부 최고상궁들이었다. "중전마마의 허락을 얻어 촉수 처소에 들러 보라. 그리고 그 결과를 왕후께 고하라!" 새 옷에 대한 여인들의 호기심이 어떠할까, 그리고 그것을 어떻게 이용할까? 총리의 간교함은 정밀하였다. 신이 난 상궁들은 떼를 지어 촉수 거처로 내달렸다. 왕비가 되어야 했던 그들, 최소한 성은이라도 입어 품계를 높여야 했던 여인들! 십대 어린 나이에 왕궁에 들어와 지금까지 오직 왕을 해바라기하며 참고 지낸 지 몇 해였던가! 지금은 비록 왕과 왕비의 시녀에 불과하지만, 그 어떤 좋은 바람만 분다면……! 그들은 왕의 놀이판에 항상 마음이 들떠 있고, 궁중의 연회와 불꽃놀이에만 관심을 두었다. 한편 왕비는……? 한 사람의 여인, 그러나 보통 여인이 아닌 하늘같은 분, 나라의 패션은 이 여인에게서 나왔다. 그래서 그녀는 새로운 스타일에 대한 집착이 유달리 강할 수밖에 없었다. 상궁들의 보고를 받고는 왕비는 크게 당황하였다. '보통 사람들에게는 절대 안 보이는 실타래로 옷을 만든다고? 그러면……?' 왕비는 자신이 없어진다. 그러나 상궁들은 하나같이 그 새 옷감으로 만든 옷은 왕후의 기품을 더욱 높여 줄 것이라고 고하였다. 중전 마마와 상감마마는 만백성들의 부모이므로 같은 복색으로 통일하여 왕실의 장엄함을 보여 주어야 한다는 주청, 거부할 수 없는 청이었다. 왕비는 불안한 마음을 안고 상궁들의 의견을 따르기로 한다. 이 소식을 전해들은 총리 대신은 더욱 안심하였다. 온갖 소문을 곧잘 만들어 내는 여인들의 입이 자기편이라는 것이 확인되었기 때문이었다.

이어서 왕비는 곧 왕자와 공주를 불러 오도록 하여 왕실의 새 복식에 대한 자녀들의 협조를 구하였다. 왕자와 공주는 철부지 어린아이, 비록 화려한 복장으로 치장하고 있어도 아이는 아이였으므로 안 보이는 실타래로 만든 천하제일 새 옷에 큰 흥미를 갖지 못하였다. 보다 못한 촉수 일행이 이것을 전해듣고 직접 그들을 설득하려 했으나, 공주는 머뭇머뭇하다가 말했다. "그 옷은 나에게 어울리지 않아요. 그렇게 귀하고 비싼 옷을 조그만 내가 입어 왕실 권위를 망치면 안 되죠? 나는 지금 이대로 입고 갈래요". 왕자도 힘을 얻어 거부하였다. "그런 화려한 옷은 여자들에게 주시오. 나는 점심을 많이 먹어 배탈이 났어요. 개도 산책을 시켜야 하고요". 또래 아이들의 놀림감이 되는 걸 최고로 겁내는 아이들의 완강한 거부는 촉수의 말재간을 압도하고 말았다. 촉수 일당의 첫 번째 실패였다. 그러나 이런 작은 사건은 총리 대신의 걱정거리가 되지 못하였다. 아이들은 아이들일 뿐, 그것까지 신경 쓸 필요는 없었다.

다음은 신관 차례였다. 그는 성직을 수행하는 사람답게 생각과 처신을 잘해야 했다. '그렇다! 나는 신관이다. 왕실의 길흉화복을 관리하고 왕실과 백성들의 안녕을 신께 비는 제사도 담당하고 때로는 왕실 행사를 앞두고 앞일을 점치는 일도 나의 소관이다. 며칠 전 총리 대신의 명으로 촉수거처로 가서 나라님의 새 옷을 신관 입장에서 점검할 것을 명받고 그곳을 다녀온 후 마음이 착잡하다. 모름지기 신관은 진실을 말해야 한다. 그렇다! 나는 진리의 신과 그가 명하는 정직을 지고의 가치로 사는 성직자이다. 그 누구보다 마음이 정결하고, 현명한 사람이어야 한다'.

'그런데…… 그런데…… 보이지 않았다! 실타래는커녕, 아무것도 없는데, 모두 다 그 실타래가 이 세상에 다시없는 아름다운 색으로 휘황한 빛을 발하고 있다고들 한다. 그러면 나는 지금 마음이 오염되었단 말인가? 과거의 총명이 금방 달아나 버리는 경우는 없으니까. 낭패로구나! 사실 나는 그리 순수한 마음을 가진 사람이 아니다. 왕실과 어울려 지내다 보니 신관 본연의 위치를 잊고 말았다.

진정한 신관은 가장 마음이 정결하고 현명한 사람이 되어야 한다. 그런 사람은 누추한 거처에서 가장 조악한 옷을 걸치고 살지만, 그의 마음엔 언제나 진주를 품고 다니는 그런 사람이다. 그러나 나는 어떠한가? 어느덧 왕실이 제공한 화려한 의복을 걸치고 백성의 부러움과 존경을 받고서, 언제나 왕실이 제공한 거대하고 장엄한 신전에 마음을 두고서 어떻게 이것을 유지할 것인가에 관심이 있을 뿐이다. 왜냐하면, 웅장한 신전과 나의 존재로 왕실은 안심하고 국사에 임하고 백성은 백성대로 무탈을 기원하며 행복할 수 있으니까. 움막생활을 하며 거친 음식을 먹고 기도만 한다고 왕실과 백성의 번영과 평화는 오지 않는다.

나는 알고 있다. 많은 마술사들이 속임수를 써서 군중을 속이고 돈을 번다는 사실을…… 그리고 그보다 수가 높은 요술사들은 사람들에게 환영을 씌워 실제로 기적을 조작하고는 권력자들과 공모한다는 것도 잘 알고 있다. 그러나 진실은 푸른 하늘과 같은 것, 때로는 구름이 그것을 가릴 때도 있지만, 그것은 곧 지나가는 것, 푸른 하늘은 곧 다시 나타나는 법이다. 가령 흙탕물이 우물을 엉망으로 만들어 사람들이 물을 마실 수가 없다고 하자. 애써 딴 곳으로 가서 힘들게 새 우물을 팔 것인가? 아니다! 가만히 혼자 내버려 두면 흙탕물은 저절로 없어지고 우물은 전처럼 다시 맑아지는 법, 그것이 진실의 법이다.

그대로 두어라! 진실은 그런 것이다. 무슨 대책을 강구하여 금방 효과를 볼 것 같지만, 사실 그 대책은 또한 다른 문제를 잉태하여 오히려 더 큰 문제를 일으킨다는 것을 사람들은 모른다. 지금 내가 취할 대책은 그냥 내버려 두는 것, 그것이 가장 안전한 방안이다!'

그래서 그는 총리 대신께 아뢰었다. "왕의 탄신일은 하늘이 정한 길일입니다. 이 좋은 날에는 새 옷이든 그 무엇이든 다 어울리게 될 것입니다." 당연히 기대했지만 그의 축언을 듣고 총리 대신의 마음은 더욱 홀가분해졌다.

이렇게 촉수가 꾸민 모든 계획은 왕실의 아이들을 제외하고 모두의 호응을 얻어 드디어 최종적으로 새 옷을 왕 앞에 진상하는 때가 되었다. 총리 대신을 비롯해서 중신들이 모두 도열한 가운데, 촉수가 어전에서 새 옷을 꺼내는데, 그 손놀림이 여간 신중한 것이 아니었다. 깨끗한 마음과 현명한 머리…… 장황한 설명을 늘어놓으며 조심스럽게 비단으로 감싼 함을 열어 재낀다.

"보시옵소서! 저 휘황하고 영롱한 광채를……!"

"……."

"…… 아!" 어디선가 작은 탄성이 들린다. 용상에 앉은 왕은 하늘 같은 분, 오직 상상 속에나 존재하는 용을 두 마리나 거느린 지고의 권력자, 그러나 지금 왕의 처지는……? 백성들과 대신들의 아비, 아니 정확히 허수아비! 누군가 미리 정해 놓은 틀 속에 갇힌 꼭두각시, 그 이상이 아니었다. 지금까지 살아 있는 것은 오로지 태산처럼 버티고 조종하는 총리 대신의 사위로서 얌전히 그의 말대로 처신한 덕분이 아닌가!

"총리 대신께서 주선한 일이니, 어련하시겠소. 그간 여러 중신들이 수고가 많았으니 총리 대신은 공로에 따라 상을 내리도록 하셔

오. 그런데 한 가지 마음에 걸리는 일이 있는데……." 왕은 잠시 머뭇하다가 다시 말을 이었다. "이 옷은 마음이 깨끗하고 현명한 사람만이 알아본다는데, 영악하고 어리석은 백성들이 어찌 이 옷을 알아볼 것이오? 필경 이에 대한 대책을 세웠을 테니 누군가 짐의 염려를 덜어 주시오."

'엉, 전에 없던 무슨 꼬투리를?' 허를 찔린 총리 대신이 잠시 당황하더니 "대왕이시여! 심려 마시옵소서. 소신들이 이미 잘 대비하고 있습니다. 우리나라가 그런대로 태평하고 백성들이 걱정 없이 사는 것은 오로지 상감마마의 성은과 착하고 현명한 백성들 때문인데, 간혹 그렇지 못한 무리들이 있어 조정의 두통 거리가 되고 있습니다. 이번 행사는 그런 자들을 가려내는 절호의 기회가 될 터라 이미 군사를 풀어 간악하고 어리석은 백성을 모조리 잡아 국태민안을 이룩코자 하옵니다."

"오, 훌륭한 처사이십니다. 여러 대신들은 부디 총리 대신을 중심으로 이번 행사를 잘 치르도록 각별히 유념하시오!"

"예, 성은이 망극하나이다."

이렇게 어전 회의가 끝났다. 조회는 항상 왕의 마음을 휘젓는 골칫거리 행사, 그러나 오늘 어전 회의는 비교적 큰 논란 없이 끝났으므로 왕은 가벼운 마음이 되어 정전을 빠져 나온다. 수련이 막 머리를 내밀어 화려한 자태를 뽐내는 연못을 지나 편전으로 향하던 왕은 문득 생각이 난 듯이, 수행 내시에게 일러 도승지를 편전으로 초치한다. 그리고 내일 행사에 내릴 칙서 초안을 하문한다. 이렇게 경축일 준비는 모두 끝난다.

총리 대신은 용의주도한 사람이었다. 조정 대신들 다시 모아 내부 단속을 확실히 한다. 군사는 이미 충분히 동원되어 배치되어 있고 모든 준비는 완벽히 갖추어졌다. '내일이면 저 거추장스러운 애송이를 폐위시키고 내가 직접 나라를 제대로 다스려 보리라. 다른 날도 아니고 자기가 태어난 날에 백주 대낮에 벌거벗고 백성의 알현을 받는 자가 과연 왕관과 용상에 어울릴 수 있을 것인가? 동원된 일부 무리 꾼이 왕의 정신 이상을 고발하고 소란을 일으키면 일사불란한 병사들이 잘 마무리한다. 완벽하다. 지금까지 아무 힘도 쓸 수 없었던 무능한 왕, 용포만 걸친다고 왕이더냐?'

드디어 경축일이 되었다. 경축의 시작을 알리는 요란한 풍악이 끝나고 신관의 의식과 주문도 끝나고 이제 칙서를 발표할 시간이 되었다. 이 칙서가 끝나면 임금은 새 옷으로 갈아입고 문무백관의 알현 의식을 받은 다음 왕궁 밖으로 백성들 앞으로 몇 걸음 행차를 하면 공식 행사는 모두 끝나게 되어 있다.

칙서가 발표된다. "나라의 안녕과 백성의 평안을 기원하며, 이런 경축일을 준비하는데 공을 세운 총리 대신에게 최고의 공신인 보국대군으로 보하노라!" 도승지의 우렁찬 목소리에 조정 모든 신료들이 화답하였다. "성은이 망극하나이다".

그러면 그렇지. 총리 대신은 흐뭇한 표정으로 왕께 읍하며 경의를 표하면서 다음 말을 기다렸다. '포상은?' 그러나 포상에 대한 언급은 없고, 다음 두루마리가 펼쳐지더니, "지난번 관서 변방 지역 사수에 공이 많은 김 장군은 명을 받으라!" 하는 소리가 들렸다.

'엉? 어찌된 일인가? 이건 각본에 없는 것 아닌가?' 순간 총리 대신의 얼굴이 붉어졌다. 그 사이 부복한 김 장군에게 어명이 내린다.

"그대 김 장군에게 보국대장군을 제수하노라. 그대는 목숨을 걸고 나라와 백성을 구했으니, 그 공로가 말로 다할 수 없이 크도다. 이제 포상으로 이 용검을 내리니 그대는 이 검으로 이 왕조를 지키고 국태민안에 힘쓰라!"

왕은 친히 용검을 뽑아 그 위용을 찬찬히 훑어본다. 번쩍이는 섬광이 두 번 지나간 뒤 용검은 다시 칼집으로 들어가고 무릎 꿇은 김 장군에게 돌아간다. 왕은 옥음을 떨며 김 장군에게 명한다.

"그대 김 장군은 들어라. 짐은 그대에게 이 나라 최고 무장인 보국대장군으로 봉했다. 또한 짐은 그대에게 짐의 용검을 내렸다. 이제 그대는 짐의 곁에서 이 왕조와 백성을 구해야 한다. 지금 그대는 마땅한 관직과 함께 권한을 가졌으니 그대가 과연 어떤 각오로 이 직을 수행할지를 고하라!"

"예, 폐하! 성은이 망극하옵니다. 소신 목숨을 걸고 어명을 받들 겠나이다. 또한 오늘같이 경사스러운 날 미천한 소신이지만 한 가지 진상품부터 올리고자 하오니 윤허하여 주옵소서."

이 말을 마친 김 장군은 단을 내려와 눈 깜작할 사이에 총리 대신을 잡아채어 오랏줄로 묶어 버린다. 바동거리는 총리 대신, 제대로 소리 한 번 내지를 겨를도 없이 그의 입에는 이미 재갈이 물려 있었다. 칼을 빼는 호위 무사들. 그러나 용검을 높게 치든 김 장군은 호통을 친다.

"여기 왕께서 하사하신 용검이 있다. 누구든지 이 용검에 맞설 자가 있다면 당장 나서라!" 우렁찬 벼락이 넓은 궁정을 메아리쳤다. 장내가 진정되자 이번에는 촉수 일당을 포박하여 총리 대신과 나란히 무릎을 꿇리고 왕께 고한다.

"소신이 다시 한 번 죽음을 무릅쓰고 대왕께 고하나이다. 소신은 이 경축행사를 망치려는 것이 아니오라, 이 경축일을 바로잡아 백성들과 함께 진실한 마음으로 잔치에 참여하고자 하옵니다. 소신에게 조금만 말미를 윤허하여 주소서."

"고하라!"

"소신은 병방을 떠나 도성으로 돌아오면서 수많은 백성들의 소리를 듣게 되었습니다. 그리고 오늘 상감마마께서 착의하실 어의도 보게 되었습니다. 마음이 깨끗한 자로서 현명한 자만이 볼 수 있는 임금의 옷인데, 소인의 눈에는 아무것도 보이지 않았습니다. 이것은 아마도 소인이 불충하게도 부정하고 우매한 자일지도 모르겠습니다. 하오나, 만약 그것이 사실이 아니라면? 소신은 이런 생각이 들자 문득 온몸에 소름이 돋아 앞이 캄캄하였습니다.

폐하께 아뢰옵니다. 소신은 이미 전장에서 적과 싸우다 죽어야 했을 몸, 황공하게도 이렇게 성은을 받았사오나 실은 이런 상을 받을 자격이 없사옵니다. 일전에 수많은 적들을 물리친 것은 소신의 힘과 지략 때문이 아니라 순전히 일반 백성들이 낸 지략이고 그들의 용맹으로 성취된 것입니다. 백성의 소리는 하늘의 소리라는 옛말이 있듯이 오늘 소신은 백성들의 소리를 듣고 백성들의 눈을 믿어 보려고 하온데, 이것을 윤허하여 주소서.”

“고하라!”

“폐하께서 어의를 착의하시기 전에 먼저 보국대신에게 그 옷을 입혀 백성께 선보이시는 것이 가할 줄 아뢰나이다. 수라를 올리기 전 기미 상궁의 역할이 있듯이 이 나라 최고 관리께서 임금님의 새 옷을 미리 착의하는 것은 법도에 어긋나는 것이 아니옵니다. 만약 소신의 믿음이 잘못되었다면 반역죄로 다스려 주옵소서.”

“경의 뜻대로 하시오.”

김 장군은 바삐 움직인다. 갑옷에 부딪히는 용검이 치렁치렁 소리를 내는 가운데, 촉수일행을 시켜 새로 만든 어의를 들게 하고, 총리 대신의 착의를 돕도록 명한다. 발버둥치는 총리 대신, 무언가를 고함을 질러 사태를 수습하려 했으나 이미 재갈이 물려 말 한마디 못하고 바동거린다. 그리고 도승지는 두루마리를 펼치며 백성들에게 특별 포고문을 낭독한다.

“…… 오늘 성평절을 맞이하여 백성과 함께 우리나라의 안녕과 온 백성들의 평강을 비노라. 이미 술과 고기가 마련되어 있으니 오늘 시름을 잠깐 내려놓고 마음껏 즐기기를 바라노라! 이 즐거운 날을 기념하여 이번 진상품의 하나인 임금님의 새 옷을 여러분께 소개하는 바이다. 이 어의는 총리 대신께서 이날을 기념하여 특별히 마련하신 것으로 마음이 깨끗하고 현명한 사람이 아니면 볼 수 없는 아주 특별한 어의라고 하는데, 이 귀한 진상품을 마련한 총리 대신께서 직접 이것을 입고 시연하고자 하니 백성들은 부디 잘 감상하기를 비노라!" 등등의 말이 낭독되었다.

이렇게 엄숙한 포고문이 끝나자, 새 어의를 걸친 총리 대신은 두 사람의 부축을 받으며 뒤뚱뒤뚱 왕궁을 나서서 백성 앞으로 나간다. 엄숙한 어조의 포고령 때문인가, 포고령을 듣던 백성들은 하나같이 조용하다. 곁눈질만 오갈 뿐 누구도 말을 내는 이가 없다. 어떤 이는 눈을 돌리고 어떤 이는 입만 벌리고 있다. 그러다, 조금 시간이 지난다. 그러나 갑자기 아이들의 소리가 들린다.

"올레리꼴레리 다리 밑에 부다리!"[1]

"올레리꼴레리 다리 밑에 부다리!"

그제야 백성들이 웅성거리기 시작한다. 와자지껄 어쩔 줄 모르는 총리 대신을 보고 배를 붙잡고 웃기까지 하였다.

"원, 오래 살다 보니 희한한 옷을 보겠네, 분명 사람의 옷은 아니고, 그렇다고 털도 없으니, 짐승의 옷도 아니고, 지체 높은 양반들

---

1) 부다리는 산청 지방의 방언으로 성년이 된 덩치 큰 피라미의 수컷을 말한다. 성년이 된 부다리는 혼인색을 띠게 되어 화려한 몸치장을 하는데 주둥이 근처가 검은색으로 변하여 위엄 있는 자태가 된다.

만 이런 옷을 입는 모양이로구면.”

　이렇게 시작하더니 ‘망측하다. 이게 무슨 괴변인고!’ 아낙들이 얼굴을 감싸고 고개를 돌리자 장정들은 웃음보가 터진다.

이어 벌거벗은 촉수 일당이 등장하자 청중의 폭소는 괴성으로 바뀌었다.

"저놈들 좀 봐라. 생긴 건 멀쩡한 놈들이 감히 나라님 옷으로 사기를 치다니, 천벌을 받을 놈들!" 비웃음과 고성들이 뒤범벅된 소동은 이렇게 막을 내린다.

이렇게 소란이 가라앉고 궁정에는 다시 잔치가 계속되고, 성 밖 백성들에게 고기와 술이 배정되어 나라 잔치가 계속된다. 사람들은 왕의 인내와 지략을 칭송하고 김 장군의 용맹도 좋은 화제거리가 되었다. 무엇보다 백성들은 자신들의 참여로 간신 모리배들과 사기꾼을 몰아냈다는 자부심으로 기쁨이 더하였다.

그날 이후로 나라 살림살이도 좋아졌다. 백성과 조정의 협조가 그 어느 때보다 좋아졌기 때문이었다. 신기하게도 외적의 침입도 없어 나라는 더욱 안정되었다. 그리고 해마다 돌아오는 왕의 탄신일에는 백성을 위한 광대극이 열리는데, 임금의 새 옷을 주제로 놀이패들이 우스개로 된 포고문을 엄숙히 낭독하고 그해 천하제일 관복을 입을 사람을 뽑아 놀려 대었다. 물론 마지막 장면은 반투명 새 옷을 입은 광대가 우스꽝스럽게 임금 노릇을 할 때 아이들이 모여 합창으로 일제히 놀려 대는 것이었다.

"올레리꼴레리 다리 밑에 부다리!"

"올레리꼴레리 다리 밑에 부다리!"

# 세 번째 소원

저승이 과연 있는 것인가, 없는 것인가? 있다면 과연 어디에 있는 것인가? 우리는 잘 알 수 없다. 그것을 만든 이에게 확실한 답을 듣기까지는. 그러나 그것이 있건 없건 간에 저승이란 말 자체가 인간 누구에게나 두려운 존재이고 꿈이나 생시나 그것을 경험하는 것은 차마 살아 있는 사람으로서는 생각하기도 싫은 일임에 틀림없겠다.

확실히 저승은 기피 대상이긴 하지만 만약 어떻게 하여 누가 저승문이 열리는 소리를 들었다면, 더구나 꿈속이 아닌 현실세계에서 그런 끔찍한 경우를 당한다면 아마도 그 사람은 예전과는 다른 사람이 될 수밖에 없을 것 같다. 이 이야기는 이런 저승문 소리를 경험한 한 가여운 노인에 대한 이야기이다.

때는 나폴레옹이 유럽 대륙을 호령하던 시대, 나폴레옹은 나머지 큰 땅을 정복하기 위해 러시아로 출병하였으나 워낙 지역이 광대하고, 익숙지 않았던 혹독한 추위를 견딜 수 없어 퇴각하던 때였다. 퇴각하는 나폴레옹 군대는 추위와 굶주림에 지쳐 있었고 무엇보다 러시아군의 기습으로 사기가 많이 떨어져 있었다.

이런 와중에 우리의 주인공은 마침 퇴각하는 나폴레옹 군대의 퇴로 속에 있던 작은 마을에 살고 있었다. 그의 이름은 '아심', 초로의 유태인이었다. 그는 재단사로서 옷도 만들고 침구도 만들어 생계를 유지하였는데, 솜씨도 좋고 마음도 고와 마을에서 인기도 누리고 제법 유복한 생활을 하는 편이었다.

그는 신앙심이 깊고 매우 낙천적인 사람이었다. '이런 난리도 언젠가는 끝날 것이고, 나는 주님 은총으로 하루하루 감사하며 살면 그만이다'. 그는 이렇게 생각하고 오늘도 흥얼거리며 햇볕 잘 드는 창가에 앉아 천을 자르고 옷을 만들고 있었다. 그러다 갑자기 창밖에서 들리는 소란스러운 군홧발 소리, 어디선가 들리는 고함 소리가 들린다. 분명 큰 사달이 난 것이 틀림없는데, 이것도 아심의 평정을 돌려놓지 못했다.

'오늘따라 밖이 꽤 소란스럽군!'

커튼을 내리며 잠깐 혼잣말을 한 다음 그는 다시 자기 일에 몰두한다.

'조금만 지나면 괜찮아질 것이다. 바깥세상이 나와 무슨 상관이랴, 나는 그저 내 일을 할 뿐이다. 곧 다가오는 유월절 축제에 이 옷을 만들어 입고 나가리라. 내 손으로 만든 새 옷을 입는 즐거움, 나는 이런 축제날에 딱 어울리는 멋진 옷을 만들어 자축하리라. 정결과 정성으로 만든 이 옷이야말로 내 몸뚱이뿐만 아니라 영혼

까지 순결하게 만들어 주겠지.'

이런 생각으로 열심히 천을 만지며 즐거운 생각에 잠겨 있는 바로 그 순간, 갑자기 현관문이 휙 열리더니 한 줄기 광풍처럼 괴상한 사나이가 들이닥친다. 짤막한 키에 어울리지 않게 치렁치렁 금장식을 한 남자, 올챙이배를 어색하게 덮어 감은 화려한 제복의 사나이. 급하게 들어온 현관문을 얼른 닫으며 말한다.

"급하다. 얼른 나를 숨겨다오. 지금 러시아군이 나를 쫓고 있다."

이글거리는 눈빛, 얼굴에 공포를 가득 싣고서 사나이는 애원에 가까운 명령을 내린다.

'이게 무슨 괴변인고? 이자는?'

아심은 한동안 놀란 가슴을 진정시키고 찬찬히 그 사나이를 쳐다본다.

"내 말을 듣고 있는 거냐? 나는 나폴레옹이다. 빨리 나를 숨겨다오."

아심은 잠시 생각한다. '이자가 누군지 모르겠지만, 사람은 살려야 하지 않겠나. 쫓기는 짐승도 살려 줄 텐데 하물며 사람이야 두말할 필요도 없는 법.'

"이리 오시오. 제가 숨겨 드리지요. 여깁니다. 여기에 납작 엎드려 가만히 계시기만 하면 아무도 찾지 못할 것입니다."

아심은 매트리스와 깃털로 가득찬 방 한구석을 가리키며 그가 속히 매트리스 밑에 숨기를 권한다. 대안 없는 황제가 매트리스 밑으로 들어가자 아심은 매트리스 한 겹 두 겹 그리고 세 겹까지 깔

고 그 위에 깃털을 가득 쌓아 매트리스가 보이지 않게 만들고는
급히 방을 나온다. 천하의 영웅이 매트리스 세 겹 밑에서 엎드려
있다. 나폴레옹이 냄새나는 매트리스 밑에 깔려 진땀을 흘리는 중,
갑자기 중무장한 러시아 병사들이 아심 집으로 들이닥친다.

"어떤 자가 이 집에 들어오지 않았는가? 바른대로 말하라. 그렇지 않으면 이 창이 자네의 목을 달아 맬 것이다."

"우리 집으로요? 누가 이 누추한 집에 들어오겠어요?"

아심이 태연히 대답하자 병사들은 아심을 이리저리 훑어보더니 아무 말 없이 각기 흩어져 집 안을 수색한다. 샅샅이 뒤지고 열어 보다가 드디어 창고 안으로 들어온다. 방 가득히 쌓여 있는 매트리스와 깃털을 이리저리 헤치더니 힘에 부치는지 헤치기를 멈추고 이곳저곳을 대검으로 마구 찔러 대기 시작한다.

매트리스 속을 뚫고 들어오는 날카로운 창날들, 용케도 창날을 피한 나폴레옹은 간담이 서늘하여 반은 혼이 나간 상태가 되었다.

"무엇들 하는가? 속히 수색하라 시간이 없다."

우두머리처럼 보이는 병사가 다른 이들을 재촉하였다.

"이곳에는 없는 것 같습니다. 다음 집으로 가시지요."

병사들이 급하게 방을 빠져 나간다. 옆에서 숨죽이며 서 있던 아심은 이제야 한숨을 내쉬며 털썩 자리에 앉는다.

'참으로 하늘이 낸 행운아. 키가 작은 것이 다행이요, 우리 매트리스가 튼튼한 것도 또한 행운이다.' 잠시 후 나폴레옹이 매트리스 밑에서 고개를 내밀고 묻는다.

"그자들이 모두 가 버렸는가?"

핏기도 없이 창백한 얼굴엔 아직도 공포가 가시지 않은 채 속삭이듯 묻는다.

"예, 모두 가 버렸습니다. 이제 나오셔도 됩니다." 이 말을 들은 나폴레옹은 후딱 매트리스를 밀치고 깃털을 헤쳐서 나와 비뚤어진 메달을 고쳐 달고, 구겨진 제복도 손으로 털어 바르게 한 다음 아심 앞으로 다가간다. 이제 다시금 위엄 있는 제왕의 면모로 돌아온다.

"방금 그대는 죽음을 앞둔 짐의 목숨을 구해 주었다. 짐이 그대에게 포상을 내릴 것이다. 그대가 원하는 것을 고하라. 짐은 그대에게 세 개까지 모두 들어주겠다!"

평정을 회복한 황제는 자기를 살려준 갸륵한 백성에게 무엇이라도 주고 싶은 마음이 들었다.

'원하는 것? 내가 무얼 요청해야 하나? 내가 남에게 청을 넣을 만한 것이 어디 있나? 이런 곤란한 경우가 어디 있나? 가만, 그래 아주 없는 것은 아니지.'

"폐하!"

"고하라!"

"폐하! 소인이 곰곰이 생각해 보니 소청이 하나 생각났습니다. 저희 집 지붕을 고쳐 주소서! 소인의 지붕이 오래되어 비가 오면 빗물이 떨어져 작업을 못한 지가 근 이 년이 되어 갑니다."

나폴레옹은 기가 찬다. 어안이 막혀 노려본다. '이건 황제에 대한 모독이 아닌가? 이 백성이 생각해 낸 것이 고작 이것이란 말인가? 그러나 약속을 했으니 지킬 수밖에……'

"좋다! 지붕 고치는 것이 원이라면 그렇게 해 주겠다. 그러면 다음 소원을 말하라! 이번에는 황제의 하사품에 어울리는 것을 말하면 좋겠다."

아심은 다시 곰곰이 생각해 보았다. '도대체 무엇을 요청해 보나? 과연 내게 무엇이 필요할까?' 이리저리 생각한 끝에 아심은 환한 얼굴이 되어 황제께 아뢰었다.

"황제 폐하!"

"말해 보라!"

"소인이 한 가지 소원이 있사옵니다. 아내와 소인은 사십 년간 결혼 생활을 해 오고 있는데 아내는 아직까지 결혼식에 썼던 가발을 그대로 쓰고 있습니다. 폐하께서 알고 계시다시피 우리 민족은 조상이 세운 법도를 지키는 것이 매우 중요합니다. 우리 법도에 의하면 결혼한 여자는 자신의 두발을 가발로 가리게 되어 있사옵니다. 폐하께서는 그것을 알고 계시는지요?"

"짐은 그것을 알고 있다. 몇 해 전 이집트에서 돌아오는 길에 이스라엘 지방에 잠깐 들른 적이 있는데, 그곳에서 짐은 그것을 알게 되었다. 자, 그럼 자네의 두 번째 소원은 무엇인가? 말해 보라!"

"예, 폐하! 아내는 새로운 가발을 원하고 있사옵니다. 늘 소인에게 새 가발을 구해 달라고 조르고 있습니다. 지금 가지고 있는 가발은 이미 낡아 올이 터지고 타래가 틀어져 형편없는 모양새가 되어서……. 사실을 말씀드리면 저의 아내는 새것을 가질 자격이 충분히 있는 여자입니다."

"그래서 어쨌단 말인가? 그래서 짐더러 가발을?"

"아니 폐하! 폐하께서는 소인의 아내에게 가발 하나 마련해 주실 수 없다는 말씀인가요?"

나폴레옹의 얼굴에 짧은 웃음이 터진다. 그러나 그것은 쓰디쓴 웃음, 분노로 바뀐 황제의 얼굴이 곧 일그러지더니 이렇게 말한다.

"그대가 짐을 능멸하는구나! 하지만 약속은 약속, 짐은 그대의 청을 들어주겠다. 지붕도 고쳐 주고 자네 아내를 위해 새 가발도 마련해 주겠다. 이제 한 가지 소원만 남았구나. 이번에야말로 제대로 말해 보라! 그대의 인생을 값지게 할 멋진 것! 이 나폴레옹이 생명의 은인에게 내릴 그 어떤 가치 있는 것! 후대 역사가들이 어김없이 기록할 만한 그 어떤 가치 있는 것을 말해 보라! 짐은 그대의 마지막 청을 들어 보겠다!"

'인생을 값지게 할 멋진 것! 그것이 무엇일까?' 아심은 또 깊은 생각 속으로 들어갔다. 그러나 아심은 어쩔 줄 몰라 몹시 당황한다. 그에게 지금 필요한 것이 없다. 그런데 황제는 그 어떤 것을 말하라고 하는 것이다. '이미 곳간이 차 있고 옷가지며 모든 세간을 잘 갖추고 있는 데다 앞으로도 내 솜씨로 먹고사는 데 아무 걱정이 없지 않은가? 이미 두 가지 청으로 그나마 남아 있던 걱정거리도 사라진 이상 나에게 더 필요한 것이 없는데…… 고역이다.'

'이분이 황제인지는 모르겠지만, 막상 내 앞에 있는 사람은 그저 평범한 사람이 아니냐! 지금까지 말을 주고받으니 보통 사람들과 뭐가 다르냐?' 아심은 점점 따분한 생각이 들었다. 처음 황제라고 했을 때는 매우 놀라고 당황했던 느낌은 어느덧 사라져 버리고, 없는 소원을 말하라고 조르는 황제라는 사람이 하찮게 여겨진다. '황제의 위엄은 간 곳이 없고 몸에 치장거리나 달고 다니는 자만심 높은 사나이! 땅딸막한 키에 거만을 떨고 있는 인간! 참으로 가소로운 애송이 같은 자로고!' 이런 생각이 들자 아심은 점차 대담해졌다.

"폐하! 소인이 꼭 가치 있고 소중한 것을 말해야 하나요?"

"그렇다! 그렇게 하라! 황제한테 어울리고, 격에 맞는 그 어떤 것을 말하라!" 나폴레옹이 말했다.

"그렇다면 소인이 정말 알고 싶은 것이 하나 있습니다. 방금 전 러시아 병사가 매트리스를 찔러 폐하의 목숨을 위태롭게 했을 당시 폐하의 심경이 과연 어떠했는지 그것을 알고 싶습니다."

나폴레옹의 눈초리가 치켜 올라간다. 분노에 이글거리는 눈빛, 이건 소원을 말하는 것이 아니다. 황제를 능멸하여 도저히 묵과할 수 없는 방자함!

"이놈이……! 천한 놈이 감히 짐에게 그런 무례한 질문을 하다니? 그렇게 짐을 능멸하고 무사할 것 같으냐? 나는 유럽의 정복자 나폴레옹이다. 감히 나에게 이런 발칙한 모욕을 주다니…… 너는 이것만으로 사형감이다. 그리 알라!"

나폴레옹이 밖으로 나간다. 병사를 불러 명한다.

"저놈을 포박하고 철창에 가둬서 호송하라!"

건장한 병사 서너 명이 아심을 내동댕이치고 발로 걷어차며 철창에 가둔다.

"폐하! 소인을 살려 주십시오! 소인이 죽을죄를 지었습니다."

"이미 네놈의 시간은 지났다. 네놈은 내일 아침 일찍 해가 뜨기 전에 바로 처형될 것이다! 이것이 네놈이 조롱했던 황제가 내린 명령이다."

앞이 캄캄하다. 아심은 어쩌다 이 지경이 되었는가. '억울하고 억울하다. 황제를 구하고 후한 상을 받기는커녕, 내일이면 형장의 이슬이다. 방정맞은 주둥아리 단속을 못해 마침내 이런 화를 자초하고 말았구나!' 아심은 울부짖으며 뜬눈으로 밤을 지새운다. '슬하에 아들도 딸도 없는 불쌍한 우리 마누라, 내가 죽고 나면 어찌될꼬!'

이윽고 먼동이 튼다. 병사들이 우르르 몰려와 아심을 철창에서 끄집어낸다. 몸도 못 가누는 아심을 질질 끌어다 나무에 묶은 뒤 마침내 병사들이 어깨에서 총을 내리고 사선 위에 위치를 잡는다. 무심한 장교는 연신 시계를 쳐다보며 임무 수행을 기다린다. 이미 새파랗게 질린 아심은 온몸이 식은땀으로 범벅이 되어 혼이 빠진 상태, 갑자기 두 눈이 가려지고 마침내 시간이 임박했다. 장교는 드디어 시계에 눈을 떼고 아무 표정도 없이 병사들에게 명을 내린다.

"이제 시간이 다 되었구나. 일동 사선 정렬!"

"차렷!"

"실탄 장전!"

"실탄 장전!"

우렁찬 사병들의 복창소리와 함께 '철거덕', '철거덕' 들리는 소리! 모두의 가슴을 '철렁'하게 만드는 이 둔탁한 금속음! 바로 이것이 저승문이 열리는 소리였다.

"일동 거총!"

이제 끝장이다. 깜깜한 중에도 아심은 눈을 꽉 닫고 호흡마저 멈춘다. 그리고 병사들이 잽싸게 목표물을 조준한다.

"본관이 셋까지 세겠다. 마지막 셋에 모두 격발하도록!"

"하나!"

우렁찬 장교의 목소리가 골짜기를 메아리친다.

"둘!"

'아! 이제 끝이구나!' 아심은 감은 눈에 다시 힘을 더한다.

막 "셋!" 소리가 나올 순간, 어디선가 힘찬 말발굽 소리가 요란하게 들리더니 숨 가쁘게 전령이 하달된다.

"사격 중지! 사격 중지!"

깃발을 휘날리며 달려온 전령이 급히 말에서 내려 장교에게 사령장을 건네고, 아심에게 다가가 눈가림과 밧줄을 풀어 장교 앞으로 데리고 간다. 온몸이 마비되어 몸을 가눌 수 없는 아심. 이미 초죽음이 되어 얼이 빠진 아심에게 희미하게 장교의 명이 떨어진다.

"황제께서 그대에게 사면을 허락하셨다. 그대는 이제 자유의 몸. 이 칙서를 가지고 고향에 돌아가라! 이 칙서를 보이면 그대는 무사할 것이다."

병사들은 아무 일도 없었다는 듯 돌아간다. 칙서를 받아 쥐고 망연자실 한참을 우두커니 서 있던 아심은 한참 만에 의식을 회복한다. 그리고 두루마리를 편다.

"그대 아심은 보아라! 나는 이것으로 그대와 한 약속을 지켰다. 나는 이미 너의 지붕을 말끔히 고쳐 주었고, 자네 마누라 새 가발도 하사했노라. 아마 지금쯤 그대는 짐이 러시아 병사들에게 곤욕을 당했을 때 그 심정이 어떠했는지를 알고도 남았겠지! 이로서 짐은 그대에게 약속했던 세 가지를 모두 지켰노라!"[2]

---

2) 이 이야기는 나폴레옹이 러시아 원정 때 겪은 일화로 알려져 있다. 역사적으로 지배자들은 통치의 묘수로서 이것을 자주 이용하였고 현세에 와서도 미합중국에 이 흔적이 남아 있다.

# 양파 한 자루

멀고 먼 옛날 옛적, 어느 마을에 별호가 '목조'라는 한 학자가 살고 있었다. 사람들이 그를 목조라고 하는 이유는 분명하지 않았지만 어떤 사람은 그가 산으로 들어가 항상 먼데 나무를 바라보는 버릇이 있어 붙인 이름이라고도 하고 또 어떤 이는 그가 너무 책에 빠져서 사람을 대하는 태도가 목석 같다고 해서 붙인 이름이라고 하는가 하면 또 다른 사람은 그의 아버지가 동네 목공일을 많이 해서 얻은 아들이라 자연스레 목조가 되었다고 하는 등 여러 설이 있었는데, 그 어떤 연유이든 그가 명실 공히 인근에서 최고의 학자라는 데는 다른 주장이 없었다.

그는 여느 학자와는 달리 독특한 공부를 하는 학자였다. 입신양명을 위해 과거를 준비하지도 않았고, 가계의 보탬을 위해 서당을 열어 학동을 가르치지도 않았다. 세속적인 것에 아예 관심이 없고 그가 열중하는 것은 천문을 익혀 하늘의 별자리를 읽는 법, 만물의 이치를 깨우치기 위해 긴 명상에 몰두하는 것, 다가올 후천 개벽과 새 세상을 알기 위해 기도하는 것 등이었다.

외관상 그의 생활은 그리 나쁘지 않았다. 늦은 나이지만 장가를 들어 현숙한 아내도 얻었고, 여러 자식들을 두어 외롭지도 않았다. 한 가지 흠이 있다면 가세가 형편없이 기울어져 이제는 끼니마저 해결하는 것이 어렵게 되었다는 점이었다. 사실 지금까지 버텨 왔던 것도 오로지 혼자의 힘으로 집안 살림을 도맡아 왔던 아내의 헌신 때문이었다. 목조 아내는 공부하는 남편이 유일한 자랑이자 자존심이어서 언젠가는 남편의 공부가 자신과 가족에게 더 큰 영광과 부귀를 가져올 것이라고 믿으면서 길쌈이나 삯바느질이나 가리지 않고 닥치는 대로 일감을 맡으면서 힘껏 집안을 꾸려 나갔다.

하지만 여자 혼자 힘만으로 살림을 꾸려 나가기란 역부족이었다. 조상으로부터 물려받은 전답도 없는 터에 먹여야 할 식구들은 늘어만 가니, 이렇게 남의 일만 거들어 받는 품삯만으로 가족의 생계를 유지한다는 것은 불가능하다는 것이 분명해졌다.

어떻게 이 문제를 해결할 것인가 학자 아내의 고민은 깊어만 갔다. '남편은 사람의 일을 넘어 하늘 일을 공부하고 있으니 내가 도와주지는 못할망정 방해할 수는 없는 것이고, 하늘의 축복인 아이들을 부모인 내가 못 먹여 살린다는 것이 어찌 인간사 일이겠는가?' 아내의 곱던 얼굴엔 주름이 늘어갔으며, 그 맑던 눈망울이 핏발이 서리게 되었다. 입에 백태가 끼도록 밥도 못 먹고 며칠을 고민하던 어느 날, 아내는 남편을 위해 주안상을 차리고 정색하며 말을 건넸다.

"나으리! 오늘 제가 차린 주안상은 제가 가진 마지막 패물인 은비녀를 팔아 마련한 것입니다. 나으리께서 잘 알고 계시겠지만, 그 은비녀는 저의 어머니의 어머니 그렇게 수십 대에 걸쳐 내려온 우리 가문의 상징 같은 물건으로 후에는 우리 딸에게 물려줄 유산이 되어야 했습니다. 오늘 마지막 남은 은비녀마저 팔아 버렸으니 이제 우리 집에는 돈 될 만한 물건도 없고, 제 몸에도 내다 팔 패물이라고는 하나도 남아 있지 않게 되었습니다. 우선 이 음식을 맛있게 잡수시고 몸을 잘 추스르소서. 그리고 여기 노자가 얼마 있으니 이것으로 무엇을 하시든 대책을 강구하여 굶고 있는 우리 아이들을 건사해 주십시오."

"……"

여느 때와 다른 아내의 목소리에 긴장한 목조는 한동안 말을 못 하고, 수건으로 동여맨 아내의 머리를 보며 들었던 숟가락을 놓고 말았다.

"그 은비녀란 말이지……" 목조는 말을 잇지 못하고 신음에 가까운 소리를 낼 뿐이었다. 아무리 세상일에 무관한 학자라고 해도 그 은비녀가 대대로 처가 쪽에서 내려온 소중한 패물이라는 것을 그가 모를 리 없었다. 더구나 그는 현명한 학자가 아니던가! 그는 이미 부인이 머리를 잘라 판 돈으로 주안상을 마련했다는 사실도 눈치 채고 있었지만 구태여 말을 꺼내 심란한 그녀의 마음을 더 후벼 팔 수 없었다. 아직 그렇게 늙지도 않은 여자의 비녀 없는 머리

손질! 정신을 수습하며 남편은 "웬 노잣돈이오?"라고 혼잣말처럼 묻는다.

"나으리, 이웃 동네 양지 마을 배 생원이라는 사람을 알고 계시지요? 그 사람이 일전에 타지로 나가 장사를 하여 떼돈을 벌어 왔답니다. 들리는 소문에 의하면, 그는 장삿길에 나서서 한몫 잡고 돌아와 논도 사고 밭도 사고 집까지 새로 지었다고 하더이다. 나으리는 그 사람과는 비교가 안 될 만큼 더 학식 있고 현명하니 당분간 학문을 접고 장삿길에라도 나선다면, 우리 아이들이 더 이상 굶주리지 않아도 되지 않겠습니까?"

아내의 절박한 호소에 뜻을 같이 하는 양, 휑한 눈망울로 그를 쳐다보는 자식들. 목조는 잠시 넋 나간 사람처럼 그저 멍하게 밖을 쳐다보고 있었다.

"나으리가 좋아하는 공부를 방해하자는 것이 아닙니다. 잠시 동안만 공부를 쉬시고 우리 살림을 구하자는 말입니다. 이미 나으리는 내공을 깊이 쌓았으니 가진 학식과 지혜를 조금만이라도 사용한다면, 작은 우리 살림 구하는 것이 별 대수겠습니까? 일단 살림이 안정되고 자식들이 굶주림에서 벗어난다면 나으리도 안심하고 더 공부에 매진할 수 있지 않겠습니까? 일이 잘된다면 우리는 더 이상 굶주리지 않을 것이고, 나으리는 좋아하는 공부를 평생 동안 걱정 없이 할 수도 있겠습니다."

다음 날 목조는 길을 떠났다. 노자와 함께 챙긴 한 꾸러미 짐 보따리를 동여매고 그는 자신에게 다짐해 보았다. '나는 지금까지 내 일보다는 하늘과 땅의 조화를 위해 공부한 사람이 아니던가. 어떤 의미로 이런 일은 조물주가 나에게 맡겨주신 책무이자 조물주와 나는 일종의 동업자 사이가 아닌가? 조물주가 동업자인 나를 이렇게 만드는 것은 필경 무슨 까닭이 있을 것이다. 틀림없이 천지신명이 나를 도와 세상을 이롭게 할 것이고 이번 행상은 여의할 것이다.'

이렇게 생각하고 목조는 걷고 또 걸어 어느 낯선 마을에 도착했다. 날은 이미 저물고 몸은 피곤하여 근처 주막을 찾아 하룻밤 묵어가기로 하였는데, 약간 살짝 곰보인 주모는 수다를 떨었지만 인심이 후한 사람이었다.

"아이구, 먼 길을 오신 모양이구려, 먼저 따뜻한 국밥으로 허기를 면하시고, 건넌방에 군불을 지펴 놨으니, 아랫목에서 여독을 잘 푸시구려. 그런데 도대체 어디서 오셨고 어디로 가시는 분인가요?"

목조가 국밥 값을 치르고, 음식을 달게 먹는 동안 주모는 연신 질문을 쏟아내며 학자에게 극진한 관심을 보였다.

"나는 글 읽던 사람인데, 가세가 기울게 되어 장삿길에 들었소. 세상 구경도 하고 먼 나라로 가서 장사를 하여 한 밑천 잡을 계획이오" 목조가 말했다.

"그러면 그렇지. 쇤네가 처음부터 귀인을 알아보았군요. 이런 귀한 분을 이처럼 누추한 곳에 모시게 되었군요. 우리 집에 아끼던 가양주가 있으니 맛이라도 봐 주십시오. 돈은 받지 않겠습니다. 그런데,

그런 먼 길을 가자면 노자가 넉넉해야 할 텐데, 걱정되는군요".

주모의 융숭한 대접에 마음이 놓인 목조는 노자가 많지 않지만, 절약해서 쓰고 남은 돈으로 장사를 하겠노라고 대답하였다.

"어련하시겠습니까. 학식이 높은 학자님인데…… 하지만 쇤네가 보기엔 이해가 되지 않는구먼요. 먼 길을 가시는 분이 걸어서 다른 나라까지 가시겠다는 것도 그렇고, 여기는 험지라서 시시때때로 노상강도가 나타나는데, 나으리가 무방비로 노자를 가지고 다니시다니……?"

"무슨 방도라도……?"

민망한 목조에게 주모가 내놓은 계책은 자기 집에 여분의 소 한 마리가 있는데 이 소를 사 가지고 가면 문제가 해결된다는 제안이었다. 소를 타고 가면 편안히 목적지에 갈 수 있고 혹시 도중에 강도들을 만나더라도, 그들은 당장 돈이 되거나 현금을 털지, 느리게 가는 소를 몰고 가지는 않을 것이니 안전하다는 논지였다. 매우 구미가 당기는 제안이었다. 이미 먼 거리를 걸어온 학자가 편안히 갈 수 있고 도적에게 빼앗길 염려가 적은 데다가 목적지에 도착해서는 쉽게 다른 것과 바꿀 수 있는 것이 소라는 동물 아니던가.

"딴은 그렇소만, 내가 가진 것이라고는 이것밖에 없는데 어찌 소 값이 되겠소?" 목조는 안주머니까지 털어 전 재산을 내 보였다.

"그렇군요. 소 값은 살림 한 채 값이니 이 돈으로는 어림없지요. 그렇다면 우리 집 암염소 한 마리 값으로 쳐 드리지요. 염소도 일단은 소가 아니겠습니까! 더구나 소보다 다루기가 쉽지요. 아무거나 잘 먹고, 병에도 잘 안 걸리고……."

이리하여 목조는 전 재산을 암염소 한 마리와 바꾸고 다시 먼 길을 재촉하게 되었다. 문밖까지 배웅하던 주모는 무탈과 행운을 빌면서 한 다발의 격려를 잊지 않았다.

"학자님의 앞길이 순탄할 것입니다. 저 염소가 이미 새끼를 배었으니 곧 두세 마리를 새로 얻을 것이요, 그 새끼는 또 다른 새끼를 낳아 곧 부자가 될 것이 아니겠습니까!"

이 말을 듣고 암염소의 불룩한 배를 쳐다보니 기분이 매우 좋아졌다. 목조의 눈앞에는 곧 닥쳐올 흐뭇한 광경이 어른거렸다. 푸르고 너른 들판에 가득 찬 염소 무리 떼가 이리저리 풀을 뜯고 있으니 그것만으로 배가 불러 왔다. 이제는 곧 가족의 굶주림은 끝날 것이라는 희망에 부풀어 올랐다. 마음도 한결 편해졌다. 이제 노자를 잃어버릴 염려도 없고 비록 말 못 하는 짐승이지만 같이 갈 동행이 있는 것이 여간 마음 든든한 것이 아니던가. 게다가 새끼까지 얻는다면……?

이런 생각으로 다시 짐승을 쳐다보니 긴 수염은 마치 높은 학식과 경륜을 아우르는 덕자의 상이요, 노란 테를 두른 눈망울은 총명을 말해 주는 듯하였다.

이렇게 목조와 염소는 사이좋게 언덕도 오르고 들판을 지나 한참을 걸어 나갔다. 험한 바위 길도 잘 오르고, 주모의 말대로 가리지 않고 이것저것 잘 먹는 짐승이라 다루기가 그리 힘들지 않았다. 적어도 그들이 큰 강가에 도달하기까지는……

먼 길을 온 나그네가 시원한 강물을 만나는 것은 그지없이 반가운 일. 서둘러 나그네는 강가로 짐승을 몰아 나갔다. 강물이 제법 불어나 있었으나 그리 깊지는 않아 쉽게 건널 수 있을 것 같아 보였기 때문이었다.

그러나 이를 어쩌나? 목조는 곧 어리둥절한 자신을 발견하고야 말았다. 지금까지 그런대로 말을 잘 듣던 짐승이 한사코 동행을 거부한 것이다. 뒤에서 몰고 갈 수 없고 앞에서 끌어낼 수도 없었다. 짐승은 앞발을 뻗어 꼼짝 달싹하지도 않았고, 심지어 억지로 끌고 가려는 주인에게 뿔을 들이대고 수차례 공격하고는 내빼기를 여러 번 반복하였다.

목조는 무척 당황하였다. '고약한 짐승이로고. 이것이 무슨 변인가?' 학자는 강을 건너야 하고 짐승은 조금도 움직이지 않으니! 몇 번의 승강이 끝에 목조가 선택한 것은 짐승의 발을 묶은 다음 울러 메고 강을 건너는 것이었다. 목조는 가까스로 짐승을 결박한 뒤 드디어 강을 건너는데, 강물을 중간쯤 건너오자 물살은 더 급해졌고 물길은 점점 깊어져 몸 가누기가 쉽지 않더니 아뿔싸! 경험 없는 목조는 발을 헛디뎌 미끄러져 그만 중심을 잃고 넘어지고 말았다.

급박한 순간 목조는 겨우 자기 몸만 허우대며 여울을 건너니, 염소는 간곳없고 목조의 몰골은 마치 물벼락을 맞은 생쥐같이 초라하였다. '이를 어쩌나? 염소는?' 목조는 마치 미친 사람처럼 물가를 따라 여기저기 헤집고 다니다 마침내 한참 만에 얕은 여울가에 걸려 죽어 있는 염소를 발견하였다. 기력이 다하고 주머니도 바닥난 지금 마지막 희망이던 염소마저 죽었으니 이제 다시는 무슨 도리가 있겠는가? 하늘과 땅이 노란색으로 물들어 목조는 앞을 잘 보지 못하였다.

한참이나 멍하게 서 있던 목조는 가까스로 정신을 수습하고 우선 죽은 염소일망정 이것을 들고 가서 가까운 인가라도 찾게 되면 아무 사람에게라도 하소연하고 싶은 심정이 되었다. 얼마를 정신없이 걷다 보니 멀지 않은 곳에 주막이 나타났다.

"아이구, 어서 오시오. 먼 길을 오신 모양이구려. 그런데 그 짐승은 어떻게 된 것이오?" 눈을 동그랗게 뜨고 주인이 말을 건넸다.

"죽었소이다. 강을 건너오다가. 망할 놈의 짐승 같으니…… 이놈은 나에게는 마지막 남은 재산이었는데, 이제 죽어 버렸소!"

"참 딱한 일이군요. 보아하니 방금 강을 건너온 모양인데, 몸을 다치지 않아 불행 중 다행이오. 매년 저 강에서 낭패를 당하는 사람이 한두 사람이 아니지요. 어제 이곳에 내린 비가 보통이 아니었지요. 하필 이때에 강을 건너오시다니……. 더구나 물을 싫어하는 염소를 데리고…… 가만있자. 그런데 이 죽은 이 염소를 대관절 어쩔 작정이오? 사람들이 죽은 짐승 고기는 많이 꺼리지만, 사고로 죽은 짐승은 다르지요. 다행히 죽은 지 얼마 되지 않았으니, 잡은 고기라고 생각하고 먹는다면 무슨 차이가 있겠소. 괜찮으시면 내가 그것을 처리해 보지요. 그 대신 내가 가진 것으로 적당한 보상을 드리겠소."

제대로 대꾸할 힘도 없는 목조를 앞에 두고 주인은 이 말 저 말보태며 예의 둥근 눈을 굴리며 말을 이었다.

"고맙소만, 무슨 보상을……?"

"자, 와서 직접 보시구려." 아무 대책 없는 목조는 그저 주인이 안내하는 대로 본채에 붙어 있는 작은 헛간으로 들어갔다. 헛간은 헛간. 여기 저기 함부로 쌓아 놓은 포대들 사이에 주인이 찾아 낸 것은 작은 포대 하나, 그는 성큼 포대를 풀더니 그 속에 들어 있던 하나를 집어 올렸다.

"이것이오. 양파! 이것 없이는 반찬을 못 만들지요. 조려먹고 지져먹고 된장국에 이것이 빠져서는 안 되는 것이고……. 여기서는 쌀 다음으로 치는 귀한 식재료랍니다."

"양파……."

순간 목조는 혼미해졌다. 시큰하던 눈가에 이슬이 맺히고 가슴은 멍해져 잠깐 동안 눈을 감아야 했다. '대대로 내려온 아내의 귀한 패물이 양파 몇 개가 되었구나……! 이것이 정녕 어찌된 일인가?' 절망감이 엄습해 와 어떻게 주막을 나왔는지 알 수도 없었다.

황망한 기분으로 길가의 바위에 앉아 보니 앞이 보이지도 않는다. 어떻게 이 양파 포대로 고향에 갈 수 있겠는가? 배고파 우는 처자들을 어떻게 대하며, 남의 말 잘하는 배 생원과 그 이웃들은……?

주먹으로 흐르는 눈물을 닦으며 목조는 사태가 이 지경까지 오게 된 연유를 자문해 보았다. '이 세상에 와서 가족 하나도 건사 못하는 못난 인간! 집안의 비싼 패물이 양파 한 자루로 나가떨어지도록 자기의 학식과 지혜는 도대체 어디로 가 버렸는가?' 선량한 이의 비통한 절규가 계속되었다.

그리고 한참 지나자 갑자기 한 노인이 그의 앞에 나타났다. 홀연히 나타난 노인은 아무 말 없이 목조가 정신을 수습할 때까지 말 없이 그를 지켜보았다. 찬찬히 훑어보는 안광, 동여맨 긴 소매 끝에 햇볕에 거슬린 강한 팔뚝이 드러나 보였다. 그리고 노인은 천천히 그에게 말을 걸었다.

"여보게 젊은이! 진정하시게. 자네의 슬픔이 내게 전해져 나는 내 길을 갈 수 없었네. 사연은 알 수 없지만, 용기를 내 보시게! 나는 큰 배를 타고 먼 나라와 장사하는 일을 거들고 있는데, 혹 내가 도울 일이 없겠는가?"

'먼 나라와 장사? 전에 내가 막연히 생각해 보았던 일이 아니던가! 그러나 장사를 하더라도 밑천이 있어야 할 터인데. 지금의 내 처지는?'

"…… 어르신……. 고맙습니다. 먼 나라 장사는 소생이 오랫동안 바라던 일이었습니다. 하지만 지금은 장사를 할 밑천도, 뱃삯도 없으니 그저 난감할 뿐입니다."

"그 일이라면 문제없을 것이네. 내가 도울 수 있을 거야. 나는 배에서 요리를 책임지고 있는 요리장인데, 마침 조수가 필요했거든. 자네가 나를 도우면 그것으로 뱃삯은 차고 넘치지. 그런데 먼 나라 장사엔 뱃삯보다도 장사 밑천이 중요하겠네만 그것보다는 더 중요한 것이 있다는 걸 알아 두게. 보아하니 장사를 오랫동안 마음에 두었다 하니 각오와 의욕은 충분할 것이고, 아직 건장하니 무슨 걱정인가? 더구나 자네의 눈은 선한 심성을 품고 있으니, 필경 좋은 연연으로 대성할 것일세. 그러나 저러나 자네 옆에 있는 저 자루에는 무엇이 들어 있는가?"

"그저 흔한 양파입니다만 저에게는 다시없는 물건입니다. 제가 그 어떤 말 못 할 연유로 소중한 가족의 패물로 바꾼 귀한 물건이지요. 이제 저는 먼 나라로 가서 그 양파를 밑천으로 이제 본격적인 장사를 해 보겠습니다. 비웃어도 저는 할 말이 없습니다. 만약 저를 먼 나라로 갈 수 있게 해 주시면 서툴지만 허드레 뱃일이라도 해서 제 뱃삯을 대신하겠습니다."

"좋은 생각이네. 이제 자네가 제대로 길을 잡았군. 장사는 사는 사람의 믿음을 얻는 것이 기본이고 믿음을 얻는 길은 상대를 이롭게 하는 것임을 잊지 말게! 자, 이제 눈물을 거두고 새 출발 해 보는 거야. 자네 앞길이 반드시 여의할 걸세. 우리 인생에는 내리막이 있으면 반드시 오르막이 기다리는 법이지. 부디 성공해서 좋은 일 많이 하시게나."

요리장은 이런저런 격려와 함께 간단한 요리법 몇 가지를 가르쳐 주고 난 뒤에, 장사에 비법과 원칙이 있듯이 요리에도 중요한 요점이 있는데, 그것은 생명을 살리는 요리를 만들어야 한다는 것이라며 요리하는 사람이라면 이것을 절대 잊지 말아야 한다고 일러 주었다. 그리고 간단한 설명과 함께 조그만 병을 건네주면서 병 속에 들어 있는 누런색 물약이 언젠가 긴요히 쓰일 귀한 약 음식이라고 하였다.

항해는 순조로웠다. 뱃일은 힘들었지만 배 안에서 생활은 그리 어렵지 않았다. 음식도 그리 나쁘지 않았고 경험 많은 선원들은 샌님 같은 목조를 아껴 주고 잘 보살펴 주었을 뿐만 아니라 여느 때와는 다른 억센 열의가 목조를 감싸고 있었다. 고된 일이 끝나고 쉬는 때에는 목조는 이따금 혼자 갑판에 올라 자신을 타일렀다. '장사에 중요한 것이 따로 있다. 밑천 두둑한 사람이 장사에 성공하기란 쉬운 일. 진정한 장사꾼은 밑천 없어도 장사에 성공하는 사람이다. 나는 많이 배웠고, 내 학식이 내 큰 자산이 아닌가! 그것에다 말재간이라도 보탠다면 못 이룰 것이 있으랴. 더구나 나에겐 비싼 패물 값을 치룬 양파 한 포대가 있으니, 이 양파로 무슨 수라도 내 보리라'. 목조는 양파 포대를 신줏단지 모시듯이 대하며 다가올 장밋빛 미래를 그려 보았다.

그러나 역경은 예고 없이 오는 것. 목조가 탄 배가 순풍을 받아 편안한 항해를 계속하던 어느 날 갑자기 사위가 캄캄해지더니 바다는 요동치고 엄청난 비바람과 함께 거센 풍랑이 몰아쳤다. 경각 중에 들이닥친 폭풍우는 온통 바다를 뒤집어 놓고 마치 격류가 가랑잎을 몰아치듯 배를 흔들어 놓고는 마침내 그만 거대한 암초에 내동댕이쳐서 배를 산산조각 내고 말았다. 여기저기 한동안 아우성과 비명이 오갔다. 그리고 이제 그 소리도 없어지고 큰 배도 그 많던 선원들도 모두 사라지고 말았다.

한참이 지났을까. 주위에 웅성거리는 소리가 들리더니 여러 얼굴들이 어슴푸레 뜬 목조의 눈에 들어왔다.

"아! 살았구나. 나는……."

목조는 온갖 상처와 멍으로 얼룩진 몸을 이리저리 가누어 보며 생사를 확인해 보았다. 정신을 차려 보니 그를 둘러싼 사람들은 갑옷을 입은 군인들이었다. 목조가 깨어난 것을 확인한 군인들은 험한 얼굴을 한 채 우악스럽게 학자를 들어 올리고 단단히 결박한 후 그리 멀지 않은 곳에 있는 큰 성곽 안으로 그를 호송하였다. 그곳은 왕궁이 틀림없었다. 해자를 지나 성문을 통과하니 정면 첨탑이 솟아 있고 첨탑 꼭대기에는 쌍사자를 금색으로 수놓은 깃발이 이리저리 바람에 펄럭이며 그것을 증명하고 있었기 때문이었다. 거대한 석조 기둥을 지나 건물 안으로 들어서니 높은 축대 위에는 화려한 옷을 입은 사람들이 중앙에 앉아 있는 사람을 호위하고 있었는데, 그 사람은 금빛 옷을 입고 빛나는 관을 쓰고 있었다.

"저…… 저 자는 누구인가? 왜…… 왜 여기에 있는가?" 왕이 게슴츠레한 눈을 뜨고 계단 아래를 보며 말하였다. 좌우에 도열한 신하들이 말없이 자리를 지키고 있는데, 유독 노란 수염을 가진 신하 하나가 대왕 앞에 서서 말문을 열었다.

"위대한 우리 왕이시여! 소신이 한 말씀 올리지요. 저자는 우리 땅을 정탐하러 온 적국의 스파이임에 틀림없습니다. 저자는 우리 땅에 허락 없이 몰래 들어왔을 뿐만 아니라, 저자가 가져온 고약한 물건에 그 모든 증거가 있습니다. 이름도 모르는 그 물건은 냄새가 지독해서 그것을 옆에서 본 모든 이들이 질겁해서 달아나는가 하면, 조사원들이 조사를 시작하여 껍질을 까고 그 열매를 보고자 했으나 열매는 보이지도 않고 눈을 뜰 수도 없는 끔찍한 독극물이 새어 나와 검사를 중단하기도 했습니다. 필경 이 자는 이 고약한 물건을 가져와 우리들을 해치려 한 자이니 국법에 따라 중죄로 다스려야 하옵니다". 쭉 빠진 하관을 이리저리 흔들며 노랑 수염은 왕께 고하였다.

"그…… 그게 사실인가?" 떨리는 목소리로 왕이 다른 신하들의 의중을 유도하였다.

"폐하! 낯선 자가 우리 땅에 왔으니 정체를 의심할 수밖에 없겠습니다만, 소신의 생각으로는 우선 저자의 말부터 들어 본 다음 사실을 따져 하문하심이 가할 줄 아뢰옵니다."

"그대는 들어라! 그대는 누구이며 왜 여기에 오게 되었는가? 그리고 가져온 괴이한 물건은 무엇인가 소상히 아뢰어라!" 미간이 훤한 둥근 얼굴이 조용히 일렀다.

"…… 소인은 먼 동쪽 나라에서 온 목조라고 하옵니다. 먼 나라로 장삿길에 들었는데, 도중에 폭풍우를 만나 배가 침몰하고 함께 탔던 모든 선원들의 행방은 모른 채 저만 이렇게 살아 있습니다. 소인은 배에서 음식을 담당하던 자로서 소인이 가져온 물건은 제가 배에서 요리할 때 가장 많이 쓰던 음식 재료 중에 하나입니다. 삶기도 하고 굽기도 하고 찌기도 하고 그리고 으깨어 갈아 온갖 음식에 양념할 때도 사용하는 것으로 입맛을 잃은 사람에게 특효입니다. 고약한 냄새가 있지만 사람에게는 매우 이로운 것으로 절대 해가 되는 것이 아니옵니다. 만약 소인에게 말미를 주신다면 이 물건으로 소인이 대왕의 은혜를 조금이라도 갚을 수 있을 것입니다."

기진한 목소리였지만 목조의 강하면서도 선한 눈빛이 높은 옥좌를 향해 달음질쳤다. 한동안 쏟아지는 심문들과 목조의 답변이 오간 후 드디어 왕이 말하였다.

"그…… 그대에게 열흘의 기간을 주겠다. 그…… 그대는 이 기간 동안 자신뿐만 아니라 그대가 가져온 물…… 물건의 정체를 우…… 우리 앞에 잘 보여 주어야 한다."

그리하여 목조는 결박에서 벗어나 열흘 동안 자유의 몸이 되었고, 더불어 궁중의 요리 과정에도 참여할 수 있는 허락을 얻게 되었다. 이제 목조는 긴 항해 동안 몸에 익힌 요리 솜씨를 마음껏 발휘하여 궁중 사람들에게 호감을 얻는 한편 대왕에게 양파가 어떤 것인지를 보여 주어야 했다. 함께 일하는 며칠 동안 숙수(궁중 요리장)는 목조에게 각별한 친절을 베풀며 말을 걸어왔다.

"자네와 같이 함께 일하게 되어 반가우이. 이번에 자네는 대왕의 특별한 호감을 얻은 거지. 궁중 요리를 책임지고 있는 사람으로서 나도 자네에게 퍽 관심이 높긴 한데, 시방 자네의 요리 솜씨를 보니 요리를 그리 오래한 사람도 아닌데, 어떻게 저 물건으로 대왕의 환심을 살 수 있겠나? 도대체 자네는 자기 나라에서 어떤 일을 하다가 여기에 오게 되었는가?"

숙수의 환심은 고마운 일이지만 목조는 긴장을 풀 수 없었다. 일단 여기는 타국이고 세상의 온갖 권모술수가 요동치는 궁중이며 목조 자신을 위해 변호해 줄 사람 하나 없으니 목조는 타인에 대한 경계심을 완전히 풀 수는 없는 입장이었다. 그는 숙수에게 감사를 표한 다음 신중한 태도로 대답하였다.

"소인이 후덕하신 숙수님을 만난 것은 다시없는 행운입니다. 하지만 소인은 조건부로 단 열흘 동안만 생명을 보장받은 몸으로서 앞길이 그저 난감할 따름입니다. 저는 보잘것없는 서생이었다가 생계의 위협을 타개하고자 장삿길에 나서 이 지경에 이르렀습니다. 숙수님이 잘 아시다시피 제가 지금 제일 중요한 일은 어떻게 하든 목숨을 부지하는 일이옵니다. 부디 나으리께서 소생을 가엾게 보시어 목숨이라도 부지할 방도를 알려 주시면 백골난망이겠습니다."

목조의 비장한 어조는 숙수의 마음을 움직이기에 충분하였다. 숙수는 곧 표정을 바꾸고 주위를 둘러보며 목소리를 낮추고 목조를 떠밀어 보다 한적한 곳으로 안내한 다음 말을 이었다.

"아이구! 학자님 출신이구먼. 글 읽은 사람이 하찮은 주방에서 일하는 것은 당치도 않지. 들자 하니 자네의 처지가 딱하니 어쩌면 내가 도울 수도 있을 거야. 자세한 이야기는 차후로 미루고 우선 몇 가지 계책을 일러두지. 지금 궁중에는 병든 왕의 후계 구도를 두고 중신들의 암투가 말도 못할 지경이네. 현재의 왕이 후사가 없거든……. 우리 같은 사람들이 그런 문제에 상관이 없어야 하겠지만 사실은 그렇지가 않다네. 우리 같은 사람들이 가장 큰 피해를 당하고 있지. 자네는 현재의 총리 대신에 대해 들어 보았는가? 그분은 왕을 제외하고 현재 가장 권세가 높은 사람인 데다 지략이 뛰어나 아무도 그와 맞서는 사람이 없다고 할 수 있다네. 비록 극소수 세력이 재무 대신을 따르고 있지만 이미 대세는 기울어져 조정의 대사는 이미 총리 대신의 권한에 속한 것이라고 할 수 있지."

요리장의 말솜씨는 대단하여 마치 좋은 양념으로 마련한 한 상의 요리처럼 사람들을 감동시키기에 충분하였다. 때로는 눈을 부라리며 또한 입을 실룩거리며 그가 알려 준 것은 목조를 치조한 첫 대신이 노랑 수염, 총리 대신이었고 열흘 간 말미를 제안한 사람이 둥근 얼굴, 재무 대신이었다는 것, 그리고 우리 같은 사람들은 그저 대세를 따르면 무난할 것이라는 말이었다.

'대세를 따르라! 어떻게?' 목조는 곰곰이 생각해 보았다. 모든 삼라만상이 환경과 여건에 순응하고 적응하는 것이 세상 이치이니 숙수의 이야기를 알아듣는 것은 쉬운 것이지만, 과연 어떻게 대세를 따르라는 이야기가 없으니 차후 이것을 살펴보리라 마음먹었다.

그리고 며칠이 지난 어느 날 숙수는 다시 목조를 불러내 그동안 생각을 잘 정리했는지를 물어왔다.

"소생이 세상을 잘 알지 못하여 대인의 진의를 잘 알지 못합니다. 저는 대인의 밑에서 지시를 따르는 수하일 뿐인데 어떻게 하면 대의를 따르는 것이 되겠는지요?" 목조는 실제 이곳 궁정의 상황을 모르기도 하지만, 숙수의 처세술에 궁금증도 있는 터라 순진한 표정을 지으며 그를 쳐다보았다.

"자네가 그런 의문을 품는 것은 당연하겠지. 내가 그렇게 말한 것은 앞으로 자네에게 닥칠 일을 두고 하는 말이었네. 머지않아 이삼일 내로 자네에게 수라 상궁이 올 걸세. 그때 내가 무슨 말을 했는지 잘 알게 될 거야. 우선 임금님께 바치는 수라상의 종류와 방법에 대해 익혀 두게". 숙수는 야릇한 미소를 지으며 목조를 힐끗 쳐다보고는 급히 제 갈 길을 갔다.

이틀 후 드디어 수라 상궁이 나인 여럿을 거느리고 목조를 찾아왔다.

"먼 나라에서 온 목조는 들으시오. 그대는 내일 하루 폐하의 수라를 준비하도록 하시오. 그대가 봉헌하는 음식 중에는 반드시 그대가 가져온 물건을 사용한 음식이 들어 있어야 하오. 수라를 만드는 중이거나 운반하는 중에 누구와 함께해서는 안 되오. 그대를 감시하는 나인 두 사람이 그대를 지켜볼 것이니 그리 아시오". 마치 죄수를 다루는 간수장처럼 수라 상궁의 어조는 기세당당하였다. 그리고 곧 수라 상궁은 떠나고 나인 두 사람이 남아 아무런 말도 표정도 없이 소주방을 기웃거리며 목조 주위를 맴돌았다.

이리하여 목조는 내일 정오까지 일생일대의 긴박한 순간을 맞이하게 되었다. 내일 임금님이 수라를 마치고 내리는 평가에 따라 목조의 운명이 결정되는 것이 분명하였다. 먼 나라 타관 객지에서 포로가 된 그가 이 나라의 음식 문화도 이곳 임금님의 식성도 모르는 상태에서 까다로운 수라를 직접 차리는 것은 상상도 못했던 일이었지만 왕명의 엄중함을 어찌하랴. 목조는 마른 입술을 깨물고 결의를 다졌다. 지금은 그의 인생에서 가장 중요한 순간, 이제 이 양파 요리로 묘수를 찾아야 하는 것이다!

목조는 내일 정오 수라 준비를 위해, 하루 앞서 숙수가 일러준 대로 수라의 법도를 따르는 한편, 자신만의 요리도 구상해 두었다. 굽는 요리, 찌는 요리, 졸여 만드는 요리. 온갖 기본 요리를 갖추어 놓고 그는 비린내를 없애기 위해, 양파를 썰어 놓기도 하고, 수라의 중심에 놓일 간장물의 풍미를 높이기 위해 간 양파를 설탕에 재어 두기도 하고 된장국의 맛을 더하기 위해서 채를 썰어 놓기도 하고, 연신 맛을 보면서 신선한 재료를 고르기도 하면서 정신없이 이리저리 그릇들을 옮겼다. 그 순간 그릇 하나에 글귀 하나가 툭 떨어지는 것이 아닌가?

'擇生!' 그는 온몸이 굳어지고 간이 콩알만 해지는 자신을 발견하였다. 순간 눈을 들어 밖을 보니 키 큰 나인의 시선과 마주쳤다. 키 큰 나인은 곧 시선을 돌리고 있다가 이어 제자리에 돌아온 키 작은 나인과 무언가 말을 주고받았다. 혼미한 정신을 가다듬고 다시 목조는 일을 계속하는데, 한참을 지나 이번에도 다른 그릇 하나에서 또 다른 글귀가 떨어졌다.

'必死!' 놀란 가슴에 우연히 밖을 쳐다보니 이번엔 키 작은 나인이 혼자 자리를 지키고 있음을 알게 되었다.

목조는 무척 당황하였다. '음식 준비만으로도 정신이 없는데 웬 난데없는 밀지? 사는 길을 택하라, 어찌해도 죽음을 면할 수 없다? 도대체 이 밀지들은 어디서 온 것인가? 그리고 무엇을 암시하는 말인가? 필시 내 주위를 맴도는 저 두 나인들이 이 밀지들과 관련이 있을 것이다. 그러면 신속히 무슨 방도를 취하지 않으면 안 된다!'

목조는 이렇게 생각하고 쪽지 두 장을 가져와 각각 내용을 달리하여 급히 몇 줄을 쓰고 난 뒤, 틈을 보아 살그머니 각각의 나인들에게 전한다. 대의와 가까운 밀지는 아마도 첫째 밀지가 유력하다! 그러나 아직 분명한 것은 아무것도 없다. 밀물처럼 엄습하는 어두운 그림자! 목조는 상황타개를 위한 특단의 조치가 필요하였다.

곧 밤이 되고 수라간 문이 잠기자 목조는 침소로 돌아와 누웠다. 그러나 잠이 올 리가 없었다. 목조가 이런저런 궁리에 엎치락 뒤치락하고 있는데, 자정 무렵쯤 둔탁하게 창문 두드리는 소리가 들리더니 키 큰 나인이 다른 장정 한 사람을 대동하고 목조 앞에 서 있었다. 어둠 속에서도 장정의 복색은 상당한 권세를 가진 사람 이 분명하였다. 건장한 장정은 나인을 손짓으로 물리치고 나인이 사라지는 것을 확인한 뒤에 나직한 목소리로 무겁게 말을 시작하 였다.

"목조 선생이라고 했던가요? 살 길을 열어 달라는 요청의 쪽지를 잘 전해 받았소. 나는 그 길을 알고 있지만 왜 내가 그대를 도와야 하는지를 모르고 있소이다". 넌지시 떠보는 말. 목조는 목소리를 가다듬고 차분하게 대답하였다.

"저는 사실 요리를 오래 한 사람이 아니옵고 지금은 그저 장사꾼 에 지나지 않습니다. 요리에 목숨을 걸기에는 위험이 너무 크다는 것을 잘 알고 있지요. 주고받는 것이 장사의 기본인데, 제가 만일 목숨을 부지하는 은혜를 받는 것이라면 제가 할 수 있는 모든 것 을 하겠습니다. 저의 심정이 이러하오니, 나으리께서는 부디 제가 안전하게 살 수 있는 방책을 알려 주시면 고맙겠습니다."

"그대는 기민한 사람이군요. 이치에 맞는 말이오. 그럼 내가 방도 를 말해 볼 테니 그대는 지금 한 말을 잘 지키기 바라오. 그리고 이 일은 누구에게도 발설해서는 안 되오. 이것을 약조할 수 있겠소?"

"지금 저의 처지에 다른 선택이 있겠습니까! 맹세코 비밀을 지키겠습니다". 목조는 진지한 얼굴로 대답하였다.

"지금 이 나라의 형편이 말이 아니오. 이웃 나라가 호시탐탐 우리나라를 노리고 많은 첩자들이 곳곳에 암약하고 있는데, 왕은 이것을 잘 알지도 못하고, 병이 깊어 국사를 잘 돌보지 못하고 있으니, 백성들의 불안이 매우 높아요. 그대는 배를 타고 왔으니 내 말을 잘 알 것이오. 풍랑을 만난 배가 온전하려면 선장이 온전해야 할 것이 아니겠소? 현재 우리나라는 마치 바람 앞의 등불처럼 위태롭기 짝이 없어요. 우리는 병들어 아무 일도 못하는 임금보다 새로운 나라님이 하루빨리 나타나기를 바라지요. 내일 정오 수라에 이것을 넣으면 새 세상이 됩니다. 그대는 일등공신이 되는 것이고……"

말을 마친 그가 비장한 태도로 작은 봉지를 건넨다. 목조는 떨리는 손으로 그것을 받아 주머니에 넣고 이제야 궁정에서 무엇이 일어나고 있는지. 왜 숙수가 대세를 따르라고 하는지를 알게 되었다. 첫 번째 밀지는 총리 대신 쪽에서 보낸 것이 드러난 것이다.

"음, 잘 알겠습니다. 저의 목숨을 부지하고 더구나 백성을 구한다면 우리가 모두 좋은 경우가 아니겠습니까? 나으리가 총리 대신께 저의 뜻을 잘 전해드려 주십시오. 그런데 소인 한 가지 염려가 있습니다. 이미 말씀드린 대로 소인은 약조를 드렸고 내일 이것을 행동으로 보여드리면 되겠는데, 소인이 어떻게 총리 대신의 말만 전해듣고 굳은 결의를 다질 수 있겠습니까? 이 거사는 나라를 바꾸는 일이고 실로 여러 사람들의 목숨이 달려 있는 중차대한 일로서 반석과 같은 중한 결심이 서지 않고는 결행이 불가능한 일이지요. 내일 아침 일찍 나인 편으로 총리 대신의 수결을 한 장 보내 주실 수 없겠는지요? 저는 이제 총리 대신만 믿고 지시를 따르겠습니다. 더불어 하찮은 소인의 목숨을 살려 주시는 총리 대신의 은덕에 만분의 일이라도 갚는 차원으로 제가 먼 나라에서 가져온 영약 하나를 봉납코자 합니다. 이것은 가히 불로장생에 도움을 주는 영약으로 소인이 이런 날을 두고 깊이 간직해 왔던 귀한 물건입니다. 저의 목숨을 살려주시는 은덕에 비하면 보잘것없는 것이지만 이것을 총리 대신께 잘 전해 주소서."

누런빛이 선명한 작은 병을 내밀며 목조는 진지한 얼굴로 먹는 방법을 자세히 설명하였다.

자는 둥 마는 둥 그날 밤은 그렇게 지나갔고, 아침에 일어나 보니 한 장의 쪽지가 방 문틈 사이로 들어와 있었다. 그것은 목조가 원했던 수결이 분명했다. 목조는 그것을 가슴에 품고 수라간으로 나갔다.

수라를 차리는 일은 예삿일이 아니라는 것은 익히 아는 일이지만, 말로만 듣고 혼자 연습하던 절차와 순서는 막상 실전에서 전혀 도움이 되지 못했고 목조는 당황하고 큰 혼란에 빠지고 말았다. 머리를 흔들며 다시 시작하는 목조에게 날아오는 숙수의 고함소리. 나인들을 비롯해서 수많은 눈들이 목조의 등 뒤를 쏘아 보는 통에 목조 등에는 식은땀이 고여 흘렀다. 곁에서 수라 차림을 지켜보던 느긋한 수라간 분위기는 간데없고 마치 출전을 앞둔 병영에서 벌어지는 살벌한 사열 같은 절차가 지나갔다.

그럭저럭 전례대로 차린 수라와는 별도로 목조가 준비한 양파 요리는 작은 소반에 차려졌다. 나인들을 따라 대왕이 계시는 강녕전으로 향하는 목조는 마치 도살장으로 끌려가는 짐승 같은 신세가 되어 천지신명의 가호를 구할 뿐이었다.

이윽고 시간이 지나 기다리던 순간이 다가왔다. 도열한 신하들이 왕의 입시를 기다리고 있었고 조금 떨어진 자리에 불쌍한 목조가 숨을 죽이고 머리를 숙이고 있었다. 마침내 옥음이 들려 왔다.

"오…… 오늘은 지난번 논…… 논란이 있던 스파이 건을…… 그…… 그런데 가만있자. 오…… 오늘 총리 대신이 보이지 않으니 어…… 어찌된 일이오?" 옥음은 여전히 가늘게 떨리고 있었지만, 평소와 다름이 없었다.

'왕이 죽지 않았다!' 각본에 의하면 지금쯤 왕궁이 완전히 뒤집어졌어야 할 시점인데……. 어찌된 일인가? 그러나 목조는 왕의 건재에 놀라지 않았다. 왜냐하면 그는 총리 대신의 지시를 따른 것이 아니라 다른 길을 택했기 때문이었다. 생사의 기로에서 강요되는 선택을 둘러싸고 목조는 생각을 가다듬었다. 목조의 택생이 타인의 살생이 되어야 한다면? 그것도 지존한 임금의 독살이라니?

총리 대신의 계교는 일견 달콤하여 얼핏 일시에 부귀영달을 약속하는 것처럼 보이지만 다른 한편으로는 엄청난 위험 속에 빠지는 것임을 그는 알고 있었다. 설령 독살에 성공한다고 하더라도 그 뒤 목조의 목숨이 안전하다는 보장이 없었다. 총리 대신의 수결은 누가 작성했는지도 모르는 종잇조각이며 거사 후 후일의 우려를 없애기 위해 목조를 흔적 없이 없앨 수도 있는 법. 목조는 총리 대신 편에 설 수가 없었다. 어찌 나라님을 개인의 폭력으로 제거한다는 것인가? 남의 계교에 동참하여 자기의 안위를 도모하는 것이 대의를 따르는 학자의 태도도 아니며, 사람을 살리는 음식에 독약을 넣는 일은 요리하는 사람의 태도도 아니라는 것. 이것이 목조의 학식이자 양심이었다.

아직 양파가 목조를 살려줄 희망이 있는데 다른 선택을 할 필요는 없는 것이었다. 그렇다고 목조가 두 번째 쪽지에 희망을 건 것도 아니었다. 두 번째 쪽지는 '너는 죽을 수밖에 없다. 그래서⋯⋯ 나에게 오라 내가 살려 주마' 하는 제안인 셈인데, 이것은 첫 번 쪽지보다 더 위험한 것임을 직감하였다. '달콤한 미끼보다도 공포를 이용한 협박전술에 넘어간다는 것은 사내대장부가 취할 방도가 아니다!' 학자는 그렇게 판단하였고 '必死'의 밀지에 '正道'라는 회신을 보냈던 것이다.

그 어떤 경우든 절망하기엔 일렀다. 아직 목조에겐 양파가 있었으니까! 위험에 처할수록 정도를 지키는 것이 학자 된 사람의 바른 태도가 아니겠는가! 목조는 위기의 순간에도 오직 자신과 양파의 매직(Magic)을 붙들기로 결심하였다.

그러나 무슨 일인지 왕은 양파 요리에 대한 평을 하지 않고, 총리 대신을 찾고 있었다. "왜 총리 대신은 조회에 참석하지 않았는가?" 거듭된 왕의 추궁에 대신 하나가 읊조리며 총리 대신이 간밤에 야식을 먹고 잠든 후 깨어나지 못하고 있는데 이미 죽었다고 전하는 사람도 있다고 고하였다. 용안이 갑자기 흐려졌다. 왕은 곧 조회를 파하고 진상을 파악해 고하도록 명하였다.

한 식경쯤 지났을까, 기다리던 조회는 소식도 없고 느닷없이 내금위가 들이닥쳤다. 아무 통고도 없이 목조를 찾아내어 결박하고는 곧바로 취조가 시작되었다. 자유롭던 양손은 포박이요, 이리저리 걷어 차여 멍이든 양 무릎을 꿇고서, 그는 아무 영문도 모르고 취조를 받게 된 것이다. 마치 단단한 올무에 갇힌 짐승이 지금의 목조와 같은 처지일까. 목조는 거의 정신을 잃을 지경이 되었다. 소망했던 양파의 매직은 어디로 가고 난데없는 지옥 문 앞인가, 목조의 목에는 다시 시퍼런 칼날이 다가오고 있었다.

"죄인은 들어라. 어제 내금위는 총리의 변고를 조사하여 네놈의 죄를 다 알고 있다. 우선 사람을 죽게 만든 것도 용서 못할 일이거니와 나라의 재상을 독살한 죄는 우리나라를 위해한 목적이 아니겠는가! 네놈은 극형으로 다스리는 것이 마땅한 일이다. 죄인은 죽기 전에 마지막으로 사실을 남김없이 실토하여 보다 편한 죽음을 택하라!" 이렇게 내금위장의 폭탄 명령으로 취조가 시작되었다.

"나으리, 소인에게 변명할 기회를 주시니 감사하나이다. 한마디로 소인은 총리 대신을 해한 적이 없사옵니다. 어제 소인이 진상한 물건은 사람을 해하는 것이 아니라, 사람을 위하는 다시없는 보약입니다. 대인은 죽은 것이 아니라 약에 취해 잠자고 계신 것입니다. 곧 깨어나 소인의 무죄를 확인해 줄 것입니다."

*必死!* 어찌해도 죽게 되는 상황이 이것이란 말인가, 목조는 가슴에 품고 있는 독약 봉지와 총리가 건네준 수결의 무게를 느끼며, 혼미한 정신을 가다듬었다. 사실 목조는 역모에 가담하지 않고, 양파 요리로 대왕의 심판을 받는 길을 선택하면서, 혹 있을지도 모르는 총리 대신 편의 모함을 잠시 피하기 위해 수라와 조회 시간이 끝날 때까지 총리 대신을 잠들게 했던 것이다.

동시에 만약의 경우 역모를 꾀하는 무리들이 자신을 함부로 대하지 않도록 독약 봉지와 수결을 담보로 할 생각이었다. 그러나 지금의 사태는 목조가 기대했던 대로 되지 않고, 총리 대신을 독살한 살인자로 몰려 죽게 되었다. '그 어떤 말을 하더라도 죽게 된다면? 그렇다면, 약 봉지도, 수결도 이 마당엔 소용이 없을 것이 아닌가?'

"감히 청하오니 소인에게 한 식경만이라도 말미를 허락해 주소서. 조금만 지나면 곧 총리님이 깨어나실 텐데, 그때 소인을 문초해도 늦지 않을 것이옵니다."

목조는 억울하고 슬픈 심정이 되어 눈가엔 이슬이 맺히고 목이 메어 겨우 진술을 마쳤다.

"네놈 말이 사실인지 아닌지는 곧 시간이 말해 주겠지. 이미 어의가 직접 총리 대신 집으로 갔으니 사실이 곧 밝혀질 것이다. 설혹 독살 의혹이 풀렸다고 해도 네놈의 죄는 그대로 남아 있다. 우리가 탐문한 바로는 네놈은 한편으로 글 읽는 학자인 체 행세하다가 또 다른 편으로 요리하는 사람으로 행세해 사람들을 이리저리 미혹하게 하고는 끝내 총리 대신께 뇌물까지 공여했으니 필경 스파이가 아니고야 어떻게 그렇게 할 수 있겠느냐? 우리는 네놈이 한밤중에 외부인과 긴밀하게 내통한 것까지도 알고 있으니 바른대로 고하지 못할까? 네놈이 거짓말을 할수록 죄는 더 늘어나는 것을 잘 알렷다?"

어떻게 하더라도 살 길이 없다는 것이 정녕 이것인가, 목조의 몸은 식은땀으로 흥건해졌다. 확실한 것은 품에 안고 있는 것들이 이미 쓸모없게 된 사실이었다. 역적모의를 알았고 그래서 독약을 넣지 않고 수라를 차렸다는 것을 고백해 본들 그 누가 그 말을 믿을 것이며, 남에게 허물을 씌우는 죄가 추가될 뿐 목조가 얻을 것은 아무것도 없었다. 여태까지 목조에게 접근했던 모든 이들이 모두 목조가 스파이임을 주장하는 증인들이라면 더 이상 목조가 살아날 길은 없는 것이다. 게다가 험악한 취조는 쉴 틈을 주지 않고 쏟아져 오는 통에 목조는 미처 답변조차 못하고 망연자실 거의 실성할 지경이 되고 말았다. 사태가 이렇고 보니 목조가 할 수 있는 일은 단 한 가지. 이곳 궁중 사람들과의 관계를 다 빼 놓고 지금까지 지나온 자신의 인생행로만을 솔직하게 털어 놓고 처분을 기다리는 것뿐이었다.

자신이 학자이자 요리사이자 장사꾼임을 설명하는 것은 쉬운 일이었다. 그러나 이어지는 질문들은 점점 목조를 곤경으로 몰아갔다.

"학자라고 하니 물어보겠다. 하늘과 땅은 어떤 이치로 움직이는가?"

"그것은 온도, 즉 열 기운입니다. 삼라만상이 따뜻하면 늘어나고 추워지면 수축하는 법이지요."

"인간사 이치는 무엇인가?"

"그것은 이(利)와 해(害)라고 볼 수 있습니다. 인간은 자기에게 이로우면 행동하고, 해로우면 피하는 법입니다. 단 무엇이 이로운가 해로운가는 사람의 그릇마다 다르기는 하지만……."

"이 세상 제일의 음식은 무엇인가?"

"세상의 제일의 음식은 소금이요, 그것 없는 음식 맛을 낼 수가 없지요."

여기까지는 학식과 요리를 둘러싼 심문, 그런대로 무난한 답변이었다.

"그러면 장사의 이치는?"

"그것은…… 그것은…… 그것은 주고받는 것이요, 물론 주는 쪽이나 받는 쪽 모두가 공평해야 하겠지만……."

속 시원한 대답이 아니었지만, 그러나 이것으로 내금위장의 폭풍 같은 질문은 일단 고비를 넘긴 듯하였다. 그러나 그것도 잠시, 주춤하던 분위기를 깨뜨리고 새로운 목소리가 목조의 귀를 찌른다.

"주고받는다? 그렇다면, 주는 것과 받는 것 중 어느 것이 먼저인가? 주는 것은 선물이요, 받으려는 것은 약탈이 아닌가. 그대는 과연 그 어느 쪽을 우선으로 두고 있는가?"

귀에 익은 목소리……. '혹시? 인자하고 학식이 높다던 그 재무대신……?' 목조는 조금 숨통이 트이는 심정이 되었다.

"대인이시여, 소인이 한 말씀 올리겠나이다. 그리고 여기 계신 모든 분들께도 간곡히 고하나이다. 소인이 이곳에 온 것은 소인의 선택으로 일어난 일이 아닙니다. 천지 조화옹께서 소인을 이리로 보내신 것입니다. 아마도 조화옹이 저를 이리로 보내신 것은 저를 통하여 이 땅에 없는 양파를 전하게 하신 것으로 사료됩니다. 다행히 폐하와 대신들의 자비심으로 제가 양파 요리를 선보일 수 있는 수라를 만들어 올리게 되었습니다. 생각건대 그동안 소인에게 일어난 모든 것이 수라 차리는 도중에서 일어난 것입니다. 일단 수라 차림은 끝나고 봉헌조차 끝났는데, 소인이 아직 그 평을 듣지 못하여 그 평을 받들고자 하오니 부디 이것부터 허락해 주옵소서. 보잘것없는 소인의 간곡한 청이옵니다."

목조의 호소력 있는 목소리는 험악했던 분위기를 돌려놓기에 충분하였다.

그때였다. 어디선가 "국왕폐하 납시오!"라는 소리가 들렸다. 일제히 예를 갖추자 국왕이 들어왔다. 함께 들어온 대신들의 규모도 예사가 아니어서 취조장을 꽉 채울 지경이었다. 내금위 취조가 끝나고 이제 국문이 시작되는 것인가? 주위가 약간 수선해졌다.

"그…… 그대 목…… 목조는 눈을 들어 보라!" 부드러운 옥음이 방 안에 퍼졌다. 목조가 용안을 쳐다보니 만면에 웃음을 띤 왕이 눈짓으로 하명하니 목조의 포승줄이 풀렸고 어디선가 왕의 하사품이 목조에게 내리었다. 그리고 옆에 있던 대신에게 손짓을 하니 대신이 입을 열었다. 그 대신은 다름 아닌 총리 대신이었다.

"그대는 평범한 사람이 아니었다. 지금까지 우리는 그대를 시험해 왔노라. 우리는 이제 그대가 우리 왕국에 온 귀한 손님이라고 판단하게 되었다. 또한 그대가 차린 양파 수라상을 폐하가 크게 흡족하게 여기셨다. 여기에 국왕 폐하가 내리는 하사품인 예복 한 벌이 있으니 내일 조회 때 입고 오라!"

이 말을 끝으로 왕은 대신들을 데리고 강녕전으로 돌아갔다. 그들이 멀어지자 주위의 긴장은 사라지고 왁자지껄 목조 주위로 사람들이 모여 들었다. 그중에는 숙수를 비롯해서 많은 소주방 사람들과 총리 대신과 재무 대신이 보낸 사람들도 있었다. 목조는 말할 것도 없지만 참석한 모든 사람들이 마치 폭풍우에서 살아남은 선원들처럼 서로 기뻐하고 위로하는 자리가 되었다.

소주방 사람들은 그간 목조가 겪은 고초를 위로했고 이제 그가 완전히 자유인이 되었음을 같이 기뻐하였다. 한편 총리 대신과 재무대신이 보낸 사람들은 목조에게 황금색 띠가 세 갈래나 있는 새로운 옷을 입히고 황금색 전대를 둘러 허리를 조이면서 그가 맡게 될 새 직무에 대해 차분히 설명하였다.

그들의 안내에 의하면 목조는 앞으로 총리 대신의 일과 재무 대신의 일을 돕는 한편 숙수를 도와 소주방일도 돕는 새로운 직무를 수행한다는 것이었다. 이런 세 가지 일을 맡는 삼조사라는 관직은 목조를 위해 특별히 만든 관직으로 한편으로 대신들을 도와 국정을 도모하는 한편, 병든 왕을 구완하기 위해 정성껏 수라를 만드는 일을 담당하는 것이었다. 목조는 이제 장사 일은 뒤로 미루고 조정이라는 거대 조직의 일원이 되어 높은 관직에 올라 국정에 봉직하는 처지가 되었다. 이 모든 것이 난파선에서 가져온 양파의 매직이었다.

다음 날 목욕재계 후 관복을 입고 입궐한 목조는 왕을 알현하였다.

"목…… 목조 대신! 그…… 그간 고생이 많았구려. 대…… 대신은 이제 나…… 나라 일을 맡게 되었소. 앞으로 다른 조정의 중…… 중신들과 의논하여 백성들을 편안하게 하고 나라를 부강하게 만드는 일에 힘써 주…… 주시오!"

목조는 어전을 물러나와 생각을 가다듬었다. '나라 일을 하게 된다?' 이것이 어제와 다른 점이었다. 나라 일은 가정을 돌보는 일과는 경계가 다른 일. 목조는 마음을 다잡았다.

그리고 며칠이 지났다. 목조는 정해진 일과에 따라 관직을 수행하는 위치가 되었다. 불청객으로 이곳에 들어와 온갖 고초를 겪으며 밤낮을 조바심으로 고생하던 과거의 그가 아니라 관복을 갖춘 당당한 고급 관리가 되었다.

관복은 양파 못지않은 매직을 부렸다. 많은 사람들이 멀리서도 목조의 관복을 보고 경의를 표하는가 하면, 목조 자신도 매일 호구를 걱정하는 가련한 가장의 처지가 아니라 중신들과 더불어 궁정의 대사를 논하는 자리에 처하게 되었다. 새로운 물줄기를 만난 물고기가 이와 같을까. 목조는 어제의 목조가 아니라 궁정에서 이름을 드날리는 유명한 목조 대신이 되어 쏜살같이 흘러가는 세월을 그만 잊고 말았다.

한편 고향에서 목조를 애타게 기다리는 목조의 가족들은 점점 지쳐 가고 있었다. 그동안 그들에게 호의를 베풀던 먼 일가친척들도 하나둘 떨어져 나가고 이젠 이웃들마저 목조 가족을 외면하기 시작하였다. 어떻게든 살림을 꾸려 나가던 부인은 주야로 천지 조화옹께 치성을 드리며 언젠가 오실 남편의 금의환향을 믿어 의심치 않고 하루하루를 버텨 나갔다.

새끼를 가진 굶주린 맹수가 가장 무섭게 사냥에 나서듯이 목조 부인은 커 가는 아이들의 입에 채울 양식을 구하기 위해 닥치는 대로 남의 일을 해 주기도 하고 산이든 들이든 먹을 것을 찾아 헤매야 했다. 진실로 굶주림은 참기 힘든 제일의 난적이었지만 문제는 어려움이 뭉텅이로 닥쳐온다는 것이었다. 아이들이 굶주림으로 남의 물건을 훔치다 실컷 두들겨 맞아 반병신이 되어 돌아오는 일,

못사는 것들과는 상종하지 말라는 욕설과 멸시, 그리고 혼자 사는 여인들에 대한 경멸이 한꺼번에 부인에게 덤벼들었다.

그래도 세상인심이 다 바닥난 것이 아니어서 이웃 동네 부자인 배 생원은 이따금 목조 가족에게 양식을 건네주었다. 찬밥 더운밥을 가릴 형편이 아닌 목조 가족은 마치 구세주를 만난 기분으로 배 생원의 호의를 받게 되었다. 하루 이틀, 그것도 여러 달 신세를 지고 보니 부인은 배 생원 집에 허드렛일이라도 해서 신세를 조금이라도 갚는 것이 도리라는 생각이 들었다. 그래서 자주 그 집을 출입하다 보니 주위에 이상한 소문이 퍼지게 되었다. 남의 말을 함부로 하는 사람이 어제오늘 일이 아니지만, 까닭도 모르고 동네 사람들이 입방아를 찧고 다니는 통에 마침내 목조 부인의 귀에도 이 소문이 들어오게 되었다.

명색이 인근의 최고 학자 부인이 아니던가? 부인의 체통이 말이 아니게 되었다. 일단 배 생원 집에 발길을 끊고 배 생원이 보내주는 보리자루와 쌀자루를 단호하게 거절하면서 주위의 입단속을 시작하는데, 그것이 용이치 않았다. 누군가 엎지른 물을 담기가 어려운 데다가 배 생원이 보낸 심부름꾼은 사람들 보는 앞에서 따로 아이들을 불러 밥을 먹이곤 하는 통에 사람들의 의심은 수그러들 줄을 몰랐다. 아무래도 이 사태를 그냥 넘길 수는 없게 되었다.

목조 부인은 이 사태를 수습하고자 아이들에게 배 생원 집에서 오는 일체의 호의를 거부하도록 타일렀지만, 아이들은 엄마의 충고를 멀리 따돌려놓고 엄마 몰래 주린 배를 채우곤 하였다. 어미의 매질과 아이들의 울음이 담을 넘어 멀리 퍼지던 어느 날 밤, 대문 밖에 인기척이 나더니 잘 차려입은 낯선 장정 한 사람이 목조 가족 앞에 모습을 드러냈다.

몇 마디 말이 오가더니 이윽고 아이들을 물리고 부인과 단둘이 마주 앉아 진지한 이야기를 주고받는데, 이런 광경을 그냥 지나칠 이웃들이 아니다. 호기심 많은 동네 사람들이 남몰래 염탐하고 있는데, 얼마 지나지 않아 그 사내는 방을 나오고 곧 이어 목조 부인의 고함소리가 밤공기를 내질렀다.

"동네 사람들이여! 당신들은 참으로 잔인한 사람들이오. 있지도 않은 일로 이리도 우리를 못살게 굴 것이 무엇이오. 오늘 배 생원이 보낸 사람이 우리 집에 왔으니 나의 행실이 어떠한지 그 사람에게 직접 물어보시오. 나는 대학자의 부인이고 내 지아비는 목조 나으리뿐이오. 비록 지금의 내 처지가 거지같이 되었지만 사람을 그렇게 함부로 대하는 경우가 어디 있소. 우리 나으리는 꼭 돌아옵니다. 그분이 돌아오시면 그간 신세는 꼭 갚아 드릴 테니 제발 우리 가족을 내버려 두시오". 목이 쉬도록 목조 아내는 냅다 고함을 질렀다.

그리고 아이들이 들어오고 모두 함께 부둥켜안고 울고 있는데, 동네 사람들이 웅성웅성하더니 홀연 두 사나이가 나타나 가족 앞으로 성큼 다가갔다. 두 사나이 중 한 사람은 방금 전 문을 나섰던 배 생원이 보냈다던 바로 그 사람이었다.

"일복(壹福)아!" 두 사나이 중 한 사나이가 떨리는 목소리로 첫째 아들 이름을 불렀다. 쉰 목소리지만 분명히 익숙한 목소리!

아, 목조가 돌아온 것이다. 멍하니 있다가 갑자기 괴성을 지르는 목조 부인. 영문을 모르는 아이들이 숨을 고르는 사이 여기저기서 박수 소리가 들려왔다. 한참을 울고불고 하는 사이 동네 사람들이 하나둘씩 물러가자 부부는 좌정하고 마주 앉았다.

"짓궂은 양반. 이게 무슨 경우요. 온다고 기별이라도 하고 올 것이지". 놀람과 반가움이 투정으로 바뀌어 목조 아내는 토라져 있었다.

"미안하오. 미안하오! 그리고 고맙소. 고맙기 그지없소! 우선 이거나 얼른 풀어 보시오."

목조도 눈물을 훔치고 난 뒤 두툼한 보따리 하나를 건네주었다. 아내가 보따리를 풀자 누런 황금 덩어리가 모습을 드러내었다. 아내가 입을 벌린 채 움직이지도 못한 사이, 목조는 아내의 손을 잡고 그간의 사정을 간단히 털어 놓았다.

"양파의 매직이니, 관복의 요술이니 저는 알 길이 없지만 나으리가 돌아온 것 그 이상으로 저를 기쁘게 한 것이 없습니다. 이제는 다시는 헤어지지 말고 죽으나 사나 같이 지낼 수 있다면 더 이상 원이 없겠습니다. 그렇지만, 저를 시험하려 한 점을 그냥 지나칠 수가 없군요. 배 생원과 동침을 미끼로 무슨 놈의 한강에 배 떠나간 자리라는 둥, 쌀가마로 한 방을 다 채우겠다는 둥 이런 고약한 경우가 어디 있소."

목조는 차분히 말을 이어 배 생원 이야기를 실토하였다.

"조금 전에 나와 함께 있었던 사람은 내가 보낸 염탐꾼이었소. 내가 없는 사이 우리 가족에 있었던 여러 가지 사정을 탐문하기 위해 사람을 샀지요. 그간 배 생원의 유혹을 물리치고 배고픔을 이겨낸 당신에게 몹쓸 짓을 했군요. 사실, 여기 오기 전 나도 대강의 소문을 들었다오. 목조는 오래 전에 죽었으며, 아이들이 굶주리고 있다는 것. 그리고 집요한 배 생원이 식량을 미끼로 계속 당신을 유혹했다는 것 등이오. 나는 가족을 등한시한 죄인이므로 가족들이 나를 어떻게 생각하는가에 자신이 없더이다. 이제 모든 것이 밝혀졌으니 고정하시고 섭섭한 마음을 푸시오. 그리고 이 물건으로 우리 가정을 잘 거두어 주시오". 황금 보따리를 아내 앞으로 밀치며 목조가 당부하였다.

"이게 꿈인지 생시인지 알 길이 없군요. 도대체 이 많은 황금이 어디서 났을까요? 이게 진정 꿈이라면 부디 다시는 깨지 않기를!"

부인은 이리저리 황금을 만지기도 하고 목조를 연신 쳐다보기도 하고 또 한번 황금을 쳐다보며 이것이 진정 사실인지를 의심하였다. 목조는 그간 고생으로 주름살이 늘어난 아내를 바라보며 눈물을 글썽이며 그동안 자신에게 일어났던 것들을 모두 이야기하였다. 값비싼 집안 패물이 염소 한 마리로 되었다가 나중에 양파 한 자루가 되었던 일, 난파선에서 살아남아 낯선 나라에서 겪었던 이야기, 소주방 이야기, 화려한 관복을 입고 관청에 앉아 있었을 때 어쩔했던 권력의 유혹, 그리고 그 낯선 나라의 상상도 못할 황금에 대한 이야기를 털어 놓았다. 그 나라에선 황금이 너무 널려 있어 사람의 장신구는 물론 집안에 키우는 개에게도 황금 목걸이를 해 달고 다니는 지경이라는 것. 그래서 몇 해를 보낸 뒤 고향으로 돌아가게 해달라고 왕께 간청하여 간신히 윤허를 얻어 오게 되었다는 것. 왕이 내리는 하사품을 받는 대신 그 나라에 흔하디흔한 금덩어리를 달라고 했을 때 측근들이 모두 안쓰럽게 바라보았던 일들을 자세히 설명하였다.

밤이 늦도록 두 사람은 그간의 일들을 주고받으며 때로는 눈시울을 붉히며 지나온 세월을 되새기고, 앞으로 펼칠 행복을 이야기하였다. 지나간 것은 지난 것. 이제는 이 많은 황금 덩어리가 그들을 앞날을 열어 줄 것이 틀림없었다. 더구나 그간의 경험을 밑천으로 목조는 더 이상 가정 살림을 등한시하지 않을 것이고, 아내는 아내대로 돈 때문에 남편을 사지로 내모는 일은 하지 않을 테니 아들 많고 딸 많고 돈 많은 목조 집안은 바야흐로 날마다 행복한 잔칫집이 될 판이었다.

그러나 이것으로 목조집이 과연 행복하게 되었을까? 눈물의 양파 한 자루가 진정 행복의 황금덩어리로 되는 것인가! 많이 배운 목조도 현명한 목조 아내도 앞으로 펼칠 황금덩어리의 매직을 알아채지 못하였다.

논 사고 밭 사고 고래 등 같은 새집을 짓고 사는 목조 가족에 제일 처음 닥친 변화는 목조 가족을 대하는 동네 사람들의 태도였다. 앞에서는 좋은 말들이 오가다가 뒤돌아서면 악담으로 바뀌어 흉흉한 소문이 대문을 넘나들었다. 못살던 것들이 돈푼깨나 있으니 거들먹거린다느니, 필경 목조의 황금은 무슨 큰 집의 곡간에서 나왔을 것이라는 등의 말이 나오더니 드디어 누구의 밀고를 받았는지 관청에서 조사가 시작되었다. 예나 지금이나 황금 덩어리는 나라에서 관리하는 것, 출처를 밝히지 못하는 황금은 개인 것이 될 수가 없는 법이었다.

두 번째로 찾아온 불청객은 자녀들의 변화였다. 없이 살 때 그 좋던 형제자매 우애는 다 어디 가고 걸핏하면 안에서는 싸움질이고 밖에서는 뿔뿔이 흩어져 세상문제라는 문제는 다 집안으로 가져왔다. 술주정과 패싸움은 그런대로 넘어갈 수 있는 일이라 할 수 있지만 마작과 마약까지 손을 댄다는 말이 공공연히 들려왔다. 황금은 행복의 요술을 부리는 것이 아니라 불행을 어깨동무하고 들어온 저주가 되고 말았다.

한편 이렇게 목조 집안이 황금 덩어리로 고초를 당하고 있을 무렵, 이웃 동네 배 생원의 심기도 몹시 불편하였다. 그동안 목조 집안에 베풀었던 호의는 몇 배가 되어 돌아왔지만, 기분이 그리 좋지 못한 것은 왜인가? 부자들의 시기심과 경쟁은 먹고살기 위한 서민들의 그것들과는 차원이 달랐다. 배 생원은 목조를 밀고한 것에 그치지 않고 기어코 목조가 관청에서 밝힌 황금 나라를 찾아내어 큰 장사를 계획하였다. '아무렴. 장사에 뼈가 굵은 내가 세상 물정도 모르는 목조보다 못할 리가 있겠는가. 목조가 양파라면 나는 마늘이다.' 이렇게 배생원은 마늘의 매직을 빌며 목조가 밝힌 황금 나라를 찾아 먼 바닷길을 떠나게 되었다.

그리고 몇 해가 지났다. 목조 집안의 어려움도 제법 호전되어 겨우 안정을 찾게 되었다. 그 많던 살림은 많이 줄어 있었지만 그런대로 유복한 살림을 하게 된 것이다. 그간 관청은 집안에 남아 있던 황금 덩어리는 모두 몰수했지만(그렇다. 관청은 엄청난 폭력 기관이다!), 그간 사 놓은 논밭은 그대로 목조 것으로 두었다(관청은 세금을 거둘 부자가 필요하다!). 목조는 작은 채를 지어 아담한 서당을 열어 무료로 학동들을 가르치는 일을 시작하였고, 목조 아내는 동네 상조회를 만들어 이웃을 다독였다. 황금이 없어지고 전답만 남게 되자 들판의 일이 모두 식구들 몫이 되었고 말썽을 피우던 아이들도 별 수 없이 농사를 거들게 되었다. 이제 황금이 관청으로 갔으니 저주는 관청으로 넘어갔고, 가족은 화목하고 이웃 관계는 다시 정겨운 사이가 되었다.

또 몇 해가 지났다. 그동안 목조 집안에는 큰 풍파가 없었다. 이웃들과는 다시 사이좋게 되었고, 황금이 관청으로 가버렸으니 저주도 함께 사라진 것이다(이제 황금의 저주가 관청으로 넘어가 말썽을 피울 것이다!). 사실은 조금 이상한 변화가 있긴 있었다. 동네일을 무료로 하는 통에 살림은 점점 줄어갔지만, 목조 가족들은 더 행복하였다. 기분 좋은 변화였다.

한편 황금을 찾아 먼 길을 떠난 배 생원은 어떻게 되었을까? 그간 아무도 그에 대한 소식을 아는 사람이 없다가 드디어 배 생원 이야기가 소문으로 돌았다. '큰 부자가 되어 돌아왔다!', '그러면 그렇지. 인근 제일의 장사꾼이 어련했을까?', '아니야! 돈 벌기는 고사하고 몸만 상해 사경을 헤매며 겨우 돌아왔다더군!', '그럴 리가? 그 사람이 어떤 사람인가? 세상의 좋은 약이란 약은 다 먹은 사람 아니던가? 근력이 좋아 여인 여럿을 간수하던 사람이 아니던가!' 소문은 밑도 끝도 없는 공전을 거듭했다.

배 생원 소문은 무르익을 대로 무르익어 마침내 목조 부인에게도 전해졌다. 어느 날 저녁상을 물리고 목조 부인은 마실 다녀오다 전해들은 이야기를 목조에게 쏟아 내었다.

"오늘 제가 나으리께 전할 소식 하나가 있는데 좋은 소식인지 나쁜 소식인지 잘 모르겠습니다. 나으리라면 그 누구보다 이 이야기를 잘 이해할 수 있겠습니다. 그것은 다름 아니라 최근에 고향으로 돌아온 배 생원에 대한 이야기입니다."

"아, 그 소문 말이군요. 배 생원이 부자가 되어 왔다는……. 좋은 소식이든 나쁜 소식이든 우선 실상부터 알아야 하지 않겠소. 나도 무척 궁금했지요. 어서 이야기해 보오."

"소문대로 배 생원은 나으리가 말했던 황금 나라를 찾아 먼 길을 떠났는데, 많은 고생 끝에 드디어 바라고 바라던 황금 나라에 도착했답니다. 그 나라에 당도하고 보니 모든 것이 나으리가 말한 대로 황금이 넘쳐 나는 풍요한 나라였다고 합니다. 특히 음식 문화가 매우 발달하여 좋은 음식까지도 즐길 수 있었는데, 이것은 오로지 먼 나라에서 온 목조 대신 덕택이라고 말하면서 이제 이 왕국은 양파 시대가 되었다고 즐거워하더랍니다. 수완 좋은 배 생원은 우여곡절 끝에 왕을 알현하여 마늘을 소개하기에 이르렀는데, 양파보다 수십 배나 더 좋은 맛을 낼 뿐만 아니라, 뼈와 골수를 튼튼히 하고 특히 장수에 효험이 있음을 고하여 대왕의 호감을 샀다고 하더군요. 그래서 대왕의 하명을 받아 음식까지 지어 올렸는데, 모든 사람의 인정을 받게 되었다 하더이다. 그 나라 사람들은 마늘이 음식 맛을 좋게 만드는 데도 놀랐지만, 몸을 보하는 약효가 있다는 말에 모두가 호감이 갔던 모양입니다. 나으리가 잘 아시다시피 배 생원의 현란한 말솜씨에 안 넘어갈 상대가 없지요.

아무튼 마늘의 매직과 배 생원의 수완이 함께 어우러져 배 생원은 황금 나라의 좋은 친구가 되었답니다. 더구나 배 생원은 언변이 뛰어나고 사람 다루는 수완이 남달라 왕궁 정치에서 놀라운 계책을 세워 공을 많이 쌓았다나요. 그래서 대왕의 두터운 신임은 물론 대신들의 호의를 많이 받아 이전에 목조 대신보다 더 많은 업적을 거두었다고 칭송이 대단했다 합니다.

바야흐로 마늘의 전성시대가 되었던 것입니다. 그렇게 몇 해가 지나자 배 생원도 드디어 고향 생각이 나서 견딜 수 없게 되었습니다. 그래서 대왕께 고향에 돌아갈 수 있도록 윤허를 주청했는데, 대왕이 너무 배 생원의 재능을 아껴서 좀처럼 허락하지 않았다는 군요. 그러나 거듭되는 그의 청원을 거부할 수 없어 윤허를 내렸던 모양입니다." 긴 이야기를 서둘러 쏟아내는 바람에 부인은 한숨 돌리기 위해 말을 잠깐 끊었다.

"그래서 그다음이……?"

마른 침을 삼키며 목을 길게 뺀 채 목조가 물었다. 누구보다 왕의 성정을 잘 아는 목조는 다음 이야기가 무척 궁금하였던 것이다.

"대왕과 모든 대신들은 배 생원이 자기 나라를 떠나가는 것을 매우 슬퍼하면서 나라의 친구를 보내는 큰 잔치를 열고서 왕께서 친히 배 생원의 손을 잡고 공로를 크게 치하한 다음 주단과 흑단으로 아름답게 장식한 궤짝 하나와 열쇠 하나를 하사품으로 건네면서 조건 하나를 붙였답니다. '이 선물은 고향에 도착하기 전까지는 절대 열어 봐서는 안 되고 반드시 고향에 도착해서 아무도 모르게 열어 보라'는 분부였다고 하는군요.

마늘 매직이 양파 것에 비길 것이 못되고, 본인은 목조와는 달리 세상 물정에 밝아 황금 나라에 이런 저런 공을 더 많이 세웠으니 그 선물이 목조 것에 비하랴. 의기양양 고향에 돌아온 배 생원은 온 일가친척을 불러 놓고 귀한 궤짝 앞에 앉았답니다. 그리고…….

모두가 숨을 죽이고 궤짝을 주시하는 가운데, 드디어 배 생원이

주머니에서 열쇠를 꺼내어 궤짝을 열어젖히었는데……. 모두 놀라 입을 다물 수가 없었답니다. 궤짝에 들어 있는 것은 다름 아닌 글쎄 양파 한 자루! 단 한 자루의 양파였으니까요."

# 농부와 독수리

먼 옛날 아일랜드의 어느 시골에 한 가난한 농부가 살고 있었다. 그의 이름은 '크로한'. 이미 중년을 넘긴 그는 마음씨 고운 아내 '메리' 그리고 귀여운 두 아이들과 함께 소박한 전원생활을 하고 살았다. 크로한은 조상 대대로 농사짓는 일을 가업으로 삼고 부지런히 농사를 지었지만 여전히 가난을 대물림하는 신세를 면치 못하는 가련한 소작농 신세였다.

다른 사람들과 마찬가지로 크로한은 주로 감자 농사에 매달렸는데, 그 이유는 감자는 아일랜드 토지에 매우 적합한 작물인 데다 아일랜드 사람들의 주식이었고 때로는 지리적으로 가까운 영국으로 수출하여 상당한 돈을 만질 수도 있는 주요 환금작물이었기 때문이다.

그러나 감자는 수지맞는 작물이 아니었다. 풍년이 들면 가격이 떨어져 제값을 받지 못하고 흉년에는 식구들 양식마저 걱정을 해야 하는 처지인지라 농민들의 살림살이는 더 나아질 수가 없었다. 그나마 자신들의 토지가 있는 자영민은 형편이 나았다고는 하지만 소작인들의 경우는 풍년이 들었다 하더라도 비싼 임대료를 지급하고 나면 수중에 남는 것은 얼마 되지도 않았고, 더구나 흉년이 들면, 그것도 해를 이어 연거푸 들이닥치는 날엔 소작인들은 거의 생의 막다른 길에 들어설 수밖에 없었다.

다른 이들과 마찬가지로 크로한은 그런 최악의 경우를 대비하는데 게을리하지 않았다. 그는 젖소도 여러 마리 키우고 아이들과 메리는 산양을 길러 나오는 산양유로 치즈를 만들어 시장에 내다 팔기도 하면서 언제 닥칠지 모르는 흉년을 대비하였다. 그는 몇 해전 엄청난 감자 기근으로 인근에 수천 명이 굶어 죽는 것을 직접 보았고 살아남은 사람들은 뿔뿔이 흩어져 더러는 도시로 떠났으며, 근년에도 많은 이들이 멀리 미국으로 살길을 찾아 떠나고 있다는 사실을 익히 알고 있었다.

가난한 아일랜드 사람들에게 미국은 분명 선망의 땅이었지만, 막상 뱃삯을 지불하는 것부터 용이한 것이 아닐뿐더러 항해 도중에 부지기수로 죽은 사람들이 많다 보니 온갖 흉흉한 소문도 떠돌고 있었다. 하지만 이런 소문에도 불구하고 수많은 젊은이들은 미국행을 꿈꾸는 것은 그만큼 당시 아일랜드의 상황이 말할 수 없이 열악했기 때문이었다.

이런 사회 분위기에서 크로한도 미국행을 막연히 동경하기는 했지만 엄두를 낼 형편은 아니었다. 그에게 미국은 선택의 땅이 아니었다. 오래전 그의 형이 선수를 쳐서 크로한의 기회를 빼앗아 가

버렸기 때문이었다. 크로한과 여섯 살이나 터울이 나는 형은 아무도 모르게 집안의 돈을 훔쳐 뱃삯을 지불하고 고향과 가족을 떠나 버렸던 것이다.

본의 아니게 가족을 부양할 책임을 떠맡은 크로한은 그런 형을 몹시 원망하였다. 그래서 형이 보내온 한두 통의 편지에도 답을 하지도 않았고 부모님이 돌아가신 것조차 알리지 않고 형을 원망하였다. 그 뒤에도 형으로부터 한 차례 더 편지를 받았지만 답장을 하지 않았고 형님과의 소식은 그만 끊어지고 말았다.

크로한과 메리는 빠듯한 살림살이 가운데에서도 그런대로 행복한 생활을 하고 지냈다. 그러나 그런 세월은 오래 지속되지 못하고 곧 시련이 닥쳐왔다. 어느 늦은 겨울날 크로한은 곳간의 감자가 얼마 남지 않은 사실을 알게 되었다. 남은 추수 때까지 먹을 양식을 구하기 위해서는 어떤 조치가 필요하였다.

더구나 조만간 지주에게 납부할 임대료도 걱정이 아닐 수 없었다. 집안의 보물이나 다름없는 소라도 팔아 일부는 양식으로 바꾸고 나머지는 임대료를 마련하기로 마음먹는다. 해마다 크로한을 목 조이는 지독한 임대료, '내 땅을 가지고 임대료 걱정 없이 지낼 날이 언제 올 것인가?' 해마다 소작인들은 지주들의 소작료 책정에 온 신경을 곤두세우곤 하였다. 더러는 마음씨 좋은 지주가 없기야 하랴만 불행하게도 그의 지주는 임대료를 제대로 내지 못하는 소작인들을 무자비하게 쫓아내는 악명 높은 영국인이었다.

크로한은 내친 김에 남아 있는 가계 빚 부담도 덜고 임대료와 가용을 위한 자금 마련을 위해 제일 좋은 암소 한 마리만 남기고 나머지 소들을 모두 처분하여 그해를 넘기기로 하였다. 이렇게 일단 임대료를 납부했지만, 소들이 없는 집안은 온통 썰렁하여 식구들의 마음을 심란하게 하였다. 특히 메리에게 이 상황은 큰 타격이 되었다. 그녀는 그동안 소에서 나오는 우유로 치즈를 만들어 시장에 내다 팔고서는 짭짤한 수익에 재미를 붙였는데, 이제 한 마리뿐, 이것으로는 식구들의 식탁용으로 족할 뿐이었다.

이러한 처지에도 불구하고 메리는 현명한 태도를 잊지 않았다. 실망하는 크로한을 위로하며 남아 있는 산양에서 나오는 산양유를 절약하면 적은 양이나마 치즈를 만들어 팔수도 있고 아직 양계장에 닭들이 온전히 남아 있으니 희망이 있다는 것이었다.

이렇게 어려운 겨울이 지나고 새 봄이 왔다. 크로한은 부지런히 감자를 심고 가꾸기 시작했고, 메리와 아이들은 정성껏 닭장을 관리하여 용돈을 마련하였다. 이제 살림이 조금 나아지려나 하는 희망도 잠시, 생각지도 못한 일이 벌어지고 말았다. 집 근처의 풀이 모자라 점점 좋은 풀을 찾아 나섰던 암소가 어쩌다 발을 헛디뎌 그만 절벽 아래로 떨어져 죽고 만 것이다.

죽은 소의 고기 값이 어찌 좋은 값으로 돌아올까. 어처구니없는 돈만 남기고 집안의 제일 보물은 사라졌다. 궁핍한 살림살이가 계속되니 가족들의 건강 상태도 점점 악화일로에 있어 한두 마리 닭을 잡아 식용으로 삼고 보니 점점 닭들의 수도 줄어만 갔다. '이래서는 안 되지'. 크로한은 틈틈이 들짐승과 산짐승이라도 잡아 보려고 산과 들을 헤매곤 하였다.

그렇다면 마지막 남은 희망인 감자 농사는 어떠했던가? 절망이었다. 감자병이 번져 감자 잎이 점점 말라 가더니 마침내 검게 타들어 갔고 뿌리에 달린 감자마저 썩어 나갔다. 또 다시 아일랜드에 지독한 감자병이 퍼진 것이다. 씨감자 확보를 위해 그리고 감자병을 막기 위해 자리를 옮겨서 파종한 곳마저도 감자병을 피하지 못하고 실농하고 말았다.

오지 말아야 할 감자 흉년이 다시금 아일랜드에 닥쳐왔으니 어찌 호구를 할 것이며, 곧 이어 닥치는 다음 해 임대료를 어찌 장만한단 말인가? 크로한은 망연자실 온통 의욕을 잃고 멍한 마음이 되었다.

그러나 위기에 강한 쪽은 여인들이었다. 그들은 어머니로서 무서운 것이 없고 한 가정의 부엌을 지키는 전사가 아니던가. 현명한 메리는 매 주일 미사에 나가 주님의 자비를 빌고, 이 시련이 하루 속히 끝나기를 기원하는 한편 탈기한 크로한을 위로하고 힘을 북돋워 주었다. 저녁상을 물리고 메리는 가만히 크로한의 손을 잡으며 말하였다.

"집안 살림이 이렇게 된 것은 당신 탓이 아니고 그 누구의 탓도 아닙니다. 우리는 이제 내려갈 때까지 내려가 바닥을 쳤으니 더 이상 나빠질 것이 없습니다. 이제부터는 주님의 가호로 필경 좋은 일이 있지 않겠어요? 우선 용기라도 가져 보서요. 우리가 용기마저 잃는다면 도움을 줄 사람도 등을 돌릴 것입니다."

"이런 흉년에 우리를 도울 사람이 어디 있겠소? 다들 어려워 자기 살기에 급한 이 시기에 일가친척도 없는 우리에게 도움을 줄 사람이 어디 있겠소?"

"아니지요. 당신은 일가친척이 없는 사람이 아니에요. 미국에 살고 있는 형님이 있지 않나요? 그분에게 편지라도 내어 사정을 말하면 혹 길이 열릴 수도 있지 않을까요?"

"미국의 형이라……. 이미 남처럼 소식을 끊은 지가 구 년이나 되는데……". 크로한은 말끝을 흐리며 생각에 잠기더니 마지못해 아내의 권유를 받아들여 뉴욕에 사는 형님에게 편지를 써 보낸다.

그러나 몇 달이 지나도 미국에서 답장은 오지 않았다. '어찌된 일인가? 편지가 전해지지 않았는가? 혹시 변고라도? 그렇게 되면 우리는 임대료를 내지 못할 것이고, 결국 우리 가족은 지금 사는 오두막에서 쫓거나 길거리로 내몰리게 될 것이 아닌가!' 온갖 방정맞은 생각이 오갔지만 한 가닥 희망의 끈은 놓지 않았다. '만약 형님이 살아만 있다면 마지막 남은 피붙이 동생에게 어찌 무정할 수 있겠나?' 크로한은 애써 매사 좋은 방향으로 마음을 돌려 보기로 한다.

좋은 생각에 좋은 일이 일어난다더니 어느 날 크로한 집에 작은 경사가 있었다. 어디서 잡아 왔는지, 개가 산토끼 한 마리를 물고 들어왔다. 반가웠다. 그간 천덕꾸러기 신세였던 개도 제 구실을 하고 있는 것이다. 다음 날 토끼를 대강 손질한 후 아내에게 건네고 크로한은 개를 데리고 사냥 길에 나선다. '오늘 재수가 좋으면 나도 산토끼 한 마리쯤은 잡을 수 있겠지'. 가뿐한 마음으로 집을 나선다. 집을 멀리하고 뒷산으로 방향을 틀고 한참을 갔을 때 멀리서 자전거를 타고 오던 집배원이 크로한을 부른다.

"크로한! 마침 잘 만났네. 자네에게 편지가 왔다네. 멀리서도 왔구먼. 부디 좋은 소식이기를!" 빙그레 웃으며 집배원은 편지 봉투를 건넨다. 조금 두텁다. 심장이 고동친다. 겉봉을 보니 바라고 바라던 그 편지. '아! 형님이 살아 있었구나!' 흥분된 마음으로 편지를 꺼내는 순간 무언가 팔랑거리며 땅으로 떨어진다.

'돈이다! 돈!' 말로만 듣던 미국 돈, 백 달러였다. 임대료 걱정은 물론 몇 달을 거뜬히 지낼 수 있는 액수였다. '이제 한시름 놓아도 되겠다. 오늘 저녁 이 돈을 메리에게 보인다면 그녀가 얼마나 좋아할까. 아니 당장 집으로 돌아가 그녀를 기쁘게 할까 보다. 아니지, 이왕 내친 김에 토끼라도 한두 마리 잡고 가야지. 돈은 생겼지만, 끼닛거리는 당장 급한 것이니……' 크로한은 얼른 지폐를 안쪽 주머니 깊숙이 넣고 사냥총을 들고 길을 가다가 이내 걸음을 멈추고 만다. 이 귀한 돈이 땀에 젖은 내의 때문에 상할 수 있다는 우려가 생긴 것이다. '아무렴 이 돈이 어떤 돈인데……'. 돈을 다시 꺼내어 조끼 주머니 깊숙이 박아두고 길을 재촉한다.

이날따라 재수가 좋았다. 연달아 토끼 두 마리를 잡는다. 처음은 작은 토끼, 오르막 내리막을 헤매다 용케 잡은 첫 행운이었다. 기분이 좋아진 크로한은 땀을 식히고 조끼를 벗어 잡은 토끼를 감싼다.

두 번째 토끼도 그다지 어렵지 않게 잡는다. 따라온 개도 연신 컹컹거리며 신나게 토끼를 물고 왔다. 두 번째 잡은 토끼까지 조끼로 동여매고 일단 바위 위에 놓고 잠깐 숨을 돌리는데, 어디서 나타났는지 덩치가 중개만 한 잭래비트가 팔짝 뛰어 오른다. 옳구나, 여기가 토끼 소굴인 모양이다. 저놈을 잡는다면 일주일 양식은 문제없다. 순간 몸을 움직여 총을 잡으니 그놈은 순식간에 달아나 시야에서 멀어진다. 급하게 몇 발의 총을 쏘았지만 그놈의 모습이 보이지 않았다. 혹시나 하는 마음에 찾아 나선다. 충직한 개도 주인을 따라 덤불을 뒤지며 흔적을 찾는다.

그러나 그놈은 보이지 않는다. '할 수 없지. 토끼 중에는 제일 크고 제일 빠른 놈이라 아무리 노련한 사냥꾼이라도 그놈을 잡는 경우는 매우 드무니까'. 크로한은 이내 찾기를 중단하고 바위로 돌아온다. 그런데, 그런데⋯⋯.

'없다⋯⋯ 토끼가! 어디 갔나? 혹 바위 밑에⋯⋯? 옆에⋯⋯?'

아무데도 보이지 않는다. 순간 개가 하늘을 향해 마구 짖어대며 팔짝팔짝 뛰어 오르기까지 한다. '아뿔싸! 때는 늦었구나!' 눈을 들어 하늘을 보니 시꺼먼 독수리가 거대한 두 날개를 펴고 하늘을 가로지르는데, 움켜진 발톱에는 한 보따리 포획물이 들려 있는 것이 아닌가!

'어찌 이런 일이……?'

망연자실, 우두커니 하늘만 바라보다 털썩 주저앉는다. 눈치 빠른 개도 꼬리를 조금 흔들더니 조용히 엎드린다.

'이 일을 어찌 하나? 이 일을 도대체 어찌하나?' 크로한은 앞이 캄캄해져 아무 생각이 나지 않는다. 토끼와 함께 생명줄 같은 돈마저 없어진 것이다.

어떻게 산을 내려왔는지도 모르고 그날 저녁부터 크로한은 자리에 눕는다.

'억울하고 원통하다. 나에게는 왜 이리 독수리 같은 원수들이 무더기로 닥치는가. 원수 같은 지주 놈 한 놈도 부족하여 하늘의 맹수마저 내 재산을 빼앗아 가는구나. 이 악귀 같은 놈들아! 이 몹쓸 놈들아!'

악을 있는 대로 다 써 보건만, 크로한이 할 수 있는 일이 없었다. 땅위의 권력자를 어찌 당하며, 하늘의 제왕을 무슨 재주로 상대하랴, 크로한은 끙끙대며 식음을 전폐한 채 침대에 누워 일어날 줄을 모른다. 영문을 모르던 아내도 한참만에 사태를 알게 되고 온 가족은 마치 초상집 같은 분위기로 변하고 말았다. 아내도 그만 기력을 잃고 병을 얻는다.

소문이 퍼졌다. 마침내 본당 신부가 크로한을 찾아 위로했지만, 큰 도움이 되지 않자 마을 회의가 열리고 의논을 시작하였다. 여러 사람이 모이면 생각도 여러 가지, 드디어 길이 보인다. 독수리가 사는 절벽을 잘 아는 사람이 나타난 것이다. 사람들이 크로한의 집을 찾아가 희망을 전하자 크로한이 자리에서 벌떡 일어나 도와만 준다면 자기가 직접 절벽을 타고 내려가겠다고 하였다.

바람이 잔잔한 어느 날, 크로한은 사지창을 손에 들고 동네 사람들은 큰 망태기와 도르래, 그리고 밧줄을 들고 절벽 난간으로 올라가 작업을 개시한다. 우선 도르래에 연결된 밧줄의 한쪽 끝을 크로한이 타게 될 큰 망태기에 단단히 맨 다음 다른 한쪽을 큰 바위에 둘러 밧줄을 고정하고 난 뒤 절벽 난간에 엉겨 붙어서 있는 큰 자두나무에 밧줄을 걸어 망태기가 날카로운 절벽 난간을 피해 가도록 공간을 확보한다. 그리고 사람들은 크로한이 탄 망태기를 당기면서 천천히 밧줄을 내리고 크로한은 주의 깊게 절벽 밑을 탐색해 나가는 전략이었다.

절벽의 높이는 백 미터가량, 크로한이 사분의 일을 내려 갈 즈음 독수리 둥지를 발견하였다. 둥지 안에는 굵은 알이 세 개나 있고 둥지의 밑에는 자신의 조끼가 선명히 보인다.

'아! 다행이다! 이제 살았구나!'

크로한은 가슴이 벌렁거린다. 드디어 표적이 확인된 것이다. 그러나 현재의 위치로는 도무지 둥지 접근이 불가능하다.

'할 수 없이 다시 올라가 새로운 위치를 마련할 수밖에…… 어디로 밧줄을 내릴 것인가?'

이리저리 지형을 살피는 중에, 갑자기 하늘이 어두워지더니 '퍼드덕' 하는 소리와 함께 날카로운 발톱을 치켜들고 독수리가 달려든다. 엉겁결에 당하는 공격이라 크로한은 이리 피하고 저리 피하면서 사지창으로 맞대응에 나선다. 한참 실랑이 끝에 지친 독수리가 마침내 둥지 곁으로 날아간다. 경황없이 허둥대다 보니 크로한을 태운 삼태기가 중심을 잡지 못하고 연신 바위에 부딪쳐 하마터면 크로한이 크게 다칠 뻔하였다.

다음에 올 때는 독수리 공격을 방어하기 위해 보다 더 안전한 장치가 필요하고 신속하게 작업을 마칠 수 있도록 정확한 포인트 선정도 중요하다는 생각이 들었다. 다시 한 번 크로한은 주의 깊게 바위 사이를 주시한다. 바로 그때 그는 뜻밖에 이상한 형상을 보게 되었다.

독수리 둥지를 비켜간 후미진 바위틈에 기다란 나선 모양의 긴 통발 같은 것들이 바위에 붙어 있는 것이다.

'무엇일까 저것은?' 이런 곳에 저렇게 붙어 있는 것이라면? 노련한 농부인 크로한은 온몸의 전율을 느끼며 그 물건을 주시한다. '아! 그것은 석청!' 그것은 황금과 다름없는 귀한 물건이었다. 회색빛 사이로 살짝 누런색을 내비치는 황금, 저것 또한 도저히 양보할 수 없는 물건이었다. 크로한은 극도의 흥분에 쌓여 제정신이 아니다.

우선 밧줄을 잡아 당겨 일단 다시 절벽을 오른다. 그 짧은 시간에도 크로한의 뇌리엔 단 한 가지 생각, 즉 어떻게 독수리와 벌들의 공격을 동시에 퇴치하느냐 하는 것뿐이었다. '과연 그 어떤 방법

이……? 옳다! 이것이다! 날짐승과 날벌레가 모두 싫어하는 화공법!' 크로한은 망태기에 내리자마자 위치를 수정하고 사람들과 의논하여 화공 준비와 함께 망태기 밑의 안전장치를 보강한다.

사람들도 흥분하여 작업은 일사천리로 진행된다. 다행히 독수리의 공격은 심하지 않았다. 연기를 싫어하는 날짐승과 꿀벌들이 이내 공격 의사를 접고 자기 집을 내어 준다. 크로한은 무사히 조끼를 회수하고 독수리 알까지 챙긴다. 그리고 가져온 용기에 석청을 가득 담아 작업을 마친다.

그날 밤 마을에 잔치가 열렸다. 잔치는 잔치, 없는 중에도 닭고기가 나오고 어디서 났는지 사람들은 위스키를 가서와 오늘 일어난 겹경사를 축하하였다. 밤늦도록 잔치는 계속되어 그간의 고생을 서로 위로하고 크로한의 행운에 축하를 아끼지 않았다. 그리고 잔치가 파하자 동네 사람들은 각자의 집으로 돌아가고 크로한은 아내와 마주 앉아 앞으로의 일을 의논하게 된다. '돌아온 돈은 애초 우리 것, 일부를 임대료로 내고 가용으로 쓰면 된다. 단 이제는 독수리나 강도에 더 이상 당하지 않기 위해 내일 당장 임대료부터 내자'. 별 어려움 없는 합의였다.

그러나 독수리 알 세 개는? 그리고 석청은? 밤이 깊도록 두 사람은 이 궁리 저 궁리 하다 의견 일치를 보지 못하였다. 메리의 생각은 이러하였다. '일단 이번 건은 독수리가 우리를 해코지하자 동네 사람들이 우리를 도와 일이 잘 해결되었으니 동네 사람들에 큰 잔치를 베풀어 감사를 표하며 독수리 알 세 개도 모두 동네 사람들에 내어주면 되는 것이고, 보석 같은 석청은 오로지 크로한의 노력으로 얻은 것이니 순전히 우리 것'이라는 것이었다.

딴은 그럴듯하지만, 석연치 못한 논리였다. 크로한의 고민이 깊어졌다. 다음 날도 고민은 계속되었다. 그 와중에 부자가 되었다는 소문에 여기저기 들리는 찬사와 부러움은 잠시, 돈 나가는 석청의 보관도 문제였고 처리도 문제가 되었다. '어디로 가서 어떤 값으로 누구에게 팔 것인가?' 하루 이틀 사흘, 아직 크로한은 뚜렷한 결론을 내지 못하고 엉거주춤하였다.

그러나 동네 분위기는 사뭇 달라졌다. 철모르는 동네 아이들은 크로한 아이들에게 처음엔 친절히 굴며 사근사근 대하더니 점점 못살게 굴거나 놀려대고 있고, 동네 사람들의 태도도 처음의 부러움이 점점 시기심으로 치닫고 있었다. 메리가 임대료 건으로 지주 댁을 방문한 후 다시 석청 처리 문제로 지주 댁을 들락거리니 동네 사람들의 입방아를 피할 수 없었다. '거만한 꼴이라니! 없는 것들이 부자가 되니 보이는 게 없는 모양이지……. 누구 때문에 그렇게 되었는데?'

들리는 소문이 점점 험악해져 갈 즈음 크로한의 건강이 형편없게 되었다. 잠을 이루지도 못하고 식욕은 전혀 회복되지 않았다. '재물을 얻는 것이 이런 것인가? 가족들끼리 의논이 맞지 않고, 전에 없었던 도둑 걱정은 웬 말이며, 다정했던 그 이웃은 다 어디로 가고 시기 질투만 남아 있는데, 나는 걱정으로 건강까지 위협받고 있으니, 이게 무슨 경우인가?'

사건이 나고 거의 일주일이 되는 날, 크로한과 메리는 자리를 털고 일어나 본당 신부를 찾아 긴 면담 시간을 가진다. 그리고 성당을 나온 부부는 서로를 쳐다보며 평온한 마음이 되었다. 크로한의 건강도 거짓말처럼 회복되었다.

다음 주일이 되었다. 주일 미사가 끝나고 광고 시간이 되자 신부가 환한 얼굴로 신도들에게 특별 강론을 추가하였다.

"교우 여러분! 저는 오늘 그 어느 때보다 행복한 마음으로 여러분께 한 말씀드리고자 합니다. 그것은 우리 마을에 일어난 최근의 일들에 관한 것입니다. 여러분이 잘 아시다시피 요사이 수많은 사람들이 하늘나라로 갔습니다. 본당에 부임한 후 이렇게 많은 장례 미사를 드린 적이 없었습니다.

감자병이 도화선이 되어 기근이 생겼고, 지독한 기근으로 많은 사람들이 고향을 등지고 떠나갔습니다. 떠나간 사람들 중에 더러는 먼 나라로 가다가 바다에서 죽은 사람, 도회로 떠돌다 사고로 죽은 사람, 병들어 죽은 사람들이 부지기수이고, 남아 있던 사람들도 먹을 것이 없어 굶어 죽은 이들이 많았습니다. 실로 우리 주위에 많은 사람들이 고통스럽고 참담한 현실을 맞이하고 있습니다.

우리는 이런 불행을 두고 과연 어떤 자세와 태도를 가져야 마땅한 것일까요? 도대체 왜 이런 불행한 일들이 많이 일어난 것일까요? 주님의 가르침을 전하는 종으로서 저의 소임은 여러분과 함께 이런 어려운 시대에 흔들리지 않고 굳건히 우리 믿음을 지켜내고 주님의 가르침대로 살아야 하겠는데, 과연 어떻게 해야 주님의 가르침을 따르는 것이 될 것인가 하는 것이 저와 여러분의 절박한 기도 제목이 되었습니다.

묵상 중에 저에게 먼저 떠오른 것은 '항상 기뻐하라!'라는 성경말씀이었습니다. 우리는 이런 불행 속에서도 주님의 분부를 기억해야 합니다. 이미 망자들은 우리 곁을 떠났고 많은 분들이 천국에서 주님과 평화를 같이할 수 있으니 슬퍼하기보다는 기뻐하는 편이 옳지 않겠습니까! 이와 더불어 망자와 함께 그의 선의와 공덕도 함께 하늘나라로 갔으니 하늘나라가 그만큼 더 아름답게 되었으니 그 또한 기뻐할 일이 아니겠습니까? 이제부터 우리는 이 역경에 굴복하여 슬퍼하기보다는 우리 주님께 기쁨을 돌려드리도록 노력합시다.

분명히 말씀드립니다만, 기근이 생긴 것은 주님의 심판 때문도 아니고, 감자병 때문도 아니고, 영국인 지주들 때문도 아닙니다. 우리 주님은 공의롭기 때문에 우리에게 심판을 일삼는 그런 분은 아닙니다. 우리가 겪는 모든 불행의 원인은 우리의 무지와 탐욕에서 생긴 것이지 그 누구의 탓 때문에 생긴 것이 아닙니다. 우리는 병충해를 막기 위해 씨감자 소독도 제대로 하지 않았고, 필요한 윤작도 제대로 하지 못했습니다. 또한 우리는 이웃이 굶어 죽는데도 우리 곳간만 걱정했으니, 그 결과가 이렇게 된 것은 당연한 것이 아니겠습니까? 그러니 우리는 우리의 무지와 탐욕에 대항할지언정 우리 주님의 공의를 의심하거나 범사에 감사하라는 주님의 명령을 거역해서는 안 되겠습니다."

사제는 여기서 말을 잠깐 끊고 청중을 휘둘러 본 뒤, 부드러운 목소리로 말을 이어 갔다.

"저는 어제 이런 믿음에 대한 확실한 증거를 갖게 되었습니다. 어제 오후 어느 교우 부부가 저에게 찾아와서 증언해 준 내용이 바로 그 증거입니다. 여러분도 잘 알고 계시다시피 우리 교우 중에 한 가정이 가세가 기울어져 임대료를 낼 형편이 되지 못했습니다. 궁리 끝에 미국의 형님에게 도움을 요청하여 돈과 형제애를 한꺼번에 얻게 되었습니다. 닥쳐온 어려움 때문에 괴로움도 있었지만 동시에 잃었던 형제우애가 회복되는 경사가 생긴 것입니다.

그러나 즐거움도 잠시 그 돈을 독수리에게 빼앗기는 사고를 당하자 당장 마을 사람들이 나서서 그를 돕게 되어, 돈도 찾고 귀한 보물도 얻게 되고 귀중한 이웃 정까지 얻게 되었다고 합니다. 개인 적으로 닥친 엄중한 불행이 오히려 가족을 뭉치게 하고 마을 공동 체를 굳건히 한다는 것, 그 어떤 어려움도 우리가 함께한다면 쉽게 기쁨으로 탈바꿈될 수 있다는 것, 그리고 고통이 기쁨으로, 끝내 는 감사로 이어진다는 것을 보여 주는 값진 교훈이었습니다.

그다음이 중요합니다. 그 가정이 그 보물로 행복했을까요? 아닙 니다. 교우 부부는 그 보물 때문에 다시 한번 괴로움에 처했다고 합니다. 우리 교우의 증언에 의하면 그것은 가족의 행복을 보증하 는 횡재가 아니라 음흉한 계교가 담겨 있는 악마의 미끼였다고 하는군요. 돈 나가는 재물을 집에 두자니 도둑 걱정이 목을 조르고, 이것을 팔아 치우고자 돈 있는 영국인들을 상대하자니 사기를 당할까 조바심으로 잠을 이룰 수가 없었답니다. 이런저런 건으로 가족 간 화목에 금이 가고, 아이들과의 오붓한 시간은 간 곳을 모르고, 농사 준비도 하지 못하고 이웃 간 정리가 사라졌습니다. 교회에서도 멀어져 신앙도 멀어지고 우리 교우의 영혼은 황폐하게 되어 드디어는 건강까지 위협받고서야 문제의 심각성을 깨닫게 되었고 우리 교우 부부는 어제 사제관에 와서 그 대책을 저와 상의했습니다. 그들이 내린 결론은 자신이 보관하고 있는 보물들을 모두 동네 사람들에게 돌려 드린다는 것입니다."

여기까지 말을 마치자 "와!" 하는 소리와 함께 여기저기 웅성거리는 소리가 회당을 채운다.

"이제 여러분들이 우리 교우의 결정에 화답할 시간이 되었습니다. 우리 모두는 오늘 이 시간부터 지금까지 우리가 재물을 어떻게 이해하고, 어떻게 대해 왔는지를 다시 생각하고 또 생각해 봅시다. 우리 모두가 서로 돕고 가진 것을 조금씩 나누기만 해도 우리 지역에 굶어 죽는 사람은 없을 것입니다. 우리 모두에게 주님의 평화가 임하기를!"

"아멘! 아멘!" 여기저기 긴 화답이 메아리쳤다.

# 왕대인의 잔치

옛날 옛날 한 옛날, 지리산 깊은 산자락에 '오봉'이라 불리는 작은 마을이 있었다. 오봉은 마을을 둘러싸고 있는 다섯 개의 높은 봉우리에서 유래한 것인데, 사람들은 간단히 '봉골'이라고 말하곤 하였다. 예나 지금이나 지리산은 하나의 산으로 이루진 것이 아니라 거대한 군봉을 거느린 산들로 둘러싸여 봉우리 몇 개만을 따로 떼어 놓기가 어려운 지형을 가지고 있다.

많은 지리산 발치가 그러하듯이 봉골도 높은 봉우리들과 깊은 골짜기들이 서로 의지하여 사람들의 근접을 저만치 따돌려 놓고 있었는데 골이 깊어 농사일이 어렵고 농사가 어려우니 사람들의 출입이 매우 드문 것은 당연한 이치였다. 작지만 참한 마을 모양을 갖춘 봉골이 그런대로 마을 모습을 유지하는 것은 지리산이 내어 주는 온갖 것들, 예를 들면 귀한 야생 꿀이나, 약초와 값나가는 목재들이 마을 살림살이에 한몫하고 있었다.

그러나 봉골 사람들의 살림살이는 말이 아니었다. 우선 산골에는 소출을 기대할 땅이 없으니 주로 산에서 온갖 먹을 것을 구하거나 산비탈을 요리조리 헤집어 양지 바른 밭떼기 몇 평에 매달려 보는 것이 고작인데, 말이 양지라고는 하지만, 그것도 하루 종일 햇볕을 받는 양지가 아니고 아침에 조금 양지가 되는 '들 양지'가 아니면 저녁 무렵이나 조금 햇볕을 받을 수 있는 '질양지'가 전부이니, 그 사정을 짐작할 수 있었다.

그러나 이렇게 곤궁한 살림살이를 하는 봉골에도 비교적 유복한 살림을 가진 집이 있었는데, 사람들은 그곳을 왕대인 집이라고 불렀다. 왕대인 집에는 다른 집에서 볼 수 없는 큰 사랑채가 별채로 붙어 있었는데, 동네 사람들은 거의 매일 그곳에 모여 한담도 하고 회의도 했으며 방물장수가 보따리를 풀 때에는 그곳을 작은 장터로 만들곤 했다.

방물장수가 오는 날, 마을 사람들은 방물장수가 가져오는 고약과 조약은 물론 참빗과 바늘, 그리고 약간의 옷가지와 두루마리 천 등에 관심을 가지고, 자신들이 준비해 둔 버섯과 나물 및 약재와 토종꿀 등을 두고 흥정하는 한편 바깥세상에 대한 소식도 전해 듣곤 하였다. 말하자면 방물장수들은 주로 물물교환을 통하여 마을 살림살이에 도움을 주는 본연의 역할 못지않게 바깥세상과 이 마을을 연결해 주고 또한 마을의 사정을 외부로 나르는 전령사 역할을 담당하고 있었던 것이다.

오봉 마을을 자주 드나들던 방물장수들의 말에 의하면 그 마을은 왕씨와 옥씨가 거의 일가친척으로 대성을 이루어 있는 터라 다른 성씨들을 보기가 어렵다고 했다. 들리는 풍문에 의하면 전씨와 김씨 몇몇이 주민으로 들어왔으나, 동네의 고약한 텃세 때문에 야반도주했다는 소문이 돌고 있었다. 소문의 진상은 잘 알 수 없지만 이 동네의 독특한 텃세의 시작은 이 동네의 탄생 시점까지 거슬러 올라가는 전설 같은 이야기로 전해졌다.

예컨대 원래 왕씨와 옥씨는 한 집안이었지만 한 집안이 어떤 계기로 솔가하여 타지로 돌다가 다시 이 동네로 온 뒤에 성씨를 달리하여 옥씨로 불리게 되었다는 설, 그 뒤 또 한 집안이 타지로 나갔다가 다시 들어와 전씨로, 또 다른 귀향 가족은 김씨로 되었다는 등등의 믿거나 말거나 하는 풍문이 돌았다. 예나 지금이나 한 집안이면 같은 성씨를 쓰는 것이 정해진 이치이므로 같은 뿌리이면서도 다른 성씨를 쓴다는 것은 한 집안 안에 말 못 할 사정이나 무슨 큰 사단이 나지 않고서야 있을 수 없는 경우라 할 것이다.

어쨌든 작은 마을에 대성을 차지하는 왕씨와 옥씨 집안 간에는 마을 운영을 둘러싸고 보이지 않는 경쟁심과 소소한 견제심이 작동하였고, 이것이 가끔 동네의 고약한 풍습으로 굳어져 내려온 것이다. 그와 관련하여 몇 가지 특이한 점들이 있는데, 그것은 바깥세상과는 다르게 이 동네에는 옛날부터 내려오는 독특한 풍속과 약조를 기록하고 있는 천도서가 있다는 점이었다. 그것에 따라 가정사든 동네일이든 처리되곤 하였다 한다.

천도서의 내용은 천신 이외에 다른 신을 섬겨서는 안 된다는 것을 비롯하여 천신을 모시는 절차와 방법에 관한 것, 천신의 점지로 선택된 사람들로서 지켜야 할 도리에 대한 것들이 주류를 이루었다. 왕씨들과 옥씨들 법도가 같을진대, 모든 분쟁이 이 법도대로 한다면 큰 분쟁은 없을 것으로 보이지만, 사람마다 법도의 해석이 다르고 보니 법이란 것이 분쟁을 해결하기보다는 오히려 분쟁을 야기하는 측면이 있는 것도 사실이었다.

이를테면, 이 마을 법도에는 연로한 아버지가 자식에게 재산을 물려줄 때엔 반드시 한 아들에게만 물려주는 법이 있었는데, 이것이 큰 사단을 만들었다. 어느 아들에게 재산을 몰아 줄 것인가 하는 것은 아버지의 책임으로 둔다 하더라도, 일단 물려준 재산에 대해 추후 취소할 수 있느냐 아니냐 하는 문제, 재산을 물려받은 아들이 어떤 상황에 직면하여 일부 재산을 챙기고 마을을 떠나게 되는 경우 남은 재산 처리는 어떻게 할 것인가에 관한 문제에 대해 동네의 법도는 아무것도 설명을 하지 않기 때문에 동네 사람들의 공론이 끊이지 않았다고 한다. 또한 동네가 공동으로 소유하는 산판과 토지 이용을 둘러싸고 동네일과 사적인 일들 간의 구별이 석연치 않아 천도서에 기록된 법도만으로 동네일들을 처리하는 데는 난관이 많았다.

이런 어려움이 생기면 동네의 대표인 '두치'의 자의적 처분에 따르는 경우가 대부분인데 이 경우 그 처분을 두고 자주 뒷공론이 생기고 그것을 해결하는 과정에서 새로운 불화도 생기곤 하였다. 즉,

좋든 싫든 동네 공동체의 운영의 최종 결정권은 두치에게 있기 때문에 누구를 두치 후보로 하여 어떻게 선출하느냐 하는 것은 동네의 가장 중요한 일들 중에 하나였다.

두치를 뽑는 날이 오면, 나이 때문에 두치의 직책을 맡을 수 없는 동네의 원로들이 모여 행사를 주관하는데 그 진행은 동네 어른들이 전부 모여 각자 두치 인물이 될 만하다고 생각되는 사람의 이름과 각기 자신들이 좋아하는 천도서의 구절 하나를 적어 미리 준비된 함에 넣는 것으로 시작한다.

이때 원로들은 같은 이름이 많이 나오는 순으로 다섯 사람을 두치 후보로 선정하고, 이들을 동네 사람들과 격리하여 별도의 공간에 대기시킨다. 동시에 동네 사람들이 제출한 천도서 구절 중 가장 많이 나온 세 개의 구절을 뽑아 천도서에 갈피를 끼워 신단의 맨 왼쪽 높은 곳에 둔다.

그다음으로 책갈피가 없는 다른 천도서 세 권을 낮은 탁자들에 놓아두는데, 격리되었던 후보자들이 연장자 순으로 입장하여 각자 자신이 좋아하는 천신서 구절을 단 한 번씩 펼쳐 보인다. 이때 펼친 면이 기존의 책갈피 면과 일치되는지 아닌지를 대중들에게 확인시키는데, 일치하는 후보가 없을 경우 원로들은 일치되는 사람이 없음을 고지하고 절차는 원점으로 다시 돌아가 일치되는 인물이 나올 때까지 계속된다는 것이다.

일단 두치가 되면 종신으로 그 직을 수행할 수 있으나 특별한 사유가 생겨 두치가 자진 사퇴하는 경우에만 두치를 새로 뽑게 되어 있었다. 동네 사람들의 마음을 담아 천신이 인도하는 인물을 지도자를 뽑고자 하는 그들의 열의는 대단하여 그날은 온 동네가 잔치 한마당이 벌어지곤 하였다.

이런 마을에서 왕대인은 수십 년간 인기 있는 두치였다. 가산도 넉넉하여 인심도 후하고, 모두에게 공평하게 대하여 사람들의 환심을 사고 있었다. 무엇보다 동네 사람들이 왕대인을 좋아하는 이유는 법과 자기 권한을 주장하는 경우가 없고 항상 마을 사람들의 애환을 자신의 희생으로 해결하려고 한다는 점이었다.

이 부분은 왕대인의 큰 장점이었지만 동시에 전통과 법도를 중시하는 원로들에게는 눈에 거슬리는 행위가 되어 장점 못지않게 마을 공동체 운영의 단점으로 부각되었다. 이런 경향은 연로한 왕대인이 기력을 떨어질수록 보이지 않는 가운데 진행되었는데, 유감스럽게도 옥씨 집안에서 이런 움직임이 두드러지게 나타났다.

왕대인도 이런 동네 분위기를 모르는 바는 아니었지만, 이 문제 해결에 다가갈 수 없는 딱한 사연이 목전에 있었다. 왕대인에게는 현숙한 아내와 두 아들이 있었는데, 이미 장성한 첫째는 아버지를 도와 대부분의 집안일들을 담당하고 어느 모로 보나 모범적인 아들이었지만 둘째는 첫째와는 정반대로 동네의 말썽꾸러기였다. 틈만 나면 쌀을 훔쳐 가출하는가 하면, 술을 먹고 동네 사람들에게 행패를 부리는 일이 여러 번 있었다. 보다 못한 동네 원로들이 왕대인의 훈육을 주문하였으나 언젠가는 철이 들 것이니 조금만 기다려 달라고 사정하는 통에 동네 사람들은 왕대인의 체면을 생각하여 참고 지내곤 하였다.

그러던 중, 도저히 묵과할 수 없는 사건이 벌어지고 말았다. 어느 날 술에 취해 집에 들어온 둘째는 늙은 부모를 앞에 두고 첫째와 언쟁을 벌이더니 급기야 주먹다짐이 일어나고 온통 분탕질을 하는 중에 말리는 늙은 아버지를 내팽개치며 자기 몫의 재산을 내놓으라는 협박을 하기에 이르렀다. 왕대인 아내는 이런 패륜에 가까운 아들을 거두어 좋은 말로 구슬리며 어떻게 하든 아들의 주장을 들어주겠다고 하고는 그날의 난리를 겨우 수습하였다.

이윽고 다음 날이 밝았다. 해가 중천에 떠 있을 무렵 술이 깬 둘째는 버릇처럼 다시 마을을 벗어나갔고 저녁 어스름이 다 되어 어슬렁거리며 마을로 돌아오고 있었다. 징검다리를 건너 마을 어귀, 정자나무를 지나 모퉁이를 돌아 나올 무렵 둘째는 무언가에 걸려 그만 넘어지고 말았는데, 엎어져 몸을 추스를 여가도 없이 우악스러운 손들이 자기 팔을 비틀고 목을 누른 다음 무언가로 몸뚱이를 감아 버리는 것이 아닌가.

몸을 비틀고 일어나려고 하는데, 몸이 말을 듣지 않았다. 무엇이 온몸을 꽉 조이고 있어 몸을 일으킬 수도 없고, 온통 캄캄하여 앞뒤 분간도 못하는 중에 누군가가 발길질로 자신의 몸을 퍽 내질렀다. 그제야 둘째는 자기가 말로만 듣던 멍석말이를 당하는 것임을 깨닫고 고래고래 악을 써 욕설을 퍼붓고 있었는데, 기다렸다는 듯이 몽둥이찜질이 시작되었다. 멍석을 굴리며 쏟아지는 몽둥이세례는 멍석 속 둘째의 반응에 따라 강약이 조절되는데, 마침내 둘째의 욕설과 저항이 끝나고 멍석 안에서 더 이상 반응이 없자 멈추었다. 자정이 넘어 서서히 새벽이 오자 주위 사람들은 약속이나 한 듯이 아무 말도 없이 현장을 떠나가 버렸다.

둘째를 감고 있던 멍석은 집으로 옮겨졌고 한참이 지나 누군가 나와 멍석을 펴고 둘째를 풀어 주었다. 소란에 놀란 왕대인은 황망히 서 있고, 노부인은 눈물을 흘리며 정신을 잃은 아들을 안으며 피멍을 문지르고 침과 땀이 뒤범벅된 온몸을 닦아내었다.

한참 동안 넋을 잃고 아들을 보던 왕대인은 문을 닫고 방으로 들어가 버리고 노부인은 아들에게 새 옷을 갈아입히고는 옆 사람에게 애틋한 눈짓을 보냈다. 이렇게 둘째는 의식을 잃은 채 달구지에 몸을 누이고는 마을을 떠나게 되었다. 두툼한 보따리를 옆구리에 품은 채⋯⋯.

어느덧 해가 중천에 걸리자 소달구지가 멈췄고, 누군가가 얼굴을 가려 둔 둘째를 보따리와 함께 내려놓았다. 그리고 달구지는 온 길을 되돌아갔고, 둘째는 마치 시체처럼 한동안 움직이지 않았다.

그리고 몇 해가 흘렀다. 동네 사람들은 다시 일상으로 되돌아갔고 왕대인 집안도 안정을 찾게 되었다. 그렇다고 동네나 왕대인 집안의 변화가 없었던 것은 아니었다. 동네로 말하면 옥씨 집안 쪽에서 그들이 사는 질양지와 왕씨들이 사는 들 양지 간의 불평등 구조를 내세워 두치의 지도력 부족을 제기하고 있었고, 대부분의 동네 사람들도 그들의 주장에 동조하는 편이었다. 불쌍한 왕대인! 왕대인 집안도 큰아들이 어느덧 주장의 위치에 서게 되었고 아버지의 권위는 이미 한참 추락되어 있었다.

왕대인은 과거의 그가 아니었다. 동네일을 돌보지도 않고, 집안일에서도 거의 손을 뗀 채 잠자코 큰아들의 주관을 지켜보는 정도였다. 다시 몇 달이 흐르고 두치의 지도력에 대한 동네 사람들의 불만도 시들해졌다. 이유인즉슨 이 부분에 대한 천도서의 규정 때문이었다.

그 책자에 의하면 새로운 두치를 선출할 수 있는 경우라고는 소임을 맡은 두치가 소천되어 가는 경우, 병이 들어 소임을 할 수 없게 되어 직접 사의를 표시하는 경우, 마지막으로 두치가 음행의 죄를 범하여 마을 사람들의 지탄을 받게 될 경우뿐이었다. 천신서의 권위에 도전할 사람은 그 누구도 없었거니와 왕대인이 그간 보여준 품성과 지도력을 인정할 수밖에 없는 사정 때문에 그런대로 왕대인의 두치 자리는 보존되었다.

마을 회의에도 모습을 드러내지 않는 왕대인을 대신해서 큰아들이 아버지의 뜻을 대신 전하고 마을은 대체로 옥씨 원로들의 합의로 굴러가며 그런대로 안정을 취하게 되었다. 왕대인의 하는 일이라고는 주야로 천도서를 읽고 명상에 잠기거나 간간이 텃밭에 나가 채소를 돌보는 일이 고작이었다. 점점 말수도 줄어들어 부인이나 아들에게도 필요한 말만 간단히 할 뿐으로 가족 간에 정담이 오가는 일이 거의 없었다.

다시 몇 년이 흘렀다. 그간 조용하던 오봉 마을에 서서히 어두운 그림자가 깔려오기 시작하였는데 그것은 다름 아닌 몇 해 전 마을에서 내쫓긴 왕대인의 둘째 아들에 대한 소문들 때문이었다.

어떤 소문에 의하면 그가 큰돈을 벌어 떵떵거리고 살고 있고, 곧 사람을 사서 자기를 내친 동네 사람들에게 앙갚음을 준비하고 있다는 으스스한 말이 도는가 하면, 또 다른 소문에 의하면 그가 처음엔 장사를 잘해서 한몫 잡은 것은 맞지만 곧 주색잡기에 빠져 재산을 모두 탕진하고 알거지가 되어 무전취식한다는 말이 돌았다.

소문의 진상은 아무래도 좋았다. 일단 동네매를 맞아 추방당한 사람이 다시 마을로 돌아오는 경우는 거의 없으니까……. 그러나 그러면서도 마을 사람들의 마음이 그리 편치 않은 것은 싸움패인 둘째의 완력과 패악도 감당할 수 없는 일이지만, 만약 소문대로 거금을 가진 그가 사람들을 사서 전체 마을 상대로 패싸움을 건다면 이건 전대미문의 상상도 못할 일이 벌어질 것이기 때문이었다. 왕대인 둘째에게 행패를 당해 본 대다수의 마을 사람들의 조바심이 높아갔다.

그렇다고 두 번째 소문이 사실인 경우도 그리 간단한 일이 아니었다. 만약 그 작자가 납작 엎드리고 동네 사람들에게 지난날 잘못에 대해 용서를 구하고 다시 마을로 돌아온다면? 그를 다시 내칠 수가 없는 것이 문제였다. 일단 처벌을 받아 마을을 떠난 이가 마음을 고쳐먹고 돌아와서 용서를 구하는 경우 일정한 과정을 거쳐 마을 일을 담당케 한 다음 주민으로 받아들이는 것은 오로지 왕대인 두치의 권한이기 때문이었다.

그러다가 마침내 막 추수를 앞둔 초가을 어느 날 동네 사람들은 두치로부터 한 통의 통문을 받았다. 간단한 인사와 함께 적힌 내용인즉슨, 삼 일 후 자기 집에서 잔치가 있으니 모두 참석해 달라는 요지였다. '이 가을날 무슨 잔치? 아마도 노쇠한 왕대인이 드디어 칭병으로 두치 자리를 내놓고서 잔치를 하려나? 아니면, 혹시? 떠도는 소문처럼 부자가 된 둘째 아들의 돈을 받아 마을 잔치라도 하는 걸까? 만약 그렇다면 그 자리는 거북하기 짝이 없는 자리가 되겠고⋯⋯ 그것이 아니라면⋯⋯?' 사람들의 말들이 보태지고 또 보태져서 궁금증과 호기심은 물론 일종의 불안감도 함께 고조되었다.

옆에서 본 왕대인 집 잔치 준비는 예사로 진행되는 것이 아니라, 마치 일생일대 중대사를 치르는 모양새를 갖추고 진행되었다. 잔치에 쓸 고기는 동네에서 제일 몸집이 큰 암퇘지를 골라 준비했으며, 술도 떡도 모두 동네 밖에서 건너왔고, 집 안에는 연일 전 부치는 냄새가 진동하였다. 잔치 전날부터 천막이 쳐지고 멍석이 마당 가득히 퍼지더니 드디어 잔칫날이 밝아 왔다.

먹을 것이 귀한 옛날에 잔칫날은 십리 밖 거지들에게도 손꼽아 기다리는 날이라고들 하는데, 하물며 추수를 앞두고 빈 쌀독에 신경 쓰던 동네 주민들이야 말해 무엇 하겠는가. 마을의 모든 남녀노소들이 왕대인 집에 모두 모여 들었고 동네잔치는 한나절 동안 계속되었다.

그리고 해가 서산마루에 걸리자 그럭저럭 잔치는 끝났다. 산자락부터 어스름이 깔리고 주위가 어둑어둑해지자 더러는 철상을 거들고 왕대인과 가까운 사람들 몇몇은 끝까지 남아 뒤처리까지 손을 보태고 잔치 손님들은 모두 각자의 집으로 돌아가게 되었다. 그리고 한참 후 늦게까지 일손을 거들던 노인 한 분이 손아래 젊은 친척과 함께 아랫마을로 내려가며 대화를 나누었다.

"여보게, 동생! 오늘 잔치가 많이 이상하지 않았나? 귀한 음식이니 대접은 잘 받았는데, 마음이 편치 않으니 참으로 묘한 경우일세". 턱수염을 쓰다듬으며 노인이 옆 중년 장정에게 말을 걸었다.

"그게게 말입니다. 왕대인이 오늘따라 조금 이상하게 보이더군요. 그동안 눈웃음도 없던 그 양반이 박장대소가 웬 말입니까. 그것도 여러 번씩이나⋯⋯". 머리에 동여맨 수건을 풀어 털면서 연신 내리막길을 살피던 장정이 말을 받았다.

"왕대인댁도 마찬가지. 종일 환한 웃음으로 넉넉하게 음식을 담아내며 손님을 대하는 것이 우리들을 조금 민망하게 만들더군. 사실 오늘 아침 일찍 이곳에 온 사람들이 제일 답답했던 모양이야.

가까운 친척들조차 오늘 잔치의 영문을 모른 채 왔으니 잔치 기분을 어떻게 맞추나? 성질 급한 한 사람이 다짜고짜 이것을 추궁하니, 왕대인이 대뜸 가운데 방을 가리키며 '조금 이따 보시오. 그 연유를 알게 될 것이오'라고 했는데, 조금 있으니, 방문이 열리고 새 신랑 같은 옷을 입은 한 젊은이가 나타났는데, 그자가 바로 대인의 둘째 아들이더라 이거야. 사람들이 많이 긴장했지, 꽉 다문 입술로 표정 없이 돌아온 둘째에 섬뜩하지 않을 사람이 누가 있겠나? 검게 탄 얼굴은 다소 수척해 보이긴 했어도 잘 차려입은 행색으로 보아 필경 돈푼깨나 있는 모양새로 왔으니, 동네 사람들이 잔치 기분을 내기는커녕 초상집 같은 싸늘한 분위기에 휩싸였다고 하더군."

"그래서 어떻게 되었나요?" 잔치에 늦게 도착해 그간의 사정을 몰랐던 장정이 눈에 호기심을 잔뜩 채우고 노인을 돌아보았다.

"다행이라 해야 할지, 불행이라 해야 할지……. 아무튼 오늘 잔치는 참 묘한 잔치였네……. 자네도 들어 알겠지만 일단 무일푼으로 돌아온 둘째 아들이 우리에게 앙갚음을 할 일은 없다 하니 다행인데, 문제는 첫째 아들이 돌아온 둘째 아들을 다시는 안 보겠다는 통에 왕대인이나 우리 모두에게 새로운 사달이 생겼거든. 한참 동안 실랑이 끝에 왕대인의 설득이 주효하여 첫째가 잔치에 들어오기는 했어도 한동안 부자 간의 설전을 지켜보던 동네 사람들의 조바심이 컸다네."

"용케 대인의 설득이 첫째 아들에게 통했던 모양이군요. 좌우간 잔칫집 분위기가 어떻게 바뀌었는지 궁금하군요. 잔칫날에 집안 단속이라 왕대인의 처지도 말이 아니었겠죠?"

"말도 말게. 나도 일평생 그 사람을 잘 알고 지내지만, 오늘처럼 그 양반을 다시 본 적은 없었다네. 펄펄 뛰는 첫째 아들을 데리고 뒷마당으로 가더니, 조금 뒤 다시 돌아와 이렇게 말했다네. "동네 사람들이여! 소생이 한 말씀 드려야 하겠군요. 보시다시피 오늘 우리 집에 약간의 소동이 있었습니다만 모두 해결되고 이제는 즐거운 잔치로 돌아가게 되었습니다. 내가 무엇과도 바꿀 수 없이 기쁜 것은 생사를 몰라 죽었다고 생각했던 아들이 살아 돌아온 것입니다. 집 나간 짐승이 집에 다시 돌아와도 이웃 잔치를 할 판인데, 하물며 우리 아들이 이렇게 살아 돌아 왔으니 그보다 더 기쁜 일이 어디 있겠소. 그동안 둘째는 큰 인생 공부를 하고 바닥까지 내려 갔다가 왔으니 이제 올라갈 일만 남았고, 충직한 첫째는 전 가족의 지원은 물론 이제 동생의 협력까지 얻었으니 앞으로의 모든 행사의 형통이 보장된 셈이요. 아무 괘념 마시고 저희들이 마련한 잔치를 맘껏 즐겨 주시길 바랍니다.""

"저도 첫째 아들을 잘 알고 있는데, 한 성질 하는 그 사람이 그렇게 쉽게 감정을 추스른 경우는 좀처럼 없지요. 필경 왕대인의 설득엔 무언가 비장의 패가 있지 않았을까요?"

"아무렴 여부가 있겠나. 나는 여태까지 왕대인이 하는 일에 실패를 본 적이 없으니까. 내 추측으로는 첫째 아들이 왕대인의 상대가 될 수 없지. 강한 협박에 굴복했거나, 달콤한 유혹에 넘어갔거나 아니면 둘 다일 수도 있고…… . 확실한 것은 그가 늘 사용하던 무기인 사랑이니 용서니 하는 타령을 늘어놓지는 않았을 것이라는 점이지. 이번에야말로 첫째의 손에 무언가를 쥐어 줘야 할 시점이었으니까."

"왕대인의 웃음과 눈빛에는 어딘가 눈물이 있음을 나는 보았지. 동네 사람들이 자기 아들을 제 멋대로 판단하여 동네매로 처벌했던 처사에 대한 섭섭함은 물론 첫째 아들마저 손아래 동생의 내면을 살피지도 못하고 무작정 미워하는 것부터가 괴로운 일이었겠지. 부모로서 망나니 자식을 옆에 두고 보는 것이 쉬운 일은 아니었겠지. 그 사람의 생각은 아마도 모든 잘못이 자신에게 있다고 보는 것 같아.

소싯적 왕대인은 천도서에 몰두하며 가세가 기울어지는 것도 모른 척했었지. 하늘의 도를 모르고서 땅에 사는 것이 의미가 없다는 식이랄까. 아무튼 그때 그는 천도서의 속뜻을 깨닫기 위해 깊은 산에 들어가 한동안 마을에 내려오지도 않았던 적이 있었지.

그때 가난한 살림을 도맡아 했던 부인이 입 하나 덜어 내려고 둘째를 먼 친척의 양자로 보냈는데, 그가 그곳에서 돌림병으로 다 죽게 된 거야. 할 수 없이 둘째를 본가로 데려와 목숨은 건졌으나, 병이 가끔 도져 둘째는 성한 애가 아니었지."

"그나저나 산속으로 들어간 왕대인은 그 뒤 어떻게 되었나요? 그래서 마침내 뜻을 이루었나요?"

"내 앞가림도 못하는 내가 뭘 알겠나. 다만 사람들 말로는 새벽

이슬을 흠뻑 맞고 돌아온 그 사람이 보통 때와 달랐다는군. 얼굴은 빛나고 흠뻑 젖은 옷에는 김이 연기처럼 피어나더라는 거야. 그리고 주위 사람들에게 말을 했는데 사람들이 멍했다고 해."

"궁금하군요. 무슨 말을……?"

눈을 둥그렇게 뜬 장정이 갑자기 발걸음을 멈춘 채 노인의 대답을 재촉한다.

"지금도 나는 그 말을 잘 모르겠네, 글쎄 그 사람이 이렇게 말했다는군. **'하늘의 도는 하늘에 있지 않습니다! 하늘나라도 하늘에 있지 않아요! 하늘나라는 바로 우리들 가운데 있습니다!'**"

"그래서, 어떻게 되었나요? 왕대인이나 우리 봉골에 무슨 큰 변화가 있나요?"

"사람 사는 것이 예나 지금이나 무슨 다름이 있겠나? 어제가 오늘 같고 오늘이 내일 같은 거지. 하지만 지나고 보니 그때 왕대인이나 우리 봉골이 새로운 시작을 한 것 같아. 이것이 변화라면 변화겠지. 왕대인은 산 생활을 마치고 자신의 말을 실천하기 시작하였지. 이전과 다르게 사람들을 대하는 태도를 바꾸어 항상 웃는 얼굴로 대하고 언제나 친절한 마음을 내는가 하면, 동네일은 모두 자기 일로 만들어 버렸지. 신기한 것은 가난했던 왕대인 재산이 날로 늘어나더라 이거야. 남에게 계속 베푸는 그가 어째서 살림이 계속 불어났는지 수수께끼 같은 일이 바로 그 사람에게 일어난 것이지. 마침내 그 사람이 두치가 되었고, 그 뒤로 봉골에는 큰 사단을 계기로 새로운 성씨가 생기는 전통이 더 이상 일어나지 않았다네. 봉골의 중요한 전통 하나가 없어져 버렸지."

"그건 그러하지만 혹시 왕대인이 우리와 첫째가 꾸민 일을 알고 있는 것은 아닐까요?"

"이번 건은 서로 모르는 일로 해둠세. 괜히 긁어 부스럼 만들 필요는 없으니까. 평소 왕대인의 지론이 바뀐 것도 아니고 우리 주장이 무시된 것도 아니니까. 아무튼 왕대인도 이번 계기로 동네 분위기를 조금 알게 되었을 거야. 왕대인은 다시없는 좋은 사람이지만 나는 그의 생각에는 전적으로 동의할 수는 없다네. 그는 천도서에 너무 몰입한 나머지 자신을 마치 하느님과 같은 위치에 두어 사랑타령을 하거든⋯⋯.

하늘나라가 우리 가운데 있다는 것이 과연 하늘나라가 하늘에 없다는 말인가? 그리고 하느님의 사랑과 인간의 사랑이 같은 차원이 될 수가 있을까? 나는 여태까지 신선놀음이라는 말은 들어 봤어도 하느님 놀음이라는 말은 들어 본 적이 없구먼. 왕대인 자신의 문제 해결 방식이 다른 사람에게도 다 똑같이 적용된다고 믿는 것이 얼마나 옳은 것일까? 나는 그가 주장하는 '하늘의 도'를 들을 때마다 마음이 편치 않아. 그는 자신의 주장으로 말미암아 자유스러워야 할 우리의 생각을 막아 버린다는 생각을 정말 모르는 것일까? 그가 문제 해결 위해 선택한 방법이 곧 또 다른 문제를 만들어 이와 같은 사달이 일어났다는 점을 그가 알아야 하지 않을까?

하나님 사랑은 인간의 그릇으로는 담기 어렵지. 일전에 있었던 약간의 폭력은 인간 세상사에서 일어나는 불가피한 선택이었고 다른 말로는 우리가 믿는 바대로 인간적 사랑을 실천한 것이 아니겠나. 하느님 사랑이든 인간의 사랑이든 그것을 너무 낭비해서는 안 되지. 내가 바라보는 천도서의 원리는 바로 이것일세. 천도서의 가르침은 절대 진리이지만 그 해석은 위험을 초래하는 폭탄이 될 수 있다는 것, 또한 그 원리를 적용하는 문제는 또 다른 차원이 된다는 것, 바로 이것일세! 자, 이제 서둘러 가세. 곧 밤이 될 테니까."

# 스님과 여인

그리 멀지도 않은 옛날, 그러니까 한반도의 조선 왕조가 서서히 쇠퇴하여 그 몰락을 눈앞에 둘 무렵, 조선 불교계에 한 기인이 나타났다. 그의 속가 이름은 송동욱, 법호는 경허라고 했으나, 말년에 돌연 환속하여 이름도 성도 바꾸고 박난주라는 이름으로 살았으니, 그의 변화무쌍한 삶을 미루어 짐작할 수 있겠다.

그의 행색을 보면 일단 가사 장삼을 걸치고 다니니 스님이라고 할 수 있겠는데, 머리도 기르고 수염까지 달고 있으니, 고개를 갸우뚱할 수밖에 없고, 그의 행동거지를 볼라치면 도저히 스님이라고 볼 수 없는 파격과 기행을 일삼으니 일반 대중은 물론 종단에게 그는 의혹과 혼란을 일으키는 말썽꾸러기 중이었다.

그렇지만 그가 처음부터 괴짜 스님이었던 것은 아니고 한때는 젊은 스님들을 잘 가르치기로 이름을 드날린 유능한 강백이자 대중들에게 법문 잘하기로 소문이 자자한 인기 강사 스님이었다. 그가 이런 기인이 된 계기는 불가에서 말하는 깨달음, 곧 견성이 있고 난 연후였다고 하는데, 그것이 한국 불가에서 유명한 일화로 남아 있는 이른바 '콧구멍이 없는 소'라는 이야기로 전해진다. 소는 코뚜레를 달고 일생 동안 멍에를 지고 살아야 하는 것이지만 콧구멍이 없다면 코뚜레를 끼울 수가 없고, 코뚜레가 없다면 소는 멍에를 질 필요도 없는 것, 이것은 중생과 대자유인의 갈림길을 말해 주는 화두였다.

경허는 이 화두를 통해 순간 득도하여 전혀 새로운 사람이 되었다고 전하는데, 이렇게 새 사람 아니 새 스님이 되었다고는 하나, 이 새로움은 보통 사람들의 눈에는 새로운 것이 아니라 괴상한 것, 혹은 망측한 것 등으로 이해되곤 하였다. 즉, 경허는 고래의 조선 불가의 전통을 거의 따르지도 않고 수염도 기르고 머리도 아무렇게나 하고 이 절, 저 절로 다니며 분란을 일으키고 있었다.

그러던 어느 날 마침내 극적인 사달이 충남 동학사에서 벌어졌다. 사건이 일어난 그날은 하필 하안거 해제일로서 모든 스님들이 모여 그간의 정진을 마무리하고 서로 축하하는 즐거운 자리였다. 이런 축하 행사의 마지막 절차는 의례적으로 조실 스님의 법문이 대미를 장식하곤 하였는데 대개 이런 시점이 오면 많은 학인들과 스님들은 그동안 답답했던 산문을 벗어나 자유롭게 각자의 행로를 찾아 떠날 생각으로 가벼운 흥분을 느끼기 마련이다. 엄격한 수행법에 지친 수행자들이 그동안 쌓은 공력을 시험하는 순간이 오는 것이다. 아무튼 많은 스님들은 애써 평정심을 회복하고자 애쓰면서 초조하게 조실 스님의 법문이 끝나기만 기다리고 있었다.

이 행사에 참여한 경허도 맨 구석을 차지하여 말없이 자리를 지키고 있었지만, 주위의 경건한 분위기와는 딴판으로 법문에는 아예 관심이 없는 듯 하품을 하거나 딴청을 부리는 바람에 주위의 빈축을 사고 말았다. '이 중요한 날, 법문을 저렇게 소홀히 대할 수가 있는가? 더구나 조실 스님의 법력은 조선 천지에 널리 알려진 바 아니던가?' 주위의 눈총이 고조되는 중에 조실 스님의 우렁찬 법문은 거의 마무리로 접어들고 있었다.

큰 스님은 말하였다.

"대중들은 들어라. 그대들은 이번 대중공사를 잘 이겨낸 영웅들이다. 과거의 자신을 던져 버리고 각자의 위치에서 거목과 같은 스님이 되어야 한다. 생각해 보라, 큰 재목 없이 어찌 이런 우람한 가람을 만들며 큰 재목이 없다면 이 대웅전이 어떻게 유지될 수 있겠는가? 부디 그대들이 조선 불교의 큰 동량재가 되기를 축원하노라. 또한 그대들은 어제보다 다른, 큰 그릇이 되어야 한다. 중생들의 고통과 눈물, 온갖 번뇌, 망상을 다 받아내는 큰 그릇이 되어야 한다……!"

과연 불교계의 대표 스님다운 말씀이었다. 젊은 수좌들이나 나이 든 스님들 모두 조실 스님의 훌륭한 가르침을 가슴에 담으며 자신만의 하안거를 완성하고 있었다. 자신의 법문과 대중들의 호응에 만족한 조실 스님은 법열에 가득 찬 경내를 흐뭇하게 바라보았다.

그런데? 저기 저 구석 맨 끝에 앉아 있는 화상 하나가 눈에 걸려든다. 행색부터 남다른 그는 법문을 경청하기는커녕, 딴청을 부리거나, 법문에 전혀 관심이 없는 듯 고개를 아예 문밖으로 향한 채,

가물가물 졸고 있는 것이 아닌가!

"오호라, 저 작자가 경허라는 인물이구나. 어디 한번 저자를 점검해 보리라!"

이렇게 작심한 조실 스님이 법상에서 내려와 큰 소리로 경허를 불렀다.

"어허, 이번에 경허 스님도 이번 하안거에 참여하셨군요. 잘 오셨습니다. 지금 법상을 비워 드릴 테니 부디 법문을 들려주시지요!"

조실 스님의 점검은 이렇게 시작되었다. 조실 스님의 벼락같은 소리에 깜짝 놀라 졸음에서 막 깨어난 경허는 안절부절 어쩔 줄을 몰랐다. 자신에게 박히는 수많은 눈총을 어찌하며 서슬이 시퍼런 조실 스님의 질책을 어찌 피해야 하나. 엉겁결에 경허는 사태를 모면하고자 애를 쓴다.

"아니오. 소승은 드릴 말씀이 없습니다."

"그러지 마시고……."

"아니오. 소승은 조실 스님 법문에 보탤 말이 없습니다."

이러기를 세 번, 드디어 마지못해 경허가 일어나 법상에 앉았다. 그리고 무겁게 법문을 시작하였다.

"사형 스님 여러분, 조실 스님의 요청으로 제가 이 자리에 억지로 앉기는 하였지만 사실 저는 여러분께 드릴 말씀이 없습니다. 왜냐하면 여러분은 이미 훌륭한 스님들이기 때문입니다. 더구나 이미 조금 전 조실 스님의 법문 속에 주요한 것이 다 망라되어 있기 때문에 소승이 굳이 재차 반복할 수도 없겠습니다. 보시다시피 저는 수염도 깎지 않았고, 차마 중이라고도 할 수 없는 행색에다 하안거 동안 성실하지도 못했기에 더욱 그러합니다. 그러나 저의 의지와는 다르게 일단 이 법상에 오르게 되었으니 무언가 어설픈 말이라도 하지 않고는 이 법상을 내려갈 수 없겠군요. 먼저 큰 스님의 법문에도 있듯이 사형 여러분 모두가 법가의 큰 대들보가 되는 것이 매우 중요하겠습니다. 하지만…… 하지만…….”

여기서 잠깐 말문을 끊고 대중을 둘러보던 경허가 어쩔 수 없다는 듯 말을 이어 갔다.

“…… 하지만, 어쩔 수 없이 작게 태어난 볼품없는 나무나 굽은 나무는 어찌해야 좋을까요? 작은 나무나 큰 나무나 모두가 소중한 것, 여러분은 나무가 되기보다는 차라리 목수가 되면 어떻겠습니까! 작은 나무든 굽은 나무든 쓰임새를 헤아려 모두 귀히 쓰는 훌륭한 목수 말입니다.”

장내가 잠시 술렁이더니 이내 기이한 침묵이 흘렀다.

‘저자가 지금 무슨 일을 하는가? 감히 조실 스님을 능멸하는 언사가 아닌가?’ 장내의 모든 스님들은 이 괴짜 스님의 발칙한 도전에 내심 불쾌한 마음이 되었다. 하지만 일단 법상에서 나오는 법문에 어찌 분란을 일으킬 수 있으랴. 일단 잠자코 그의 말을 들어 보기로 하였다.

“……… 또한 여러분들은 방금 조실 스님으로부터 큰 그릇이 되라고 가르침을 받았습니다. 지당하신 말씀입니다. 우리 모두 중생들의 번뇌를 담아내고 그들을 제도하는 큰 그릇이 되도록 노력합시다. 그러나 사형 여러분! 우리 모두가 큰 그릇만 되기를 바라고 노력한다면 필경 어려움에 빠질 수도 있겠습니다. 생각해 보십시오. 그릇과 그릇이 함께 지내다 보면 필경 더러는 소리가 나고 깨어지기도 하고 부서져 못쓰게 되는 일을 어찌 피할 수 있겠습니까? 그릇이 되기보다는 차라리 그 속에 담기는 물이 되면 어떠하겠습니까. 크건 작건 아무 모양도 만들지 않고 서로 서로 품어 배척이 없으며 모든 삼라만상을 먹이고 씻기고 더구나 모든 생명의 갈증까지 풀어주는 물이야말로 모든 중생이 더욱 갈구하는 것이 아닐까요……?"

갑자기 장내가 험악해지고 여기저기 웅성거리고 술렁거리는 분위기가 되더니 드디어 더 이상 참지 못하는 몇몇 스님들이 자리를 박차고 나와 저들끼리 얼굴을 맞대고 무언가를 의논하기 시작하였다.

"저자를 더 이상 가만히 둘 수 없다. 수염을 깎지도 않고 승복도 제대로 갖추지 않는 주제에 감히 법상에 오르다니, 이것은 도반을 무시하고 경내 질서를 해치려 하는 작태가 분명하니 더 이상 가만히 둘 수 없는 것이 아닌가. 저자는 하안거 중에도 소중한 경전을 더 성스럽게 한다는 명목으로 누워서 독서를 했고 수행자라면 마땅히 갖추어야 할 하안거 법도도 어긴 것이 어디 한두 번이던가! 오늘은 급기야 조실 스님의 법문까지 난도질을 하니 어찌 두고 볼 수 있겠는가!"

몽둥이를 든 몇몇 수행자들이 험상 궂은 얼굴로 밖에서 경허를 기다리고 있는데, 이를 눈치 챈 경허는 잽싸게 법상을 내려와 옆문을 통해 줄행랑을 치고 말았다.

두 번째 사달도 예사 사건이 아니었다. 때는 1889년, 경허는 세속 나이 쉰 살이 되었고 이미 많은 수좌들을 거느린 조실 스님이 되어 큰 가람의 정신적 지주로서 작은 암자에서 정진하고 있던 시절이었다. 당시 경허는 갖가지 기행과 남다른 행색으로 소문이 나 있었지만 이미 그의 법력은 조선 팔도에 널리 퍼져 수많은 학인들과 수행자들이 그의 가르침을 청하는 높은 위치에 있었다. 그가 그런대로 한동안 조용하게 도량을 지키며 지내던 바로 그 시기에 그는 또 다시 세상을 놀라게 한 일대 사건의 주인공이 되고 말았다.

그 사건의 내용은 대강 이러하였다. 어느 추운 겨울날 경허가 본사에 일이 있어 출타하여 밤늦도록 암자에 돌아오지 않자 시자는 몹시 초초하게 그를 기다리고 있었다. 때마침 함박눈이 휘날리어 천지 사방을 분간할 수 없는 데다 밤도 이슥했으니 아마도 스님은 오늘밤을 본사에서 보내실 것이 거의 확실하였다. 시자는 이제 조실 스님을 기다리는 것을 그만두고 막 자기 침소로 돌아가게 되는데, 혹시 그 사이 조실 스님이 올지도 몰라 자신도 모르게 조실 스님 방을 힐끗 쳐다보게 되었는데, 아뿔싸! 시자는 그만 못 볼 것을 보고 말았다.

어지럽게 흩날리는 함박눈 사이로 조실 스님이 묘령의 여인을 안고 황급히 문 안쪽으로 사라지는 것이 아닌가! 여인의 치맛자락이 눈바람에 팔랑거리며 급히 문 안으로 사라지자 시자는 경악하게 되었다. '선방에 여자를? 더구나 이 밤중에 아무도 모르게 이런 행동을 하다니?' 아무리 엉뚱한 조실 스님이라고 하더라도 이건 아니었다.

시자는 얼른 자기 방으로 돌아와 이불을 뒤집어쓰고 마음을 진정시켰다. 시자 주제에 무엇을 하겠는가? 시자는 잘 알고 있었다. 어떻게 시자가 처신해야 하는지를……. 산문에 막 들어와 행자 생활을 시작할 때 귀도 막고, 눈도 막고, 입도 막아 삼 년은 지내야 행자 생활을 제대로 한 것이라고 선배 학인들이 여러 번 충고하지 않았던가! 조실 스님을 시봉하는 시자로서, 서열상 맨 끝에 있는 행자로서 그는 오늘 자신이 본 것을 감히 발설할 처지는 아니었다.

날이 밝고 아침이 오자 경허는 문을 닫은 채 시자를 불렀다.

"오늘부터 조실 방에 누구도 들이지 말라! 그리고 공양은 이 인분으로 들여 보내고 그 이유를 누구에게도 말하지 말라!"

모습은 보이지도 않고 조실 스님의 엄명이 얼음덩이처럼 문밖으로 떨어졌다. 하루, 이틀, 사흘, 시자의 몸은 수발을 계속하고 있었지만 마음은 천근만근 무거워져 병이 날 지경이 되었다. 더구나 두 사람 공양의 내역을 추궁하는 공양간의 성화엔 더 이상 견디기가 힘들어 시자는 마침내 주지 스님에게 짐을 넘기기로 하였다.

이 일을 전해들은 주지 수님은 일차로 시자의 입을 단단히 봉하고 공양간에도 입단속을 명하였다. 이것은 일찍이 조실 스님의 상좌 생활에서 단련된 버릇이었다. 그러나 이 일은 그냥 이런 미봉책으로 끝낼 일이 아니거니와 언제까지 비밀이 지켜진다는 보장도 없었다. 주지스님은 머뭇거리며 조실 스님 방문 앞에서 서성거렸다. 이윽고 방에서 목소리가 들려왔다.

"내 방 앞에서 기웃거리지 말라고 미리 말해 두었거늘 밖에 누가 있느냐?"

"예, 스님, 만공이옵니다."

"무슨 일인가?"

"시자가 이르기를 스님이 요즈음 방에서 나오시지 아니한다 하여……."

"일 없으니 물러나게. 나는 식욕이 좋아 공양도 두 그릇씩이나 하고 있으니 무슨 일이 있겠는가! 다시 말하지만 내가 따로 말하기 전에는 누구라도 이 근처에 얼씬 못하게 하시게!"

누구의 분부이던가! 아직까지 만공은 여전히 상좌에 불과했다. 말도 제대로 못 부치고 만공은 발길을 돌렸다. 사실 경허가 여인과 관련된 난처한 일을 만든 것이 이번이 처음이 아니었지만 이번처럼 침소에까지 여인을 들이는 것은 불법에 어긋나도 한참이나 어긋나는 일. 주지로서 소임을 해야 하는 만공으로서 매우 난감한 입장이 되었다.

다시 며칠이 흘렀다. 시위를 떠난 화살이 순식간에 방향을 잡아 날아가듯, 고삐 풀린 소문도 삽시간에 경내로 퍼지고 말았다. 처음엔 귓속말로 속삭이던 소문은 마침내 큰 소리로 변하여 조실 스님의 행실을 성토하는 분위기로 바뀐 것이다. 마침내 그간 쉬쉬하던 조실 스님의 비리들은 열띤 공론에 부쳐졌고 그 실체들이 낱낱이 까발려지고 말았다.

자주는 아니지만 가끔씩 곡주와 육고기를 취하며 스스럼없이 대하는 태도는 사소한 일탈이라고 하더라도 비구가 여인을 멀리해야 하는 법은 불가의 으뜸 법인데 이것을 소홀히 하는 탈선이 너무 빈번했던 것이다.

예를 들어 한때 행자와 함께 탁발을 나가서는 공양물을 지고 다니기가 힘들다는 행자에게 축지법을 가르쳐 주겠다며, 지나가는 아낙네의 가슴을 만져 세간의 입방아를 부산하게 했던 일화가 있는가 하면, 세속의 어머니와 많은 보살들 앞에서 알몸으로 행패를 부리던 일이며, 개울을 건너 달라는 묘령 여인의 부탁을 쾌히 승낙하여 성큼 여인을 업었던 일, 그리고 그 여인이 수고비 지급을 한사코 고집하자 돈을 받지 않고 엉덩이를 만졌는지 때렸는지 알 수 없는 행동을 한 점 등 그 어느 것 하나 그냥 넘어갈 사안이 아니었다.

하지만 그런 기행들을 그냥 넘길 수 있었던 것은 이 모든 것이 대중이 보는 앞에서 그리고 동행이 있는 가운데 돌발적으로 그리고 즉흥적으로 일어난 일이고 보니, 대중들이 그의 일탈을 거침없는 선지식인의 기행 정도로 치부할 수도 있었기 때문이다.

그러나 이번 건은 과거의 것과는 차원이 아예 다른 아주 중대한 탈선이라는 것이 분명하였다. 조실 스님이라는 자가 비밀리에 산중 외딴 방에서 묘령의 여자와 합숙을 하고 공양만 축내며 여러

날 문밖출입을 안 하고 있다? 대중의 공분이 극도로 고조된 어느 날 밤, 모든 스님들이 마침내 대중 공사를 개시하였다. 홍분한 젊은 수좌 몇몇이 몽둥이까지 들고 조실 방 앞으로 몰려가 험악한 분위기가 걷잡을 수 없게 되었다.

욕설과 고함이 뒤섞인 소동에 드디어 방문이 열리고, 경허가 나타났다.

냉랭한 얼굴. 경허는 아무 표정 없이 무리를 한 차례 바라본 다음 탄식하듯 말문을 열었다.

"허어 이게 무슨 소동인가!"

"……."

경허의 천진한 표정과 담담한 질문을 예상 못했던 것일까? 대중들이 잠시 멈칫하더니 어느 구석에서 거친 응수가 질러 나왔다.

"염병할……. 소동이라니, 말 한 번 잘했소. 우리가 소동이라면 잘난 스님께서 한 행사는 무어라고 말할 거요?"

일단 문답으로 들어간 고성들이 욕설과 폭언으로 날을 세워 갈 무렵, 이미 경허는 조실도 아니었고 스님도 아닌 자가 되어 드디어 먹살잡이로 치달을 바로 그 순간이었다. 어디선가 날카로운 여자의 굉음이 대중의 귀를 압도했다.

"이놈들아! 시님에게 손대지 마라!"

막 방문을 박차며 고함을 지르고 나타난 사람은 문제의 그 여인이 분명했다. 치마를 동여매고 얼굴과 머리를 감싼 여인이 드디어 제 발로 모습을 나타낸 것이었다. 사방이 숨을 죽인 순간, 여인은 다시 앙칼진 목청으로 말을 이었다.

"당신들은 시님들이 아니요? 한 사람을 두고 이렇게 많은 사람들이 동네매를 준비하다니 이게 될 말이오? 저잣거리에도 없는 일이요. 더구나 아무 죄도 없는 조실 시님을 이렇게 할 수 있단 말이오. 필경 여러분은 조실 시님이 아니라 나를 보러 왔을 거요. 정그렇다면 할 수 없지요. 자, 이것이 내 상판대기요. 보고 싶다면 실컷 보시오."

"악!"

어딘가 외마디 소리가 들렸다. 여인이 얼굴을 가렸던 천을 벗어던지자 해골 같은 형상이 나타났다. 문드러진 코와 얼굴 전체에 퍼진 고름 피. 여인은 해골 같은 문둥이였다. 바로 옆에 있던 자는 코를 부여잡고 고개를 돌렸고, 모두가 놀라 몇 걸음을 물러나더니모두 등을 돌렸다. 여인의 울음 섞인 절규는 사람들 등 뒤를 사정없이 때리고 있었다.

"그렇소. 나는 다 죽어 가는 문둥이요. 동네 사람들이 나를 외면했고, 가족마저도 나를 버렸소. 한동안 문전걸식으로 이 동네 저동네 돌아다녀도 밥 한 덩어리 옳게 주는 사람이 없었소. 요 며칠폭설까지 내리는 바람에 동냥 다니기도 어려워 절집을 찾았더니상대도 안 합디다. 여러 날 굶은 데다 갈 곳도 없고 힘도 다 빠져길바닥에 엎어졌는데 차라리 잘됐다. 이렇게 죽는 편이 낫겠다 싶어 잠을 청했는데, 한참을 자고 깨어나니 조실 스님 방입니다. 그동안 조실 스님은 다 죽어 가는 나를 살리려고 더운밥을 주고 고름도 짜 주고 씻어 주시기도 하였소. 나도 스님이 많이많이 원망스럽소. 그때 차라리 내 업장을 내가 지고 이 죄 많은 삶을 끝장내

야 했는데, 스님이 왜 이렇게 이 문둥이를 살려서 이 고생인
지……"

이것으로 상황이 끝나고 사람들은 흩어졌다. 마치 삼베 바지에
고약한 냄새가 빠져 나가듯, 한 사람 두 사람 암자를 내려갔다. 당
황한 만공과 수자 몇 사람이 조실 스님 앞에 무릎을 꿇고 용서를
구할 즈음 보살들이 올라와 황급히 뒷일을 감당하여 노자를 챙겨
여인을 보내고 어수선한 주위를 수습하였다.

다음 날 새벽 예불 시간에 경허는 나타나지 않았다. 덩그렇게 빈
조실 방. 경허는 이미 그곳에 없었다.

Part 2.

중편

예언자의 칼

# 예언자의 칼

지금까지 인간 사회는 각 분야의 걸출한 인물들의 지도력과 영향력에 힘입어 시대별로 다채로운 모습을 보이며 발전해 왔다고 볼 수 있으며 특히 종교 분야에서 이러한 현상이 두드러지게 나타난다고 볼 수 있다. 한 방울의 물이 모여 거대한 강줄기를 이루고 때로는 온 들판을 적시며 곡창지로 만들기도 하지만 때로는 거대한 홍수가 되어 근처의 지형을 통째로 파괴해 버리는 것처럼 단 한 사람으로 시작된 믿음이 많은 이들에게 평화와 행복을 주기도 하고 때로는 잔혹하고 끔찍하기 이를 데 없는 전쟁의 고통을 초래하여 우리를 가슴 치게 만든다. 이렇듯 종교와 믿음의 문제는 인류 발전의 원동력이기도 하고 인류사회 발전에 질곡이 되기도 하는 양면성을 가지고 있다고 볼 수 있다.

이하에서 우리는 이런 양면성을 감상하기 위해 먼 옛날 7세기 속으로 들어가 당시 아라비아 반도에서 일어난 종교 운동과 세기적 사건들을 추적해 보기로 하자. 이들은 비교적 최근에 일어난 사건이고 문자로 명확히 된 기록이 있기 때문에 이들만으로도 우리의 궁금증은 어느 정도 해소될 수 있지만, 먼 후대의 우리가 그 실상을 정확히 알 길은 없다. 우리가 우선적으로 할 수 있는 일은 사건 당시에 활약한 활동가들을 증인으로 채택하여 우리 앞에 직접 세워 그들의 입장을 들어 보는 일이다. 우리는 애써 공정한 배심원이 되기로 하고 그들의 이야기를 경청함으로써 진실에 한 발짝 더 다가가도록 해 보자.

## 최초의 무슬림 탄생: 카디자(Khadijah)의 이야기

나의 이름은 '카디자(Khadijah bint Khuwaylid)'. 지금부터 나의 세 번째 남편이자 나의 마지막 남편에 대한 이야기를 펼쳐 보기로 하겠다. 25년이나 되는 긴 결혼 생활을 어찌 몇 줄의 문장으로 다 표현할 수 있을까? 나는 다만 그분과 부부의 연을 맺게 된 경위와 그와 함께한 생애 중 가장 결정적 순간들을 중심으로 말해 볼 생각이다.

그는 서기 7세기, 아라비안 반도의 메카 지역에 사는 평범한 상인이었다. 그의 이름은 '마호메트(Muhammad ibn Abdullah)', 세상 사람들은 그를 최후의 예언자라고 말한다. 그는 유년 시절 동네에서 거의 주목받지 못한 평범한 삶을 살고 있었다. 그도 그럴 것이 조실부모하여 고아로 삼촌 집에 몸을 의탁하는 처지인 데다, 덩치가 커서 힘이 센 사람도 아니고, 남다른 재능을 가진 것도 아니어서 사람들의 관심을 받을 그 어떤 점도 없었기 때문이다. 후대에 호사가들이 만든 소수 기록들이 그의 출생을 다소 미화했지만 내가 보기엔 특별히 주목할 만한 것이 없고, 25세 때 나를 만나기 전그의 사회생활은 극히 평범했다.

즉, 다른 종교에서 흔히 보이는 것처럼 종교 창시자를 미화하는 탄생 설화나 기적 혹은 신비한 현상들은 거의 없다. 기껏해야 그의 외모가 매부리코에다(아랍에서는 품위를 상징한다) 심미적 얼굴을 하고 있었으며 길을 갈 때 몸을 앞으로 기울어 걸었다거나(아마 바쁜 삶을 살았다는 증거일 것이다) 뒤돌아볼 때나 옆으로 돌아볼 경우에 목을 돌리는 일 없이 몸 전체를 돌려 보는(목이 뻣뻣한 것으로 권위적인 모습을 묘사하는 말이다) 특징이 있었다는 정도가 고작이다.

이렇게 극히 평범한 사나이에게 내가 관심을 가지게 된 첫 계기가 있었는데, 그것은 내 여동생이 들려준 이야기 때문이었다. 내 여동생의 말에 의하면 삼촌 집에 얹혀 사는 무일푼 마호메트가 매우 수줍고 정직하다는 것이었다. 마호메트가 한때 내 소유 양들을 몰아 꼴을 먹인 적이 있는데, 동생이 그에게 가서 나에게 와서 직접 돈을 받아가라고 했는데도 부끄러워 직접 오지도 않고 기회가 되는 대로 인편으로 보내면 된다고 했다고 한다. '세상살이에 돈이 얼마나 중요한지 아직도 모른단 말인가? 한 푼 없는 가난뱅이 주제에……'. 나는 그렇게 생각할 수밖에 없었다.

그 뒤에 들리는 말은 그에 대한 나의 관심을 더 한층 높게 만들었다. 그는 틈틈이 산에 올라 명상을 한다는 이야기, 조금이라도 돈이 생기면 돈을 쪼개어 가난한 사람들에게 보시한다는 이야기가 심심찮게 들렸다. 그에 대해 관심이 높아진 나는 이 자를 시험해 보리라 마음먹었다. 돈은 예전이나 지금이나 하느님 다음으로 힘이 센 것은 아무도 부인 못할 것, 당시 아라비아 지역의 척박한 사회에서 돈의 위력은 그 어느 때보다도 높았다. 그런데도 돈에 의연한 사람이 있다니, 과연 그는 어떤 사람인가. 돈에 집착했던 당시의 나로서는 그런 사람에게 호기심이 생겼다.

나로 말하자면 메카의 유력한 명문 출신으로 당시의 여인들 중에 최고 갑부로 소문난 홀몸이었다. 더러는 나에게 청혼해 오는 건달들이 많았지만 내 성에 차는 사람도 없었거니와 나는 나에게 접근하는 모든 이들의 동기를 의심할 수밖에 없었다. 비록 내 재산 관리는 친족과 내 동생들의 도움을 받고는 있지만 날로 늘어나는 재산의 관리를 혼자 감당하기엔 역부족이었다. '누군가 충직한 사람이 내 옆에 있으면 상황이 훨씬 나아질 것인데……'. 당시 나는 늘어나는 재산 관리에 골몰하며 나를 대신할 적절한 조력자를 찾고 있었다.

마침내 기다리던 때가 왔다. 봄철 상단(Caravan)이 조직된다는 소문에 마호메트를 고용하기로 하였다. 당시 메카에는 일 년에 단 두 번의 거대 상단이 꾸려지는데 봄에는 북쪽 다마스쿠스(Damascus)로 가을에는 남쪽의 예멘(Yemen)으로 향하게 되어 있었다. 보통의 경우 12마리 정도의 낙타가 동원되는 상단과는 다르게 이번 봄철 상단은 수십 마리의 낙타가 동원되는 제법 큰 규모였다.

경험이 적은 마호메트를 이처럼 큰 상단에 고용하여 내 이익을 도모하는 데 위험은 있었지만 고약한 대리인이 나를 속여 애를 먹이는 것보다는 차라리 손해를 보더라도 멀리 보고 정직하다고 소문난 마호메트를 고용하기로 하였다. 물론 같이 딸려 보낸 내 하인 '메이사라(Maysara)'가 그를 보살피고 돕는 한편 그의 진면목을 살피게 될 것이다.

일반적으로 유력 족장들이 중심이 된 카르텔 조직인 상단은 신디케이트로 운영되기 때문에 각종 세금과 통행세, 보관료, 각종 행정 관리비 등 부대비용은 공동으로 관리되고 최후로 배분되는 이익은 공평하게 나누어질 것이다.

우리가 취급하는 상품은 멀리 중국에서 오는 비단은 물론 타지에서 생산된 가죽과 모직, 금과 은 등 귀금속 기타 잡화품이 있지만 그중에도 가장 이문이 남는 품목은 몰약(Myrrh)과 유향(Frank-incense)이다. 이 제품들은 돈 많은 귀족들과 종교단체가 앞다투어 찾는 고급 향료인데, 예멘, 에티오피아(Ethiopia), 소말리아(Somalia) 고원에서만 생산될 뿐만 아니라 잘 보이지도 않는 덤불 속에서 날카로운 가시를 헤치고 채취하기 때문에 수요는 많지만 구하기가 여간 어렵지 않다.

이 제품을 구매하는 쪽은 제례를 중시하는 유태인들, 비잔틴 제국과 페르시아 제국의 왕실과 부자들이다. 특히 몰약은 예수 탄생 신화에 동방박사의 구유 예물에도 나타났듯이 비싼 향수 내지 고급 탈취제로 사용되어 시체를 감싸기 전에 바르는 필수품이고, 유향은 주로 교회에서 연기를 피워 신도들의 신심을 돕우는 역할을 하는 주요 품목이다.

불을 중시하는 페르시아 조로아스터교에서는 한꺼번에 한 움큼의 유향을 불에 집어 던지기 때문에 유향은 소비가 많을 수밖에 없는 상품이다. 불을 피운 뒤에 이것을 던져 넣으면 불꽃이 일어나며 기묘한 연기와 함께 장려한 무지개 색깔이 영롱히 빛나면서 신도들의 폐부로 향기가 퍼지고 영혼은 강렬한 신심으로 채색된다. 무려 아홉 종류나 되는 향료와 몰약은 응축된 기름의 형태나 결정체로 정제되는데, 가볍고 부피가 작아 운반과 은닉하기도 편리해 인기 상품이다. 수완 좋은 상인들은 세 곱절, 네 곱절까지 이문을 남기는 효자 상품들이다.

몇 달이 흐르고 드디어 상단이 돌아왔다. 상단이 돌아오는 날은 온 메카가 떠들썩한 축제날이다. 목숨을 걸고 험로를 통과해 무사귀환하는 남편과 아들 친척들을 맞는 기쁨과 아울러 먼데 있는 친척과 세상 소식을 듣는 즐거움도 있었다. 더구나 대상에 참여하여 이익까지 누릴 수 있다면 그 즐거움과 기쁨은 말할 수 없을 것이다.

내가 흥분하는 사람들 속에서 떨어져 나와 제일 먼저 한 일은 이번 상단에 딸려 보낸 하인의 보고를 듣는 것이었다. 하인은 나를 만나자마자 함박웃음을 지으며 연신 마호메트를 칭송하였다. 근면하고 책임감 있고 인정 많고 사려 깊고 유능하다는 등등. 그러나 이에 덧붙여 다음과 같은 흥미 있는 이야기를 전해 줌으로써 마호메트에 대한 나의 궁금증을 더해 주었다.

그의 이야기의 중심에 '바이라(Bahira)'라는 노인이 있었다. 그는 독실한 기독교인으로 그의 주된 일과는 양피지에 성경을 필사하는 일을 하는 은둔 수도자라 하였다. 소문에 의하면 오래전 마호메트가 낙타 보이로 상단에 처음으로 참여할 때 그가 일면식도 없는 마호메트를 찾아내어 축원과 예언을 하였다는 소문이었다. 무슨 축원과 예언? 나는 그에게 조금 더 자세한 설명을 요구하자, 하인은 신을 내며 이야기를 계속하였다.

어느 날 바이라가 창밖을 내다보고 있는데 한 무리의 대상이 다가왔고 그들의 머리 위로 이상한 구름 뭉치가 맴돌고 있더라는 것이었다. 이를 이상히 여긴 바이라가 그들을 자기 집에 초대하고 일행들을 하나씩 살펴보다 한 사람이 빠져 있다는 것을 알고 그를 불러오게 했는데 그 사람이 바로 낙타 보이 마호메트였다고 하였다. 그가 마호메트를 찬찬히 훑어 본 다음 대상의 우두머리이자 마호메트의 삼촌인 '아부 탈립(Abu Talib)'에게 말하기를, "이 아이에게 굉장한 미래가 펼쳐질 것이오. 머리 위를 맴돌던 흰 구름덩어리와 내게 비친 후광이 그것을 말해 주오"라는 예언을 했다는 것이다.

세상에는 별별 희한한 사람들이 많지 않은가? 사막에서 소외와 고독에서 살고 있는 늙은이의 헛소리? 아니면 정녕 그는 특별한 인물로 태어났는가? 나는 이를 계기로 마호메트를 더욱 주목하게 되었다.

그 뒤 소문을 들으니 마호메트는 자신이 받은 수고비 중에서 일부를 빈민 구제용으로 헌금했다고 한다. 또한 전하는 말에 의하면 일 년 전 자기 사촌 동생, 즉 아부 탈립의 딸에게 청혼을 했는데 삼촌이 이를 거절했다는 딱한 소식도 들었다. 왜 아부 탈립은 마호메트의 인물됨을 모르는 것일까? 나는 알고 있다. 장사는 사람이 하는 것. 그래서 장사보다 사람됨이 먼저라는 것을…….

그래서 나는 내 일생의 중대 결심을 하게 되었다. 마호메트를 내 남자로 만들어 내 곁에 두기로 한 것이다. '내 나이 이미 마흔. 더 이상 세월을 늦출 수도 없고 더 나은 사람이 나타나리란 보장도 없다. 비록 빈털털이 스물다섯 청년이지만 그는 명문 출신이고 유능하고 정직하고 그리고 따뜻한 가슴을 가진 사람이다. 내가 그를 곁에 두면 나의 소생들과 재산은 안전할 것이다'. 이렇게 마음먹고 나는 구체적인 작업에 들어갔다.

일단 나의 결심을 아부 탈립을 통해 전하고 나는 직접 나의 아버지를 설득하기 위해 술상을 마련하고 가득 취한 상태를 만들어 승낙을 받아 내었다. 마호메트 쪽에서는 체면상 아부 탈립이 아닌

다른 삼촌 '함자(Hamza)'가 신랑 대표가 되어 우리 결혼이 승낙되었다. 당시의 메카 풍습상 결혼은 성년이 된 남녀 개인 간 사랑의 결실이 아니라 종족 내의 결속(그래서 사촌 간 결혼이 빈번했다)을 다지거나 신분과 재산 그리고 명예를 엮어 결속을 다지는 일종의 정치 경제적 협정으로서 결혼 당사자보다는 보호자들 간의 연대와 결속을 다지는 수단으로 표현되었다. 물론 나의 결혼도 일종의 비즈니스 계약과 같은 성격이 있었지만 나는 무엇보다 그의 인격을 존경하였고 고아로 자란 그가 당한 고통의 나날들에 대한 보상도 해 주고 싶은 모정도 있었던 것 같다.

아무튼 우리는 결혼을 하게 되었다. 나는 마호메트에게 나의 충직한 노예인 '제이(Zayd)'를 결혼 선물로 주었는데 마호메트는 그를 노예로 받지 않고 오히려 양자로 삼아 아들로 대접함으로써 또다시 나와 제이를 감동시켰다. 마호메트와 나는 슬하에 네 명의 딸과 두 명의 아들을 두었으나 불행하게도 아들 둘은 영아 때 죽고 말아 남은 자녀는 네 명의 딸들뿐이다. 그래서 마호메트는 자기를 키워 준 삼촌 아부 탈립의 아들인 '알리(Ali)'를 집안으로 불러들여 양자로 삼고 한참 후에는 나와 마호메트 사이의 소생인 딸 '파티마(Fatima)'와 결혼시켜 집안일을 맡김으로써 아부 탈립을 감동시키기도 하였다.

아무튼 마호메트는 마음이 넓고 도량이 큰 사람이었다. 신분이나 출신에 관계없이 자신의 측근으로 오는 모든 이들에게 평등하고 친근하게 대하는 그런 사람이었다.

마호메트의 이런 마음이 측근에게 전달되어 측근들 모두 죽을 때까지 그에게 충성하였다. 앞서 말한 제이는 먼 훗날 자발적으로 자신의 아내와 파혼하여 아내를 마호메트의 부인으로 만들었으며 (제이가 외출 중에 마호메트가 그의 집에 들렀는데, 제이 처가 헐렁한 옷을 입고 마호메트를 맞이하자 마호메트가 자신의 마음이 흔들리는 것을 영탄송으로 읊게 되는데 이것을 전해들은 제이가 자발적으로 부인과 이혼하고 부인을 마호메트에게 바쳤다고 한다) 메카에서 심한 박해를 받아 목숨이 경각에 달렸는데, 알리가 마호메트 자리에 누워 위장함으로써 그를 무사히 도망치게 만들었다. 이런 사건은 이들이 얼마나 마호메트에게 충성하고 있었는지를 보여 주는 단적인 예들이 될 것이다.

마호메트가 삼십대가 되자 집안 살림은 보다 더 윤택해지고 사십 세가 되자 생활이 더욱 안정되었다. 그러나 생활의 안정과 행복은 별개의 것, 그는 늘 생각에 잠겨 있곤 하다가 이따금 유별난 행동을 취하기 시작하였는데, 그것은 혼자 산속 동굴에 올라 밤새 깊은 명상 시간을 가지는 것이었다.

방년 나이 사십 세, 당시의 중동의 상황에서는 이미 중년을 넘겨 노년으로 접어드는 시기였다.[3] 가난한 낙타 보이로 출발한 그가

---

3) 당시 중동에서는 40이라는 숫자는 특별한 의미를 가지고 있었다고 한다. 베두인 (Beduin)족에게는 사십 가지의 약초를 섞어 만병통치 환약을 만드는 것에 유래하여 치유의 숫자를 의미하고, 노아가 방주를 만들자 40일간 홍수가 났으며, 이스라엘 민족이 광야에서 보낸 40년, 예수가 광야에서 보낸 40일, 모세가 시나이 산에서 보낸 40일, 모두가 고난과 함께 새로운 시작을 의미하고 있다.

25세에 두 번이나 과부가 된 40세 부유한 여인과 결혼을 한 뒤 집안 살림살이가 나아지게 되자, 그는 종전에 종사했던 상단 업무에 손을 떼고 근처의 산속 동굴로 들어가 홀로 외로운 명상에 몰두한 것이다.

왜 그는 동굴에 틀어박혀 철야 명상에 빠지게 되었을까? 나는 그 이유를 잘 알지 못한다. 아마도 어린 시절 고아로 살며 느꼈던 외로움과 따돌림, '베두인(Beduin)' 사투리와 거친 사막 문화와 어울릴 수 없었던 도시 메카 생활에서 오는 이질감, 나이가 차서 삼촌의 딸에게 청혼했으나 무참히 거절당한 수치심, 열다섯이나 나이차가 나는 돈 많은 과부의 청혼을 받아야 했던 가난뱅이 신세에 대한 자괴감 등 여러 가지 개인 사정이 배경이 되었을 수 있을 것이다.

그러나 그에 못지않게 당시 메카 지역에서 벌어지고 있었던 사회적 환경도 그의 명상 집착의 이유가 될 수 있었다고 나는 생각한다. 당시 메카 주위에는 유대교, 조로아스터교, 힌두교는 물론 많은 그리스도교의 수도승들이 도처에서 그들의 종교를 전파하고 있었으며 메카만 하더라도 360개의 우상이 난립하여, 메카는 수많은 순례자들의 성지이자, 대규모 상단의 활발한 교역활동으로 인한 교역의 중심지로 그리고 많은 우상을 매매하는 종교의 중심지가 되어 있었다.

이런 환경의 수혜자는 메카의 원로 족벌 엘리트들이었고, 물론 나도 그들 틈에 끼어 있는 작은 점이었다. 원로와 우리 기득권층은 조상들의 삶의 방식을 고수할 뿐, 어떤 개선이나 변화도 거부하였다.

세상은 이미 변하고 있었는데 우리의 고리타분한 사막 문화는 진보와는 담을 쌓고 있었던 것이다. 예를 들면, 이미 유대교에서 분리된 그리스도교는 4세기 로마 제국과의 연합한 종교가 되어 남녀평등은 물론 당시의 생산력 기반이 된 노예제도 개선까지 주장하여 국제적 인기를 얻고 있는 상황이었다.

또한 멀리 알렉산드리아에서는 예수의 신성을 두고 주도 세력들 간에 치열한 신학적 논쟁이 진행되어 정치적 갈등과 더불어 신학적 발전을 이룩하였다.

아마도 여러 차례 상단에 참여했던 마호메트는 이런 국제 정세를 모르지는 않았을 것이다. 그는 비잔틴 제국과 페르시아 제국의 갈등을 목격하였고, 두 강대 세력 앞에 초라한 아라비아 반도는 언제 어떻게 될지도 모르는 불안한 처지에 놓여 있음을 놓치지 않았을 것이다.

비록 메카가 큰 도시이긴 하지만 더 큰 세계의 더없이 작은 도시라는 점, 이 작은 도시에서 조상들의 삶의 방식에 안주하여 사는 메카인들에 대한 연민, 그리고 진리를 둘러싸고 신도들 간에 진행되는 교설들의 허망함, 그리고 그리스도교 내부에 진행되는 처절한 분열상 등을 알게 된 마호메트는 이러한 모든 것을 풀어 낼 수 있는 어떤 통일된 광대한 믿음에 대한 열망이 높아졌으며, 또한 인간적 이해력을 초월하는 그 어떤 힘을 이해하고자 했을 것이다.

그러던 어느 날, 예상치 못한 일이 벌어졌다. 밤늦게 마호메트가 비틀거리며 집에 돌아왔는데, 행색이 말이 아니었다. 헝클어진 머리 아래 눈동자는 초점도 없이 무엇에 놀라거나 홀려서 정신 나간 사람의 모양이고, 겉옷이 가시덤불에 찢어져 너덜거리고 바위모서리에 부딪혔는지 팔과 다리가 온통 부르트고 피멍이 낭자했다. 그는 연신 무슨 말을 하고 있었는데, 나는 그 말을 도무지 알아들을 수도 없었다.

'이게 무슨 변인가?' 나는 영문을 몰라 어쩔 줄 모르고 당황하였다. 얼핏 보니 그는 숨을 헐떡이며 자기를 무엇으로 덮어 몸을 숨겨 달라고 소리치는 것 같았다. 나는 경각 중에 그의 머리를 받치고 눕힌 다음 옆에 있는 소울로 그의 몸을 감싸고 그를 껴안고 그를 진정시키려고 노력하였다. 온몸을 떨고 식은땀을 흘리며 공포와 고통에 시달리던 그는 새벽이 되어서야 겨우 정신을 차리게 되었다.

긴 밤이 지나고 아침이 왔다. 마침내 그는 다소 진정된 모습을 갖추고 내가 이해할 수 있는 단어들을 쏟아내기 시작하였다. 십오 년 결혼 생활, 나는 예전에 단 한 번도 그런 모습과 말투를 보고 들은 적이 없었다. 그는 천천히 숨을 몰아쉬면서 어제 밤 자기가 목도한 괴이한 사건의 전말을 털어 놓았다.

어젯밤 '희라(Hira)' 동굴에서 명상을 하고 있는데 홀연 동굴 주위에 이상한 기운이 들더니 '사람 모습'을 한 물체가 나타났다. 모습이 희미하여 잘 보이지도 않고 무슨 압도하는 힘이 주위를 누르고 있어 무슨 분간을 할 수 없는 상황에서 마호메트는 무릎을 꿇고 어깨를 떨며 마치 낭떠러지 앞에 서 있는 느낌으로 공포에 싸여 있는데, 사람 모습은 마호메트에게 반복하여 무언가를 명령하고 있었다.

그러나 엄청난 공포 속에서 떨고 있었던 그가 동굴 속에서 들었던 것은 굉음 같은 동굴의 메아리뿐, 사람 모습의 명령을 알아듣지 못하였다. 그가 알아듣거나 말거나 계속해서 떨어지는 명령, 한참 지나 마호메트는 겨우 몇 마디를 알아듣는다.

"…… 음송하라! 음송하라! 너는 하나님의 사자이다!"

"…… 무엇을 음송하라는 말입니까? 저는 음송이 무언지를 모릅니다!"

"…… 음송하라! 음송하라! 너는 하나님의 사자이다!"

소통 없는 대화의 끝은 처벌로 돌아왔다. 사람 모습은 마호메트에게 다가와 그를 잡아 누른다. 무려 세 번이나 그를 짓눌러 마호메트는 숨이 막혀 죽을 것 같은 고통에 휩싸인다. 너무나 큰 고통에 그는 절벽으로 몸을 날려 고통을 덜어내려고 했으나 몸을 움직일 수도 없었다.

문득 눈을 들어 동굴 밖을 쳐다보니 이게 웬일인가, 엄청난 크기의 사람의 다리 모양이 동굴 앞에 서 있는데 그 크기를 가늠하기 힘들 정도이다. 또한 틈새로 보는 지평선의 모든 곳에 모두 그 사람 모습이 둘러쳐 있다. 앞으로도 뒤로도 그 어디로도 출구가 없는 상태에서 엄습하는 공포와 이상한 기운, 그는 인간이 감당하기엔 도저히 어려운 여건에 놓이게 되어 마침내 땅에 엎디어 탈진하고 만다. 온몸을 땀으로 흥건히 적시며 자신도 모르게 괴성을 지르고 골짜기를 내려온다. 이것이 그가 어젯밤 겪은 사건의 개요이다.

말을 마친 마호메트는 이내 깊은 잠에 빠져 들었다. 나는 그의 잠자리를 고쳐 편하게 만든 다음, 내 사촌 '와라카(Waraqa)'에게 달려갔다. 그는 인근의 유명한 기독교 수도자, 그분이라면 명쾌한 답을 줄 수 있을 것이다. 내 말을 묵묵히 듣고 있던 사촌은 거침없이 그의 견해를 말하였다.

"마호메트에게 나타난 사람 모습은 가브리엘 대천사이다. 이 대천사는 예수의 잉태를 예고한 천사이기도 하지. 과거 우리의 지도자 모세에게도 위대한 성령이 임했거든, 이제 그의 시대가 온 것인가? 부디 그에게 큰마음을 불어넣어 주게나."

나는 잘 모르겠다. 그때 내 남편에게 무슨 일이 일어났고 그 의미가 무언지를⋯⋯. 하지만 내가 말할 수 있는 것은 지난 십오 년간 그가 그렇게 심각한 말을 한 적이 없었고 아무것도 모르는 내가 그의 말을 듣는 순간 마치 그 일을 기다리기나 한 것처럼 내 마음이 움직였다는 것이다. 나도 모르게 내 마음은 이미 열렸고 그의 말은 내 가슴속으로 파고 들어온 것이다.

그가 실제로 대천사를 만났는지 아닌지 나는 모른다. 사실 그것이 이십일 세기 신경정신과적 해석을 따라 금식과 수면 부족 그리고 강력한 명상 상태에 일어날 수 있는 착란 현상이었다고 해도 좋다. 그 순간 나는 비단 남편을 위해서가 아니라, 메카인 아니 세상 사람들을 위해 뭔가를 해야 할 것 같은 사명감이 생겼던 것이다. 이미 아이 출산을 끝내고 인생 황혼의 문턱에 선 내가 이제 새로운 세상의 출산을 위해 무언가를 해야 하는 것이었다.

그 일이 있고 나서 이 년이 흘렀다. 여전히 남편은 침울했고 말수가 더 적어졌다. 내가 느끼기엔 남편은 자기가 겪은 끔찍한 경험을 두 번 다시 기억하고 싶지는 않았겠지만 자신의 경험이 정말 자신의 사명에 관한 것인지 아닌지 의문이 해소되지 않은 것은 정말 더 괴로운 모양이었다. '정말이지 왜 나는 이 혼돈에 빠지고 만 것인가? 메신저로서 나를 부른 신은 도대체 어디에 있는가?' 마호메트는 지독한 의심과 고독감 그리고 혼돈과 불확실성에 대해 깊은 고뇌에 빠져 있었다. 그는 사람들을 멀리하고 다시 한번 확실한 비전(Vision)을 체험하고 확신을 갖기를 고대하였다.

기다리던 순간이 마침내 왔다. 어느 아침 일찍 마호메트는 평소와는 다른 표정으로 자리에 앉더니 마침내 생애 첫 영탄송을 날렸다.

"아침 햇볕이 나고 저녁 어둠이 내릴 때까지 너의 하나님은 너를 저버린 적이 없도다. 마호메트야! 그분은 너를 중히 여긴다. 세상의 종말은 시작보다 나을 것이며 너는 만족할 것이다……."

총 열한 개의 영탄송이 그의 입으로 나왔다. 예전에 들어 보지 못한 아름다운 목소리, 그것은 마치 한국의 '창' 혹은 일본의 '하이

쿠(Haiku)' 같은 음률로 된 특이한 영탄송이었다. 나는 이것을 받아 적었는데 바로 이것이 『코란(Quran)』의 시작이요, 이 세상에 최초의 무슬림이 탄생되는 순간이었다. 마침내 이 년간의 침묵과 시련이 결실을 맺어 이 세상에 새로운 빛을 선보이게 되었다.

내가 처음 그의 영탄송을 들었을 때, 그것은 마치 인큐베이터에 들어 있는 새 생명이 첫 소리를 내는 것 같은 느낌이 들었다. 그가 가브리엘 대천사가 명한 지시를 정확히 음송하여 이 세상에 새로운 소식을 전하는 모습에 나는 온몸에 전율을 느끼며 이것은 분명 나 혼자 들어야 할 소리가 아니라는 사실을 깨닫게 된 것이다. '우선 그의 친척들이라도 초청해서 함께 식사하면서 이 영탄송을 함께 듣기로 하자'. 이렇게 생각한 나는 부랴부랴 기별을 하고 잔치를 준비하였다.

한 사십 명의 친족들이 함께 모였다. 그를 키워준 삼촌 아부 탈립, 그의 이복동생 아부 라합(Abu Lahab), 압달 무탈립(Abdal Muttalib)의 아들들을 포함해서 모두 마호메트와 매우 가까운 친족들이었다. 식사를 끝내고 비스듬히 누워 음료를 마시며 마호메트의 영탄송을 듣는데 채 몇 소절이 끝나기도 전에 아부 라합이 자리를 박차고 일어서며 격렬히 반응하였다.

"마호메트는 우리를 홀리려고 작정하였구나! 이건 우리 것이 아니다."

그는 버럭 화를 내면서 명백한 적개심을 내뱉고 자리를 뜬다. 모임은 당장 어색하게 되고 당혹감과 민망함이 교차하는 가운데 모두 뿔뿔이 흩어졌다. 나는 마호메트의 표정을 살폈다. 놀랍게도 그는 태연히 다음 모임을 주선할 것을 주문하였다.

이번에는 보다 젊은이를 중심으로 해서 모임을 가져 보기로 하였다. 물론 가장 가까운 삼촌 아부 탈립도 모시고 대부분 젊은 친척들을 모아 같은 식으로 모임을 진행하였다. 모두 다 잠자코 마호메트의 영탄송을 듣고 있었다. 내 느낌으로 청중들이 큰 감동을 받지는 못하는 가운데 다소 난처한 장면이 나와 그 자리가 어색하게 되고 떨떠름해졌다고 한다.

그것은 내가 없는 중에 일어난 일인데 내가 후에 알리 일행에게 들은 말이다. 그 내용은 영탄송이 끝나자 나이가 제일 어린 알리가 나서서 말하기를 "제가 당신을 돕는 사람이 되겠습니다. 하나님의 사자이시여!" 하였다고 한다. 이 소리를 들은 마호메트는 눈을 반짝이며 다가가서 알리 목 뒤에 손을 얹고 답을 하였는데, "이 사람이 나의 형제이며, 나를 대표하는 사람, 그리고 나의 후계자요. 여러분은 그의 말을 경청하고 그에게 복종하시오!"라고 말했다고 했다. 그것도 알리의 아버지이자 자신의 삼촌을 직시하면서 한 말이라고 했는데, 사람들이 모두 웃었다고 한다. 위계가 엄격한 아랍 사회에서 있을 수 없는 일이라, 사람들이 웃은 것이다. 이때 사람들은 아마도 마호메트가 제정신이 아니라고 판단하고 심각하게 생각하지 않았던 것 같다. 지금 그는 정상이 아니므로 그에게 시간을 충분히 주기로 한 것이다. 이렇든 저렇든 두 번째 모임은 첫 번째보다는 나은 모양새가 되었다.

세월이 조금 더 흘렀다. 늙은 아부 탈립은 계속되는 조카 마호메트의 권유에 시달리고 있었다.

"삼촌, 우상을 멀리하고 제발 유일신을 믿으시오. 우리 친척부터 이것을 실천합시다!" 등등 마호메트는 계속해서 삼촌을 설득했지만, 그는 번번이 말했다.

"조카, 자네 말은 알겠네만, 나는 대대로 내려온 메카의 전통인 조상들의 방식을 버릴 수가 없다네."

조상들의 방식! 그것이 당시 메카 엘리트와 원로들이 택한 삶의 방식이었다. 마호메트의 새로운 소식은 조상들의 방식에 막혀 한 걸음도 못 나아가는 암울한 처지가 되었다.

그러나 비록 아부 탈립이 무함마드의 권유를 받아들이지는 않았지만 반대한 것은 아니었다. 다만 그는 불확실성과 변화에 대한 두려움으로 갈피를 잡지 못하고 현실에 안주하는 길을 택한 것이다. 더구나 그는 그의 아들인 알리가 비밀리에 메카 외곽에서 모여 마호메트의 영탄송을 읽고 함께 의식을 행한다는 것을 알고 몹시 괴로워하였다. 특히 그는 그들이 행하는 의식을 전해듣고 경악하였다. 그들이 기도하는 자세는 마치 죄인이 왕께 항복하듯이 무릎을 꿇고 절을 하는데, 예전에 들어 보지 못한 기도법이었다.

알리를 비롯한 젊은이들이 중심이 된 핵심 신도들을 확보하자 마호메트는 마침내 거리에 나가 설교하기 시작하였다.

"…… 가짜 신들을 멀리하시오. 세상에는 단 하나의 유일신이 있을 뿐이오. 아들만이 주요한 것이 아니요, 딸도 귀한 하나님의 선물이니 귀히 여기시오. 하나님 앞에 모든 사람이 평등하오. 조상들의 삶을 그대로 따르는 것은 잘못이오. 부패와 부자들의 거만, 부의 숭배를 당연시하기 때문이오" 등등 거의 혁명적인, 당시 사회에 대한 엄청난 비난과 명백한 도전의 내용을 쏟아 내었다.

두말 할 것도 없이 메카의 반응은 적대적이었다. 그것은 신앙의 문제뿐만 아니라, 이해관계의 문제였다. 메카의 엘리트와 민중들의 입장에서 보면, 기득권의 파괴를 주장하는 것이자, 그동안 불편 없이 누려 왔던 대중의 가치 체계와 윤리를 뒤집는 매우 불편한 주장이었기 때문이었다.

그런 와중에 마호메트의 추종자들이 조금씩 늘어나자 메카 사람들의 고민이 깊어졌다. 처음엔 고작 이삼십 명 정도가 되어 별로 걱정할 필요는 없었다. 그들은 알리가 주축이 된 소수 젊은이들, 여자들, 노예들과 구속에서 벗어난 가난한 자유인들이 고작이었다. 즉, 기껏해야 소수의 이상주의자들, 사회에서 소외된 사람들, 그들만이 마호메트의 추종자인 줄 알았다.

그런데, 그것이 전부가 아니었다. 개혁을 원하는 세력이 점점 늘어날 뿐만 아니라 그런 개혁의 목소리가 가족 내부에서 친족 내부에서 제기되어 단단했던 유대가 금이 가는 사태가 점증되기 시작한 것이다. 친족 간에는 물론 아버지와 자녀들 간에 불화가 생기고 핏줄을 중시하며, 탄탄한 가부장제를 중시하던 전통에 위기가 오고, 부부 간에도 다툼이 생기는 등 메카 사람들은 큰 혼란에 빠지게 되었다. 따라서 이 사단의 중심에 있는 마호메트를 그냥 둘 수가 없었던 것이다.

메카 사람들이 마호메트에게 처음으로 사용한 집단 대응 방식은 그의 집안의 어른인 아부 탈립을 압박하여 마호메트를 설득하는 것이었지만 이것이 불가능하다는 것을 알고 드디어 마호메트와 절연하고 관계를 청산할 것을 요구하였다. 공식적으로 집안에서 축출되면 누구나 부담 없이 그를 핍박할 수 있기 때문이었다.

그러나 아들과 조카를 동시에 집안에서 축출할 수 없는 아부 탈립으로서는 이러지도 저러지도 못하고 있었다. 따라서 마호메트 집안인 하심(Hashim) 집안은 이제 메카에서 집단 따돌림을 받게 되고 집단적으로 핍박받는 대상이 되었다. 추종자들은 돌멩이 세례를 받게 되고 나와 마호메트 사이에 태어난 첫째 딸이 이혼을 당하고 말았다.

주위의 눈총을 받는 것쯤은 어떻게도 참을 수 있다고 해도 음식 반입마저 거부당하니 도저히 더 이상 견딜 수가 없었다. 할 수 없이 추종자 중 11명의 남자와 4명의 여자를 선택해서 멀리 기독교 국인 에티오피아로 보냈다. 그들 중에는 이혼당한 우리 첫째 딸과 그녀와 결혼한 사위 '우투만(Uthman)'이 포함되어 있었다. 다행히 들리는 소식에 의하면 그들은 그곳에서 무사히 정착했다는 소문이 그나마 위로가 되었다(나중에 이 소식을 접한 메카 사람들은 뇌물을 써서 자신들의 난민들을 돌려받기를 요청하였지만 성공하지 못했다).

그 후 메카에서 마호메트를 축출하려는 시도는 점점 노골화되고 심심찮게 테러가 가해지는 등 점점 긴장이 고조되고 있었지만 그렇다고 그의 목숨까지 위협받는 처지는 아니었다. 아직까지 하심 가문의 보호가 계속되고 있기 때문이었다. 그러나 노예들과 자유인들의 처지는 생명의 위협이 걱정되는 지경에 처하게 되자 마호메트는 책임감을 통감한 나머지 우상숭배를 허용하는 쪽으로 기울게 되면서 메카와 타협하기로 하는데, 곧 바로 가브리엘의 경고를 받아 이를 번복한다. 이것은 마호메트의 명백한 실수였고 메카 사람들은 이 기회를 놓치지 않고 그를 거짓말쟁이로 몰아 세웠다.

이런 혼란 속에서 아내로서 내가 할 수 있는 일은 매우 제한적이었다. 그동안 모아둔 재산은 점점 줄어들어 거의 바닥이 났고 육십이 넘은 나는 이미 노인이 되어 기력도 없었는데 갑자기 찾아온 심장 마비로 나는 그만 이 세상과 하직하게 된다. 설상가상으로 내가 죽고 난 뒤 남편의 마지막 후원자이던 아부 탈립마저 세상을 떠나게 되었다. 혼자 남은 내 남편 마호메트의 운명은 과연 어찌 될 것인가?

## 예언자의 어린 아내: 아이자(Aisha)의 이야기

나는 '아이자(Aisha)'이다. 예언자 마호메트의 세 번째 부인이자 그를 내 무릎과 가슴에 품고 그의 임종을 지킨 유일한 아내이다. 또한 나는 6세 때 그와 정혼하고 9세 때 그와 결혼한 사람으로 많은 마호메트의 여인들 중에 가장 어린 나이에 그리고 순전히 처녀의 몸으로 그와 결혼한 유일한 여인이다.

호사가들이 나와 마호메트와 결혼을 둘러싸고 나를 이슬람 문화의 최대 희생자라고 한다든지, 마호메트를 호색한 혹은 소아성애자(Pedophile)라고 매도하는 것은 그들의 자유이니 내가 상관할 일은 아니다. 사실 나는 그들이 주목하는 초점은 이해할 수 있다. 나의 결혼이 애초부터 나의 선택이 아니었고 순전히 당시 메카의 관습에 의한 것이었으며, 53세의 노인과 9세의 어린이가 결혼한다는 것 자체가 당시나 지금이나 정상이 아닌 것에 의문의 여지가 없기 때문이다.

그러나 마호메트와 나의 결혼에 대해 보통 사람들의 시각으로 보는 것이 과연 타당한 것인가? 나는 이것에 대해 직접 당사자의 입장에서 나의 입장을 밝히려 한다. 아울러 틈만 나면 남의 종교와 마호메트를 음해하려는 세력에 대해 가장 측근에서 직접 보필한 사람들 중에 한 사람으로서 우리의 성자 마호메트의 진면목을 여과 없이 밝혀 보기로 하겠다.

마호메트가 나의 아버지 '아부 바크(Abu Bakr)'를 찾아와 청혼을 한 때는 내 나이 여섯 살, 나는 정말 아무것도 모르는 어린아이였다. 후에 들었던 것은 그때가 마호메트와 그를 따르던 추종자들이 가장 어려운 시기를 겪고 있었다 한다. 든든한 후원자였던 첫 아내 '카디쟈'도 죽고 아버지나 다름없었던 아부 탈립도 죽어 이젠 그를 보호할 울타리도 없어진 상태에서 메카 사람들이 본격적으로 마호메트를 반역죄로 처단할 채비를 하고 있던 시점이었다.

메카 사람들의 눈에는 마호메트는 반사회적 인물로서 반드시 제거하지 않으면 안 되는 주적의 위치에 있었다. 조상의 법도를 파괴하는 배신자, 사회 전복을 위해 소외 계층과 젊은이들을 규합해서 암약하는 반역자, 더구나 가정을 파탄으로 이끌고 가족 해체를 조장하는 것에 모자라 메카 경제를 망치는 암적인 인물로 규정하여 반드시 제거해야만 하는 반사회적 인물이 되었던 것이다.

그러나 애초부터 그들이 이런 폭력을 사용할 의도가 있었던 것은 분명 아니었다. 메카 사람들은 이전만 해도 가까운 이웃이요, 먼 친척인 그를 어떻게라도 달래어 보려고 노력하였다. 그의 일탈을 바로 잡고자 뇌물을 제공할 의사를 보이기도 했고 그에게 메카의 지도권을 넘기겠다고 유혹하기도 하였다. 그러나 그는 응하지 않았다. 더구나 그는 여러 사람들에게 공개적으로 천명한 약속을 뒤집어 사람들을 분노케 하였다. 메카의 주요 수입원인 우상 판매를 묵인하는 조건을 수락해 놓고 다음 날 바로 취소해 버렸기 때문이다. 이 일을 계기로 메카 사람들은 그를 사기꾼으로 몰아 맹렬히 비난하면서 이제 남은 최후의 해결책으로 그를 완전히 제거하기로 결의하였다.

이런 절박한 처지에서 당시 메카에서 필수 사항인 가문의 보호는커녕, 가족의 후원마저 끊어져 버린 마호메트에게 탄탄한 재력과 지위를 가진 나의 아버지는 그야말로 유일한 후원자이자 친구 아니 구원자의 위치에 있었다. 나는 언제부터 내 아버지가 마호메트와 그런 돈독한 관계를 가졌는지는 모른다. 내가 중요하게 생각하는 부분은 바로 그런 혹독한 처지에서 우리 아버지는 위험을 감내하고 예언자에 대한 존경과 배려를 잃지 않았다는 점이다. 현명한 나의 아버지는 나와 혼인을 시킴으로써 그를 법률적으로 아들로 삼아 보호막을 만들어 주는 한편, 새 아내를 만들어 주어 경제적 정서적 안전감을 제공함으로써 죽은 아부 탈립과 카디자의 빈자리를 채우려 했을 것이다. 이렇게 나의 결혼은 애초부터 예언자의 성스러운 역사에 동참하는 운명으로 결정된 것이지 낭만적인 개인의 애정사로 결정된 것이 아니다.

그러나 그럼에도 불구하고 아버지의 배려와 격려는 마호메트에게 완전한 보호막이 되지 못하였다. 친족마저 그를 버렸고 마지막 남았던 후원자였던 삼촌과 아내도 죽은 뒤 드세지는 생명의 위협은 그를 극도로 초초하게 만들었다. 생존에 급급한 그가 할 수 있는 일이란 메카 외곽에 숨어서 소규모 추종자들을 다독이는 일이 전부였다. 이것은 예언자로서 매우 초라한 일임을 그는 알고 있었을 것이다. 그에게는 또 다른 강력한 메시지의 강림이 절실하였다.

어느 날이었다. 메카를 떠나 멀리서 사업 업무를 보던 아버지에게 화급한 소식이 전해졌다. 마호메트가 미쳐서 추종자들이 동요하고 있고 실제로 많은 사람들이 그를 버리고 떠나갔다는 것이다. 개인 사업과 포교를 동시에 행하던 아버지는 경황없이 메카로 달려가 사태를 살펴보기로 하였다. 사건의 발단은 당일 아침에 마호메트가 밤에 일어났던 일을 측근들에게 말하는 과정에서 일어났다고 했다.

내용인즉슨 마호메트가 뜬금없이 지난밤 자기가 가브리엘 천사와 함께 예루살렘에 갔는데, 아브라함이 아들을 제물로 바치려 했던 바로 그 바위에서 하늘로 올라가서 아브라함도 만나고 아담도 만나고 기타 수많은 성인들을 만났으며 수많은 천사들의 환영을 받았으며, 사다리를 타고 일곱 개의 천계를 주유했다는 등등 도저히 믿을 수 없는 말들을 하는 통에 사람들은 아무 말도 못하고 있었다 한다. 듣다 못한 한 추종자가 "그러면 어떻게 하늘로 올라갔나요?" 하고 묻자 신이 난 마호메트가 기다렸다는 듯이 "부락(Buraq)이라는 흰 말이었소. 날개가 달려 쉽게 날아올랐지요" 하고 대답하였다. 들으려고 한 질문이 아니었지만 그런 대답을 들으니 사람들은 이구동성으로 마호메트가 완전히 미쳤다고 단정하여 자리를 파했다는 것이다.

현장에 도착한 아버지는 이것이 예사 문제가 아님을 직감하였다. 이런 분열은 메카에서의 박해와는 비교도 할 수 없는 치명적인 타격이 될 것이 너무나 분명하였기 때문이었다. 우선 사실을 확인하고자 사람들을 다시 모이게 해서 마호메트의 이야기를 끝까지 들어 본 다음 대책을 논의하기로 하였다.

며칠이 지났다. 이번에는 더 많은 사람들이 모였다. 마호메트는 내 아버지를 보자 더욱 기쁜 얼굴을 하고 신이 나서 같은 이야기를 되풀이하였다. 부락을 타고 하늘에 도착하여 말에서 내리니 포도주(Indulgence를 의미)와 우유(Middle way를 의미) 그리고 물(Asceticism을 의미)이 있었는데 마호메트가 우유를 선택하여 가브리엘의 칭찬을 들었다는 둥, 부락을 타고 메카로 돌아오는데, 한 무리의 대상이 있었는데 특징이 이렇다는 둥 아마도 지금쯤 메카로 돌아올 때가 되었다는 둥 여전히 정상인들이 이해할 수 없는 말들을 쏟아 내었다. 주위가 어수선해지자 노련한 아버지는 동요하는 대중을 상대로 말문을 열었다.

"여러분 중에 예루살렘을 다녀온 사람이 있거든 그에게 질문해 보시오. 어떤 건물이 어디에 있었고 지형의 모양을 포함해서 무엇이든 그대들이 잘 아는 특징을 질문해 보는 것이 어떻겠소? 여러분이나 내가 잘 알고 있듯이 마호메트는 아직까지 단 한 번도 예루살렘에 가 본 적이 없다는 것을 잘 알고 있지 않소!"

합리적 제안이었다. 이 사람 저 사람 아는 대로 사람들이 질문했는데 모두가 수긍이 가는 모양이었다.

"그렇다면 우리 모두 밖으로 나가 지금쯤 돌아온다는 대상이 돌아오는지 아닌지를 보러 갑시다!" 누군가 제안한 말에 모두가 밖으로 나가 호기심 가득 찬 눈으로 마을 입구를 응시하였다.

사람들의 눈이 휘둥그레졌다. 사실이었다. 마호메트가 말했던 대로 사람 수도 낙타 수도 비슷한 규모일 뿐 아니라 그 특징도 비슷한 무리들이 메카로 돌아오는 것이 아닌가! 도무지 믿어지지 않는 일이었다. 모두가 할 말을 잃고 일어나 마호메트에게 예를 갖추어 사과하고 용서를 빌었다. 훗날 이를 계기로 예루살렘은 이슬람의 3대 성지가 되었고, 오늘날 '부락'은 무슬림 문화의 일부가 되어 아시아 지역과 북아프리카의 무슬림 가정에 걸리는 중요한 그림이 되었다.

내가 생각하기로는 이런 일화가 실제 있었던 일인가 아닌가 하는 문제는 본질적인 질문이 아니다. 보다 중요한 것은 종교적 측면에서 마호메트가 그것을 경험한 것이 그에게 무엇을 의미했던가 하는 점이다. 마호메트 인생에서 가장 암담하고 앞이 보이지 않는 상태, 어쩌면 목숨을 잃을 수도 있는 절박한 상태에서 어떻게 스스로 신의 명령을 감당할 수 있겠는가! 마호메트는 자신의 무기력과 불안과 초조감을 감당할 수 없었을 것이다.

비록 그것이 단순한 꿈이라고 해도 그것은 그 자체로 의미를 가진다. 무엇보다 그것을 어떻게 해석하는가에 따라 그 효과는 엄청난 차이를 보이는 점을 간과 말아야 한다. 심리학적 관점에서 보면 꿈속에 나타난 하늘로의 비상은 이런 질곡을 벗어나고 싶은 자유와 해방감에 대한 욕구의 표출이요, 막다른 길을 탈출하려는 욕망을 반영한 것이다. 또한 천사들의 열광적인 환대는 최근 가까운 두 사람을 잃어버린 치명적인 손실을 보상받고자 하는 열망이 그 배경이 된다고 볼 수 있을 것이다. 즉, 마호메트의 꿈이 사실이냐 아니냐 하는 것이 중요한 것이 아니라 그 현상에 대한 심리학적인 관점을 이해하는 편이 더 중요한 것이고 그런 꿈을 현실 속으로 끌어들이어 회중의 연대를 더욱 공고히 했다는 점, 그래서 마침내 사후적으로 추종자들의 신심을 한 단계 끌어올리는 결정적 계기를 제공했다는 점이 더욱 중요하다 할 것이다.

이 사건('The Night Journey') 이후로 마호메트는 한 단계 더 높은 역할을 수행하는 사람이 되었다.

즉, 과거처럼 신의 계시를 수동적으로 받아 전하는 계시자가 아니라 하늘나라에 있는 옛날 예언자들과 성인들과 교통하는 사람, 천사들의 찬양을 받는 고귀한 존재로 승격되게 되었다. 말하자면 친족이니 부족의 인연과 연대를 훌훌 털어 버리고, 보다 실천적으로 그리고 급진적으로 신의 뜻을 펼치는 무리의 지도자로 탈바꿈하였고 보다 큰 세상으로의 장대한 출발을 준비한 것이다. 물론 이런 역할 변화를 추동한 동지가 다름 아닌 내 아버지였던 것이다.

그래서 내 아버지와 마호메트의 관계는 더욱 가까워져 마침내 내 아버지는 명실상부한 제 이인자 위치에 서게 되었고 덩달아 어린 나도 더욱 귀여움을 받게 되었다. 내가 철이 들 무렵 나는 마호메트에게 세상에서 누구를 제일 좋아하느냐고 어리광을 부린 적이 있는데, 그는 빙그레 웃으며, "남자로서는 아부 바크이고 여자는 자네일세!"라고 말한 기억이 난다. 나의 아버지는 아마도 딸인 나보다도 예언자를 더 사랑했을지도 모르겠다. 그런 이유로 예언자가 돌아가시자 여러 사람들은 극구 사양하는 아버지를 추대하여 초대 칼리프(Caliph)로 삼았을 것이다.

아무튼 50대에 이르러 내 남편 마호메트는 메카에서 더 이상 안전하지 않았다. 자신뿐만 아니라 추종자들의 안전을 위해서는 메카를 떠나 새로운 장소를 찾는 것 말고는 다른 방도가 없었다. 그가 선택한 곳은 메카에서 200마일이나 떨어진 메디나(Medina)였다.

마호메트에게 메디나는 특별한 의미가 있는 장소였다. 자신의 아버지가 죽은 곳이자, 생모의 고향, 많은 조모의 친척들이 살고 있는 둘도 없는 연고지였다. 당시의 메디나는 아직 미개척지로서 기반시설도 부족한 황무지 같은 곳인데 그곳에 주류를 이루고 있었던 부족 간의 갈등이 매우 심각하여 메디나 사람들은 엄청난 불안감을 안고 살고 있었다 한다.

마호메트가 많은 추종자를 데리고 새로운 장소로 이주를 고려하고 있다는 소문이 퍼지던 어느 날 메디나에서 온 여섯 명의 순례자들이 마호메트를 찾아와 의사를 타진한 뒤에 또 다른 순례자 열두 명이 와서 구체적인 협의를 하였다. 이미 마호메트의 지도력을 알게 된 메디나 사람들은 그를 자신들의 분쟁 조정자로서 인정했고 이미 200명이 넘는 마호메트의 강력한 추종 세력을 받아들임으로써 분열된 사회를 통합하고, 위협받는 메디나의 안전을 확보할 수 있기를 희망하였다.

　새로운 곳에 자신의 추종자들이 안전하게 정착할 수 있도록 주선하는 것과 동시에 메디나의 분쟁 조정을 떠맡게 된 그는 이미 종교 지도자뿐만 아니라 정치적 지도자로서 역량을 발휘할 시험장으로 나아간 것이다. 마호메트는 메디나의 지도자들과 협상을 받아들이고 메디나로 이주할 것을 결심하였다.

　메디나로 이주하는 일도 순조롭게 진행되지 않았다. 가문 단위 부족 내의 불화가 발생했고 심지어 가족 단위에서도 수많은 저항을 수반하였다. 그러나 예언자의 결심에 동조하는 추종자들은 수많은 저항을 무릅쓰고 수십 명씩, 그리고 수백 명씩 이주에 참가하였다. 마호메트는 마지막 신도가 메카를 떠나는 순간까지 메카에 남아 있겠다고 선언하며 이주를 독려하였다.

　메카의 지도자들은 자신들의 처방이 무력해지자 더욱 격렬하게 대응하였다. 추격대를 만들어 야간도주하는 추종자를 잡아 오는가 하면 어딘가 숨어 있다는 마호메트를 체포하기 위해 혈안이 되었다. 그럼에도 불구하고 이주는 계속되어 거의 마무리되었다. 마호메트는 추종자들의 이주가 마무리된 것을 전해듣고, 자신도 메카를 떠나게 되는데, 그 과정에서 목숨이 위태로운 순간이 두 번이나 있었지만. 그때마다 가브리엘 천사의 보호를 받아 위기를 벗어났다고 전한다.

메카 지도자들은 점점 사태의 심각성을 깨닫게 되었다. 추종자들을 설득하는 것도 마호메트를 제거하는 것도 모두 실패했고 오히려 친족과 가까운 이웃들을 불구대천의 원수로 만들고 말았다. 이제는 돌이킬 수도 없는 적대감은 어찌 할 것이며, 마호메트와 그 추종자들을 메디나와 합류시켜 메디나를 이미 메카와 대등한 세력으로 키우고 말았다. 만약 어떤 분쟁이 나고 혹 전쟁이라도 난다면……? 메카 지도자들의 불안이 높아졌다.

구사일생 추격대를 따돌린 마호메트는 마침내 메디나로 입성하였다. 먼 옛날 나귀 타고 예루살렘을 입성하던 예수의 모습이 그러했을까. 여자들이고 어린아이들이고 할 것 없이 수많은 군중들이 낙타를 타고 들어오는 예언자에게 열화와 같은 환호를 보냈다.

많은 사람들이 다투어 나와 예언자를 자기 집에 모시겠다고 언쟁하자 마호메트는 자신이 타고 온 낙타가 멈추는 곳을 숙소로 정하겠다고 발표한다. 사람들은 예언자의 탁월한 선택에 경의를 표시하고 바로 낙타가 머문 그 장소에 성전을 지어 오늘날 메디나의 그곳은 이슬람 3대 성지의 하나가 되었다.

메디나에서 마호메트는 그의 탁월한 정치적 수완을 발휘하여 과거와는 다른 새로운 메디나를 건설하였다. 예를 들면 이주민과 원주민과의 구별을 없애고 새로운 관계 즉 '이슬람(Islam)'으로 규정하고 서로 형제요, 자매 관계로 규정하였다. 그 뜻은 'Salem(평화)'에서 나온 말로 마호메트가 새로 규정한 이 말은 신에 대한 복종과

순종을 의미하는 말이다(마호메트가 죽은 뒤 'Muslim'이란 단어도 나왔는데, 이것은 신의 의지에 자신을 온전히 바치는 존재—사람과 자연계 모두—를 의미하였다).

또한 메디나의 운영을 규정한 규약을 만들어 메디나 사회법을 만들었다. 예를 들면 이전에는 피의 값을 피로서 갚는 피의 보복이 있었는데 이것을 금지시킨 것이라든지 족벌 간 이슈나 분쟁의 해결 방식을 명문화한 것이다.

이렇게 일단의 사회개혁 조치에도 불구하고 한 가지 해결되지 못한 중요한 이슈가 있었는데 그것은 다름 아닌 이주자들의 궁핍한 살림살이였다. 기존의 오아시스는 원주민이 모두 차지하고 있기 때문에 메카에서 도망쳐 나온 이주자들의 생계는 그저 막막하였다. 이에 대한 마호메트의 대책은 근처를 지나는 카라반을 상대로 급습하여 약탈하는 것을 허락하는 것이었다. 이것은 결국 지도자로서 마호메트의 태도 변화를 초래하는 결과를 낳게 되었다.

메카에서 박해를 받던 당시 무저항과 소극적 대처로 일관하던 그의 종전 방식과는 사뭇 다른 대응이었다. 이주민의 굶주림과 비판을 해결하지 않고는 평화는 구호에 그치는 것임을 그는 잘 알고 있었다. 그는 한편으로 신께 가호를 구하는 한편, 자신이 가진 권위를 사용하기로 결심하였다. '성스러운 시기에 폭력을 사용하는 것은 분명 잘못된 것이다. 그러나 더 잘못된 것은 믿는 자들을 박해하여 신의 길을 방해한 것이다. 절대신을 굳게 믿는 우리는 신의 자비를 구할 자격도 가지고 있다!' 이것이 마호메트가 전투를 합리화하면서 내린 교시이며 이른바 성전(Holy War)의 시작이었다. 바야흐로 이슬람의 새로운 국면이 전개된 것이다.

이후 진행된 수많은 전투를 어찌 다 기록할 수 있을까? 실로 수많은 사람들이 피를 흘리고 죽어 나갔다. 메카와 메디나의 싸움은 친족들과 친구들 그리고 이웃들 간의 싸움이자 결코 있어서는 안 되는 싸움이었다. 아버지와 아들과의 칼부림, 형제간에, 사돈 간에, 삼촌과 조카 간에 서로 칼을 겨누고 피를 흘리는 실로 지옥 같은 일이 벌어지고야 말았다.

최초의 대규모 전투인 '배드(Badr) 전투'(624년 3월)에서 약 300명과 1,000명의 대결이라는 절대적인 수적 열세에도 불구하고 메디나의 마호메트 군대는 승리하여 메카군 40명을 죽이고(메디나 군사 15명이 전사) 50명의 포로를 잡는 개가를 올렸다. 그리고 그 뒤 공물과 세금 명목으로 들어오는 수입이 메디나 살림살이에 큰 보탬이 되었다. 당시 9세 때 이루어진 나의 결혼은 바로 이 전투 직후 떠들썩한 축제 분위기 속에서 진행되었다. 전혀 승산이 없어 보이던 전투에서 승리하자 많은 사람들이 이것을 바로 신의 섭리의 징표로 생각하기 시작하였다. 메카와 메디나의 중간에서 결정적인 역할을 하는 베두인(Beduin)들도 쉽게 승자 편으로 기울게 되었다.

'배드 전투'의 승리는 메디나에서 마호메트의 위치를 더욱 공고히 하여 믿음의 지도자를 넘어 정치적 군사적 지도자의 권위를 부여하였다. 실질적인 메디나의 통치자가 된 마호메트는 눈에 거슬리는 유대인들을 정리하기로 마음먹고 있었는데 마침 기회가 왔다. 무슬림 청년들과 유대인 청년들 간에 싸움이 나서 무슬림 청년이 살해당하는 사건이 일어난 것이다. 평소 자기를 예언자로 인정하지 않는 그들의 태도도 불쾌하지만, 원주민 자격으로 자기들 고유의 믿음을 강하게 주장하는 그들이 곱게 보일 수 없었다.

마호메트는 무슬림 청년들의 살해를 비롯해서 '배드 전투'에 참가하지도 않았다는 이유를 들어 유대인족들의 하나인 '케누카(Banu Qaynuqa)'를 처벌하기로 결심하고 그는 군사를 풀어 그들을 포위하고 항복을 종용하였다. 그들은 유대 종족 중에 가장 부유한 집단으로 메디나의 유력 부족 중에 하나였고 기타 토착 부족들의 연대를 과신한 나머지 과거 마호메트 일행이 메디나로 입성할 때 맺은 협약을 근거로 유대교의 존중을 주장하며 맞섰다. 그러나 힘의 열세를 깨닫고 협상으로 원만한 타결을 원했으나 돌아온 결과는 굴욕적인 추방이었다. 무려 700명이나 되는 대규모 유대인 집단이 메디나에서 추방되었다.

이 협상 과정에서 메디나의 유력자 '우베이(Ibn Ubbay)'는 유대인들을 옹호하여 처형이 아니라 단순한 '추방' 수준으로 형벌의 수준을 낮추는 데 큰 역할을 담당하였다. 마호메트가 메디나로 오기 전부터 우베이와 유대인 간에는 이미 강력한 유대가 있었던 것이다. 비록 처형과 노예가 되는 것보다야 훨씬 나은 것이지만 뿌리박고 살던 유대인의 입장에서는 정든 고향을 등지게 되는 추방은 더 없이 가혹하고 처참한 경우였다. 이로써 마호메트는 메디나에 있는 3개의 유대인 종족 중 유력한 하나를 제거하는 데 성공하였다.

한편 전투에 패한 메카는 대규모 복수를 준비하였다. 당시 사막 문화에서 복수는 당연한 것이지만 메카에게 무엇보다 필요한 것은 일전의 전쟁으로 막힌 카라반 행로를 회복하는 것이었다. 즉, 메카 사람들에게는 이번 전투는 메카의 자존심을 회복하는 기회이자 신흥세력이 된 배반자 마호메트를 응징하여 잃어버린 카라반 행로를 되찾아 오는 것이었다.

사실 지난번 '배드 전투'는 카라반에서 돌아오는 메카의 상단이 마호메트 군사로부터 약탈당하는 것을 막아내기 위해 엉겁결에 벌인 전쟁이었고 비가 오는 악천후 속에서 생각지도 않았던 마호메트 군의 기습 공격으로 당한 국지적 전쟁이었지만 이번은 경우가 달랐다. 수백 명의 기병을 포함하여 무려 10,000명의 군사가 동원된 대규모 전면전이었다. 마호메트의 군사력은 고작 보병 700명으로 많이 잡아도 1,000명이 안 되는 규모가 전부였다.

문제는 마호메트의 군사 중에는 내심으로 메카와 전쟁을 원하지 않으면서 마지못해 동원된 병사들이 많았다는 사실이다. 사실 메디나에는 오래전부터 상당수의 상인들이 메카와 거래를 긴밀히 유지해 왔을 뿐만 아니라 마호메트 자신과 마찬가지로 동원된 메디나 병사들 안에는 메카 사람들의 친인척이 너무나도 많이 있었기 때문이었다.

너무도 명백한 전망 앞에 마호메트 진영에 동요가 많았다. 일부 지도자는 마호메트가 세운 옛날 규약을 들먹이며 메디나에 진격해 올 경우에만 싸워야 한다는 논지를 펴며 사기를 떨어뜨렸다.

드디어 유명한 '우드(Uhud) 전투'(625년 3월 25일)가 벌어졌다. 애초부터 승산이 없는 싸움인 것은 알고 있었지만, 메디나 사람들은 메카 사람들이 그렇게 용맹스럽게 싸울 줄은 미처 몰랐던 모양이다. 특히 지난번 전투에서 남편이나 자식을 잃은 메카의 여인들이 검은 베일을 두르고 나타나 메디나 군사들을 향하여 욕설과 저주를 퍼부으며 고함을 지르고, 메카 전사들을 향해서는 전의를 돋우며 소름끼치는 섬뜩한 합창을 하는 통에 메디나 병사들은 잔뜩 겁을 먹었다.

중과부족이었고 작전도 잘 이행되지 않았다. 수많은 희생자가 나고 메디나 군사는 뿔뿔이 흩어져 추격을 피해 산으로 도망치는데, 어디선가 마호메트가 죽었다는 소리가 들리더니 추격이 멈춰지고 전투가 끝났다. 무려 65명이 전사하고 수많은 부상자가 생겼다. 마호메트 자신도 코와 얼굴 전체에 상처가 나고 심한 머리 부상을 당하고 말았는데, 이 부상으로 인해 마호메트는 평생 두통으로 고생하게 된다.

누군가 전쟁 패배의 책임을 져야 하는 상황이 되어 모스크 회중이 모였다. 출병에 앞서 사기를 떨어뜨렸던 장본인 우베이가 회중 앞에서 말하기를 "내 형제들이 내 말을 잘 듣고 따랐더라면 이렇게 죽지는 않았을 텐데" 하면서 자신이 옳았음을 토로하였다. 그는 마호메트의 지위를 과소평가한 나머지 이번 패전을 기화로 자신의 입지를 세우려 한 것이다.

그러나 회중은 다르게 반응하였다. "기뻐하라, 죽은 내 아들아! 너는 지금 천국의 정원에 있겠구나!" 아들을 잃은 아버지의 기도 소리를 필두로, 청중들이 들고 일어났다. "비겁한 자! 하나님의 적! 위선자 같으니라고!" 그는 머리를 숙이고 달아나듯 회중을 빠져 나갔다. 마호메트는 단순한 메신저 정도가 아니라 이미 하나님으로부터 직접 인도받는 예언자 위치에 있었던 점을 그는 깨닫지 못했던 것이다.

마호메트는 우베이가 메디나 토착 세력을 대표하는 내부의 적임을 잘 알고 있었고 자신이 믿었던 측근이 역경이 닥칠 경우 바로 자신을 몰락시킬 수 있음을 간파하고 있었다. 이렇게 하여 결과적으로 자신의 패전은 전화위복의 기회로 이용되었다.

이런 사건으로 메디나 토착 세력의 힘은 약화되었지만, 그렇다고 완전히 그들의 영향력이 없어진 것은 아니었다. 특히 지난번 유대인 부족 하나인 '케누카'를 추방했던 사건을 계기로, 남아 있는 토박이 유대인들이 내심 불만을 품고 있다는 사실은 마호메트를 매우 불편하게 만들었다.

그러던 중 메디나에 또 다른 시련이 닥쳐왔다. 그것은 사소한 시비 끝에 메디나에서 베두인족 2명이 살해된 사건으로부터 시작되었다. 사실 베두인족들은 메카와 메디나의 패권 경쟁을 이용하여 언제나 자신들의 존재감을 나타내는 으뜸가는 사막의 전사들이므로 그들의 비위를 건드리는 일은 극히 피해야 할 사항이었다. 베두인족에게 충분한 배상이 필요하였다.

　이와 관련하여 마호메트가 배상 규모와 방식을 결정하자 유대인들이 강력하게 반발하였다. 원인은 마호메트가 메디나에 와서 맺은 부족 간 분쟁 조정에 관한 협정을 그들에게 부당하게 해석했다는 것이었다. 마호메트가 내린 결정은 각 부족은 일정한 분담금을 내지만, 유대인들은 문제의 베두인족과 별도의 동맹을 맺고 있으니, 더 많은 지급금을 감당해야 한다는 것이다. 이것은 유대인들에게 부당하게 인식되었다.

　특히 유력 유대인 종족인 '나디르(Nadir)족'의 반발이 컸었는데, 그들은 연이어 회합을 갖고 분담금을 지급할 것이 아니라 이 기회에 마호메트를 살해하기로 모의하였다. 물론 이런 배후에는 지난번 면박을 당한 우베이의 꼬드김이 있었다. 천사의 도움인지 그 모의는 사전에 발각되어 마호메트는 살해를 모면했는데, 그는 즉시 반역죄를 물어 나디르족의 추방을 명하고 그들이 소유하고 있는 대추야자 농장을 파괴하고 재산을 몰수하는 등 그들의 경제적 기반을 송두리째 파괴하기 시작하였다. 동시에 종전에 맺은 부족 간 협정을 모두 파기하고 새로운 정치적 조항을 만들어 발표하였다. 이것은 우베이를 포함한 메디나의 유력자들에게 보내는 강력한 경고 메시지였다. 이렇게 두 번째 유대인 종족인 나디르도 메디나에서 추방되어 인근 오아시스로 쫓겨났다.

일반적으로 정치 지도자들은 내부적으로 정치 사회적 긴장과 압력이 증가하면 그것을 공세적 대외정책으로 해결하려는 성향이 있는데, 이것은 옛날이나 지금이나 정치 지도자들이 흔히 쓰는 수법이다. 마호메트는 계기마다 메디나의 내부 불안 요소를 제거하는 한편 메카 카라반을 상대로 약탈을 일삼았다. 메디나의 약탈에 지치고 계속되는 대상들의 행로 변경에 이력이 난 메카 사람들은 마침내 세 번째이자 마지막 공격을 준비하였다. 이번은 지난번같이 앙갚음 성격이 아니라 메디나에서 마호메트의 세력을 아예 말살하려는 차원이었다.

이 전투는 이른바 '참호 전투(The Battle of Trench, 627년)'라고 불리는 것으로 메카와의 마지막 전투로 기록되고 있다. 메카 진영의 지도자는 노련한 '아부 수피앙(Abu Sufyan)'이었다. 그는 지난번 승리한 전투의 경험을 살려 메디나의 마호메트에게 최후의 일격을 가하기 위해 주위의 베두인족과 쫓겨난 유대인들과 동맹을 맺고 627년 드디어 메디나로 출병하였다. 10,000명의 보병과 기병 600명이 동원된 메카의 진격에 대항하는 메디나 병력은 고작 보병 3,000명이 전부였다.

미리 정보를 입수한 마호메트는 봄 추수를 재빨리 끝내어 적군들의 양식을 미리 제거하고 기병의 진입을 막기 위해 참호를 깊이 파고 진입로를 좁게 만들어 만반의 준비를 갖추었다. '수피앙' 쪽에서 마호메트가 이렇게 마른 해자를 파고 뾰족한 말뚝을 박아 메디나 진입로를 막고 항전할 줄은 몰랐던 모양이었다. 참호를 파고 두더지처럼 싸우는 것이 용감한 사막의 전사들에겐 아랍 전통이 아닌 비겁한 겁쟁이 전투로 인식했던 것이다.

대규모로 일제히 공격하는 것이 어렵게 되자 수피앙은 밤낮으로 화살을 쏘고 끊임없이 겁을 주는 쪽으로 전환하고 스파이 작전과 심리전을 모두 병행했지만 모든 것이 계획대로 되지 않고 3주 동안 진척이 없었다. 병사들은 밤마다 엄청난 추위에 시달리고 때마침 불어오는 강풍에 텐트가 날아가는 등 악천후가 계속되어 그것 역시 사기를 저하시키는 요인이 되었다. 할 수 없이 수피앙은 30일간의 포위망을 풀고 마침내 철군을 결정하고 물러갔다.

메카 군대가 물러가자 마호메트는 메디나를 행하여 새로운 내부 적을 소탕해야 한다고 선언하고 그것은 마지막 남아 있는 유대인들, 즉 '쿠레이즈(Banu Quraizah)'이라고 못 박았다. 사실은 이 결정의 배경에는 참호전투에서 마호메트가 내렸던 명령을 잘 수행하지 않고 위선적 행동을 보였던 메디나 토착 세력 전부를 내부의 적으로 규정하는 것이었지만 손쉬운 상대인 유대인들을 희생양으로 삼아 본보기로 삼고자 한 것이다. 마호메트는 유대인의 정체성을 버리고 이슬람으로 개종하여 충성심을 보이라고 마지막 선을 그었다. '쿠레이즈'들은 이미 사문화된 과거의 동맹을 빌미로 자신들의 독립성을 인정해 주기를 요청하고 필사적으로 메디아 토착 세력의 중재와 보호에 매달렸으나 그것이 용이하지 않았다. 2주간의 항전은 결국 무조건 항복으로 끝나고 마호메트의 처분을 기다리고 있었다. 이런 상황에서 토착 세력들이 마호메트에게 접근하여 관용을 간청하자 마호메트는 놀라운 정치적 대응으로 화답하였다. "그대들은 들으시오! 그대들 가문 중에 한 사람이 이 일을 결판낸다면 그대들은 만족하겠소?" 마호메트의 단호한 어조에 기가 눌린 그들이 마지못해 동의한다. 마호메트는 토착인 출신 '인 무아드(Ihn Muad)'를 임명하고 그에게 유대인 문제의 최종적 결정을 내리라고 명한다.

600명(다른 통계는 900명)의 유대인이 처형되었다. 그들의 재산은 몰수되고 여인들과 아이들은 포로 신세가 되었다. 이런 처벌은 아라비아반도에서 일찍이 보지 못한 쇼킹한 사건이었다. 마호메트와 무슬림에 대한 불만과 불복종의 결과가 어떤 것인지를 생생하게 보여 주는 시범케이스였다. 이런 일을 기화로 유대인들은 무슬림에 대한 공포를 안고 살게 되었고 메디나에 잠재했던 마호메트 반대 세력은 완전히 자취를 감추게 되었다.

비록 마호메트는 자신이 직접 내린 명령이 아니었지만 결과적으로 책임을 면할 수 없었다. 그는 희생자들에 대한 애도와 메카 인심을 회복할 목적으로 남편이 처형되어 홀로 남은 유대인 여인을 그의 일곱 번째 부인으로 맞이하는 한편, 몰수한 재산을 메디나 사람들에게 골고루 배분하였다. 언제나 그러했듯이 마호메트의 처방은 단호한 처벌과 동시에 통합된 사회 건설을 위한 새로운 동맹을 선포하는 전략을 구사하는 것이었다.

628년은 마호메트에게 특별한 해였다. 지금까지 메카와 세 차례 대규모 전투에서 그는 건재를 과시하였고 메디나에서 유대인들을 완전히 제거한 후, 토착 세력을 완전히 통제하게 되었다. 그 후 그의 권위는 이미 절대적 위치에 있게 되어 메카 사람들조차 그를 함부로 대할 수 없게 되었다. 그는 이 기회를 이용하여 고향 메카에 순례자 길을 떠나기로 결심하였다. 무려 700명의 순례자 규모는 자체로 압도적 숫자였고 그 정치적 사회적 의미는 굉장한 것이었다.

이것은 메카 사람들을 매우 당황하게 만드는 계획이 틀림없었다. 메카 사람들이 마호메트의 비무장 순례길을 막을 그 어떤 명분도 없었거니와 피를 본 원수를 자기 땅에 활개치고 다닐 수 있게 한다는 것도 메카 사람들에게 수치감을 주는 일이었다. 무슨 수를 써서라도 마호메트의 입성을 저지하기 위해 추격대를 보냈고 마호메트는 추격대를 피해 우회로를 선택해서 마침내 메카 입구에 다다른다.

추격대와 일촉즉발의 긴장이 고조되는 순간 양쪽의 체면을 살리는 선에서 타협을 보게 된다. 타협의 주요 골자는 세 가지로 요약되었다. '첫째, 향후 10년간 군사 대결을 하지 않는다. 둘째, 메카와 메디나 양측은 그 어느 쪽이든 동맹을 맺기를 희망하는 부족에게 자유스럽게 새로운 동맹을 맺는 것을 허락한다(이전의 동맹 관계에서 자유롭게 벗어나 새로운 조약을 맺을 수 있게 함). 마지막으로 금년에는 마호메트가 순례에 참여하지 않고 메디나로 돌아간다'.

이른바 '후데이비아(Hudaibiya) 휴전'이라고 이름 붙여진 이 협정은 기대에 부풀어 있었던 700명의 순례자들에게 큰 실망을 주었지만(마호메트는 특유의 카리스마로 이들의 실망을 진정시킨다) 여러 가지 함의를 남겼다.

메카와 메디나의 양쪽에서 혼란스럽게 구속되어 있었던 베두인족은 일단 이전의 동맹에서 해방되었고 메카와 메디나는 대등한 관계로 확인되었으며, 마호메트 최측근의 세력에 차등이 생겼다(호전적인 오마르*Omar* 혹은 *Umar* 세력이 약화되고, 나의 아버지 아부 바크, 그리고 알리의 입지가 강화되었다).

부수적으로 마호메트는 이 협정의 전후를 통하여 내부적으로 추종자들의 충성도를 확인하고, 사막의 나무 그늘에서 다수의 근방 유력 부족들의 충성 맹세까지 얻게 되었다. 무엇보다 마호메트는 자신의 무장해제로 인해 메카의 무장해제를 성공리에 이끌어낸 것이 큰 소득이 되었다. 즉, 전쟁을 중단하고 협상으로 평화를 만든 예언자의 이미지를 부각하였다.

메디나로 돌아온 마호메트는 이런 평화적 이미지를 이용하기로 하고 강력한 군사력을 시위하여 세력이 약한 부족부터 유력 부족들까지 차례로 자기 세력으로 편입하였다. 이 중에는 베두인족도 포함되며 구원이 있는 유대인족도 있었다. 그는 새로 편입된 부족에게 낮은 세금을 부과하고 동맹을 맺는가 하면 유대인 여인을 여덟 번째 부인으로 맞아들이기도 하였다. 이는 유대인 여인과의 두 번째 혼인이었다.

1년이 지나 629년 2월이 되자, 메카를 향한 제2차 평화 공세를 감행하였다. 이만 명의 순례단을 조직한 마호메트는 마치 개선장군처럼 입성하여 아무 저항 없이 삼일 동안 메카에 머물게 된다. 이게 얼마 만인가! 칠 년이 되도록 생사를 서로 몰랐던 양쪽의 친지들과 가족들이 눈물로 재회하여 양쪽의 평화 분위기는 고조되었다.

다시 메디나로 돌아온 마호메트는 또 한 번 혼인을 통한 촘촘한 인맥을 구축한다. 그는 아홉 번째 부인을 맞이하는데, 그 여인은 다름 아닌 메카 의회 지도자의 우두머리인 수피앙의 딸이었다. 그녀는 아버지 모르게 비밀리에 무슬림이 되었고 전장에서 남편을 잃고 과부로 지내고 있었다. 수피앙은 마지못해 결혼을 승낙하고 마침내 마호메트와 어색한 장인 사위 관계가 되었다. 이것은 그만큼 메카의 세력이 쇠퇴한 것을 반증하기도 하였다.

그 후 6개월이 지나 베두인족 내부에서 불화가 발생하여 이들과 복잡한 관계를 맺고 있던 메카와 메디나 사이에 분쟁이 발생하였는데 사위와 장인은 비밀 담판이 있었지만 잘 풀리지 않자 마호메트는 10,000명의 군사를 풀어 공세 태세를 갖추었다. 그러자 메카는 항복하고 말았다.

630년 1월 11일 마호메트는 메카에 무혈입성하며 "신은 위대하다"고 외치며 그의 오랜 염원을 풀었다. 약탈도 폭력도 없는 그의 입성은 점령이라기보다는 양측의 해방과 평화적 혁명을 상징하였다. 그는 재빠르게 메카인들이 스스로 행정 관리와 군대의 지휘 관리를 맡도록 조치하고 수피앙의 아들인 '무아위야(Muawiya)'를 사령관으로 임명하여 미래 무슬림의 최고지도자의 길을 마련하였다.

메카에서 반대 세력이 전혀 없었던 것은 아니었지만 곧 진압되고 마호메트는 메카의 통치자가 될 수도 있었지만 그는 궁정도 모스크도 짓지 않고 메카인들에게 많은 혜택을 제공하고 바로 메디나로 돌아갔다. 그때 그의 나이는 60세, 그는 이미 인생을 정리해야 하는 노쇠한 노인이 되었다. 그는 정리의 첫 단추로 메카는 무슬림 탄생의 성지로 삼고, 메디나는 예언자의 도시로 규정함으로써 양자는 평등하게 연합하고 결속을 다져야 한다는 의지를 피력한 것이라 볼 수 있다.

지금까지 나는 그의 정치적 군사적 행적을 더듬어 보았는데, 이제 그의 인간적인 측면을 조금만 보태 보려 한다. 내가 그를 만났을 때 나는 철부지였고 말괄량이였다. 첫째 부인이 죽고 마호메트가 처음 맞이한 부인은 나이 든 미망인 '소다(Sawda)'였는데 그녀는 철부지였던 나를 보모처럼 키워 주었다. 또한 마호메트는 내 아버지 '바크'(추후 제1대 칼리프)와의 결속을 시기하는 측근을 배려하여 배드 전투에서 남편을 잃은 '오마르'(추후 제2대 칼리프)의 딸 '하프사(Hafsa)'도 아내로 맞이하여 두 장인들의 보호와 지원을 받았다. 덧붙여 마호메트는 자신의 딸들과 결혼한 사위들인 '우트만'(추후 제3대 칼리프)과 '알리'(추후 제4대 칼리프)를 최측근에 두고 자신의 세상을 만들어 나갔다.

어린 나이에 예언자의 집에 들어온 나는 아무것도 모르고 천방지축으로 지냈지만 그는 언제나 나를 흐뭇한 아빠 미소로 대하였고 다소 장성해서 벌인 실수에도 너그럽게 대해 주었다. 결혼 선물로 받은 목걸이 분실 사건이라든지, 내가 일을 꾸며 미모의 미망인과 마호메트가 결혼을 못하도록 했던 사건들에서 그는 나의 잘못을 못 본 체하고 넘어가 주었다.

마호메트 생전에 그의 지도력에 노골적인 반기를 제기한 남자는 한 사람도 없었지만 가정생활에서 그의 지도력에 도전하는 세력이 있었다. 그것은 다름 아닌 수많은 아내들 사이에 나타난 시기와 질투이다. 마호메트의 대를 이을 아들이 없었기 때문에 많은 부인들이 아들을 얻기 위해 사력을 다했지만 그 누구도 아들을 낳아 키운 사람은 없다. 그는 부인 간 공평한 관계를 유지했으며 차별을 두지 않으려 노력했으나 뜻대로 되지 않자 한 달간 부인들 곁에 가지 않으면서 부인들 모두에게 경고한 적도 있다.

이 경고 사건의 발단은 '마리아(Mariya)'라는 여자 노예가 마호메트의 첩으로 들어오면서 생긴 것인데, 마호메트가 그녀에게 빠져 다른 부인들을 등한시하자 부인들이 소동을 일으킨 것이다. 어쩌면 이혼 통보가 올지도 모르는 상황, 아니면 그 여자 노예에게 아들이라도 나온다면? 여러 부인들은 매우 초조하고 불안한 나날을 보내고 있었다. 나도 기분은 상했지만 감히 예언자에게 항의할 마음은 없었다. 어차피 날을 정해 부인들 방으로 들어가는 제도는 지키기가 어려웠다. 생리가 있는 날, 몸이 불편한 날 등 여러 요소들 때문에 미리 정해진 날에 순번대로 잠자리를 차지한다는 것이 어려워 순번은 지키되 차례는 변경할 수 있도록 협약했는데, 그것도 복잡하게 되자 뒤죽박죽이 되었다. 마침내 부인들의 단체 불만이 오마르의 딸 하프사를 통해 표출되었다.

이혼을 당할지도 모른다는 강박 관념에 하프사는 대성통곡하고 소동을 벌였다. 딸의 울부짖음에 무심한 아버지가 어디 있을까? 성미가 불같은 오마르가 마호메트의 숙소에 찾아가 간신히 그를 만난다.

"내 딸은 이혼 당하는가?", "그런 말을 한 적도 할 생각도 없다!" 등등의 말이 오가고 소동은 진정되었으나 아내들을 경고할 심산으로 마호메트는 한 달간 아내들의 숙소를 찾지 않았다. 당시 나를 비롯해 하프사, 하비바(Umm Habiba, 수피앙의 딸) 간에 보이지 않게 형성된 경쟁관계는 이를 계기로 진정되고 안정을 찾게 되었다고 할 수 있다.

마호메트는 만년에 이르러 자신의 부인들의 지위를 '신자들의 어머니'라고 부르고 부인들 모두 신앙인들의 모범이 될 것을 요청하였다. 부인들이 신도들의 어머니이니 자신은 신도들의 아버지가 되는 셈이고, 그 누구도 어머니와 혼인할 수가 없으니 부인들은 여생을 무슬림을 위해 봉사하는 것이 운명으로 된 것이다.

이것으로 부인들의 지위를 정리하고 그는 메카로 자신의 마지막 순례길을 다녀오게 된다. 전장에서 다친 머리로 지독한 두통을 달고 살았던 그는 메카를 다녀온 후 병이 깊어져 측근들에게 유언을 하고 세상을 떠났는데, 전해지는 이야기는 통일되지 않고 다음과 같은 세 가지로 나누어져 있다.

첫째, "나는 그대들에게 단 한 가지를 남긴다. 만약 그대들이 그것을 굳게 붙들고 있으면 길을 잃고 방황하지 않을 것이다. 그것은 코란, 즉 하나님의 책이다".

둘째, "나는 그대들에게 두 가지를 남긴다. 코란과 예언자의 본보기가 그것이다".

셋째, "나는 그대들에게 두 가지를 남긴다. 코란과 예언자의 집과 혈육의 사람들이 그것이다".

이 세 가지 형태의 유언이 문제가 되는 것은 세 가지 유언 중 어느 유언이 가장 유효한 것으로 하느냐에 따라 마호메트의 후계자가 결정되기 때문이다. 마호메트는 생전에 명시적으로 자신의 후계자를 지정하지 않고 죽었기 때문에 후계 구도가 불분명한데, 이 유언조차도 세 가지 해석으로 존재하니 무슬림 내부의 혼란은 예정된 것이었다. 훗날 시아(Shia)파와 수니(Sunni)파의 갈등이 첨예화된 이래 이것을 빌미로 실로 수많은 종파들이 생겨나게 되었기 때문이다.

첫 번째 것은 비교적 간단하여 별 논란이 없지만 두 번째는 주로 수니파 계열의 분파들이 주장하는 것으로 '예언자의 본보기'는 '마호메트의 관행(습관)'으로 인식되어 칼리프 선출과 무슬림 운영은 아랍 전통의 장로회의(Shura)의 투표로 결정되어야 하며 혈통중심의 후계자 계승은 마호메트 생전의 본보기와 관행에 어긋난다고 선을 긋고 있다.

세 번째 것은 시아파 계열에서 주장하는 것으로 '알리'와 그이 아들들인 '하산(Hassan)'과 '후세인(Hussein)'만이 마호메트의 직통 후계자임을 주장하는 것이다. 이들의 주장은 마호메트가 여러 번 알리가 자신의 후계자임을 밝혔고 임종 때도 알리와 삼촌 '압바스(Abbas)' 그리고 내가 있는 가운데 그런 유언을 말했다는 것이다. 나는 그를 가슴에 안아 마지막 임종을 지킨 사람으로 그런 말을 들은 적이 없을 뿐만 아니라 평소에 마호메트가 알리에게 한 말은 그를 칭송하고 격려하는 것이었지 그것이 후계자 지명을 위한 발언이라고는 인정하지 못하겠다.

예언자가 세상을 떠나자 다른 마호메트의 여인들은 뒷방 늙은이 신세로서 세간의 관심에서 멀어졌지만 나는 달랐다. 오히려 예언자가 살아 있을 당시보다도 내 일상은 더 바쁘게 돌아갔다. 초대 칼리프 역할을 수행하는 아버지를 돕는 일, 불만을 가진 알리 측을 달래는 일들을 포함해서 그야말로 신자들의 어머니 역할을 하느라 힘든 나날을 보내게 되었다. 특히 갈수록 첨예화하게 되어 가는 무슬림의 내부 분열을 보는 일은 가슴이 무너지는 아픔이었고 카리스마가 없는 아버지가 능구렁이 원로들 틈에서 힘든 칼리프 생활을 하는 것을 지켜보는 것은 괴로운 일이었다.

나는 초기 무슬림을 정립하기 위한 노력의 하나로 예언자와 함께할 때 내가 보고 듣고 느낀 것들을 기록하기 시작하였다. 후대에 와서 사람들은 나를 예언자와 유일하게 논쟁했던 사람이라고 전하는데 이것은 일리가 있는 말이다. 나는 그에게 많이 질문도 하고 때로는 논쟁을 이끌어낸 유일한 사람이다. 이것을 기록으로 남겨 나는 '알라(Allah)'의 메시지인 '하디스(Hadith)'를 네 번째로 많이 기록한 학자의 칭호도 얻게 되었다.

나는 또한 무슬림 내부의 분열을 막기 위해 일종의 협상가 내지 조정자 역할을 힘들게 했다. 특히 나와 사이가 좋지 않았던 제3대 칼리프인 우트만이 살해되고 유족들이 위험하게 되자 달려가 옆에서 그들을 보호하고 지켜주기도 하였고 이어 살해범 색출과 처단을 계기로 알리 측과 우트만의 친족 무아위야 측의 갈등이 벌어질 당시 무슬림의 두 진영 사이에 벌어지는 전쟁을 막고자 무던히 노력했다. 그러나 나의 노력은 무산되고 본의 아니게 전쟁에 휘말려 나는 직접 붉은 낙타를 타고 알리 측과 대항하여 병사들을 지휘하기도 하였다. 언제 죽을지도 모르는 전장에 나가 내 몸에 화살이 박힌 줄도 모르고 싸웠던 나는 아랍의 용맹한 여전사 명단에도 이름을 올렸다.

내가 직접 전장에 참여하고 군대를 지휘한 당시의 최초의 무슬림 내전을 역사가들은 '낙타전쟁'이라는 이름을 붙인 모양이다. 여자가 더구나 남성 우위의 중동 전통에 이러한 나의 행동은 남성들

Part 2. 중편

에게 많이 거북하여 결국 그런 이름을 붙였을 것이다. 알리는 평화를 위하려는 나의 진심을 잘 알고 있었고 그 전쟁은 알리 추종세력 속에 숨어든 우트만 살해 범인들이 벌인 테러에 의해 돌발적으로 일어난 전쟁이라는 것을 그도 잘 알고 있었다. 전쟁에서 승리한 알리는 자기 양자이자 내 남동생 '무함마드 인 바크(Muhammad Ibn Bakr)'를 시켜 나를 메디나로 호송하였고 나는 더 이상 국사에 관여하지 않고 메디나에 칩거하였다. 그때 내 나이 45세, 64세로 죽을 때까지 나는 마호메트를 증언하고 코란을 가르치고 기도하는 일로 여생을 보냈다.

돌이켜보니 내 인생은 내가 선택한 삶이 아니었다. 내 생전에 살았던 아랍의 여인들은 어떤 선택권을 가질 수 있는 여건이 아니었지만 나의 경우는 본의 아니게 인류사를 흔드는 거대한 소용돌이 속으로 빠져들어 남자들이 만든 모진 세상에서 몸부림치다 가엾게 희생된 아랍 여인이 된 것이 아닐까 하는 의아심을 가지고 있다.

예언자는 여자와 어린아이를 존중하라고 가르쳤다. 그리고 전쟁보다는 평화를 염원했으며 불평등과 차별을 없애고 이슬람의 그늘 아래 함께 모여 모두가 평화를 누리기를 염원하였다.

그러나 예언자의 염원과는 상관없이 현실의 이슬람은 후대 남자들이 만든 그들의 방식대로 흘러 왔다. 여자들이 착용하는 다양한 베일, 만연하고 있는 세습 왕조, 부와 권력을 영속화하는 귀족 계급의 존속 등은 예언자의 가르침과는 거리가 먼 그들만의 법이다.

특히 이슬람의 분열과 종파 간 증오를 만들어 낸 원로급 남성 지도자들은 그 책임을 면할 길이 없을 것이다.

허망하다! 사태가 어찌 이런 지경이 되었을까? 나는 깊은 회한과 아쉬움을 가슴에 안고 64세가 되어 메디나에서 죽는다. 허무한 나의 인생! 나는 내가 죽고 난 후 사람들이 가식에 찬 조사를 하는 것을 거부하였다. 그저 조용히 아무도 모르게 밤에 땅 속으로 들어가 영원한 안식을 누리는 것이다.


## 나의 아버지 마호메트: 파티마(Fatima)의 이야기

나는 '파티마(Fatima)'이다. 예언자가 총애한 딸이자 예언자의 조카이자 양자인 알리의 부인이기도 하다. 나와 내 남편 알리는 평생 동안 알라와 예언자를 위해 살았다. 그분의 핏줄로서 나는 알리와 함께 내 아버지가 만든 이슬람 세상을 건사하고 그분의 유지를 받들어 가기를 얼마나 염원했던가!

그러나 이상적인 이슬람 세상에 대한 우리의 염원은 몇몇 유력자들의 야망과 그 추종 세력에 의해 무참히 유린되었고 세상은 예언자가 추구했던 세상과는 멀어진 집단적 탐욕의 각축장이 되고 말았다.

나는 지금부터 내가 겪은 슬픈 이야기와 굴곡 많은 가족사를 비통한 심정으로 말하려고 한다.

나의 아버지는 유복자로 태어나 여섯 살에 완전 고아가 되어 여덟 살이 되어 삼촌인 아부 탈립의 보호 아래 들어갔는데, 당시 메카는 과부와 고아에게 관대하지 않았다. 유산이 어린 유족에게 상속 배분되는 것이 아니라 가장 가까운 친척으로 속하게 되어 있었기 때문이었다. 그것은 곧 가문과 종족의 공동 관리하에 들어가는 것을 의미하였다.

여기서 잠깐 세월을 돌려 아버지 예언자의 가계를 더듬어 보기로 하자. 예언자의 조부 '무탈리브(Abd al Muttalib)'는 당시 메카의 유력한 4대 부족들 중의 하나를 이끄는 명망가였다. 서기 570년까지 예언자의 조부는 총 10명의 아들을 두었는데, 그중에 막내아들인 '압둘라(Abdullah)'가 바로 예언자의 아버지였다. 예언자의 조부는 결과적으로 자신의 막내아들을 죽게 만든 장본인이 되는데, 이것이 불운의 시작이 되었다.

예언자 조부는 믿음의 조상 아브라함이 팠다고 추정되는 우물을 재발견하여 그 소유권을 주장함으로써 순례자들로부터 우물물을 제공할 수 있는 권리는 자기에게 있다고 천명하였단다. 이것의 부당성을 제기하는 다른 부족의 강력한 도전을 받게 되자, 그는 대중들 앞에서 자신의 정직성을 옹호하면서 끔찍한 맹세를 하게 되는데, 그것은 자신의 아들 중에 하나를 그 우물 바로 옆에서 제물로 바치겠다는 맹세였다.

이 맹세로 분쟁은 사그라졌지만, 그 맹세를 지키는 것이 쉽지 않았다. 예언자 조부는 메카에서 이름난 여사제를 찾아가 이 문제의 해결을 요청했다. 그러자 여사제는 백 마리의 낙타와 아들의 구제를 교환함으로써 사건을 종결시켰다. 맹세의 구속에서 벗어난 압둘라는 '아미나(Amina)'와 결혼하고 혼인 후 3일 만에 카라반 길을 떠난다. 그러나 그 맹세는 일종의 흉조가 되어 압둘라는 다마스쿠스를 돌아오는 카라반 길에서 메디나로 돌아오는 중에 원인도 모르는 병에 걸려 죽게 되고 유복자인 우리 아버지 예언자가 태어나게 된다. 때는 서기 570년이었다.

압둘라가 죽은 뒤 과부가 된 그의 아내 아미나는 어린 예언자를 친족이 많이 있는 메디나에 보내 베두인 가족에 맡기고 양육을 위탁했다. 메카에 있는 조부 무탈리브는 이미 늙고 쇠약하였고 자신의 가문의 세력도 쇠퇴하여 아무도 예언자를 양자로 받아들일 수가 없었기 때문이었다.

당시의 풍습으로는 아미나도 죽은 남편의 형제나 친족들에게 재가를 할 수 있었는데 불구하고 아무도 그녀를 거두는 이가 없을 정도였으니 가세를 짐작할 수 있다. 또한 아미나는 자신의 건강과 나이를 고려할 때 예언자를 친정 쪽으로 맡겨 양육하는 것이 더 나은 선택이었을 것이다. 영아 사망률이 높던 당시[4]에 발병률이

---

4)  의료 시설과 약이 없었던 당시엔 영아 사망률이 매우 높았다. 질병과 영양 부족, 잦은 전쟁과 폭력, 식수 오염으로 수많은 아이들이 죽었다. 로마 시대엔 5세까지 생존 가능성이 33%였고, 18세기 런던의 통계도 16세까지 생존 가능성이 50%였다고 한다. 이 문제는 20세기 항생제가 사용될 때까지 계속되었다.

높은 도시보다는 시골 쪽이 양육에 유리하였고 노동력이 부족한 시골은 어린이 노동이라도 확보하는 것이 유리했기 때문이었다.

어린 마호메트는 순박한 베두인 양부모로부터 사막 생활의 모든 것을 익혔다. 어떻게 물을 찾아내는가, 별자리를 보고 어떻게 길을 찾아 가는가, 시기를 놓치지 않고 언제 정확히 때를 맞춰 가축을 이동시키는가, 견디기 어려운 사막의 기후에 적응하여 텐트를 치고 그늘을 만들려면 어떻게 해야 하는가 등 실생활에 필요한 것들을 배우면서 동시에 사막이 가져다주는 독특한 경외감 그리고 초자연적인 신비감을 가슴 깊이 품게 된다. 말하자면 그에게 사막은 귀중한 훈련장 내지 교육장이었다.

이러한 현장 교육과 더불어 베두인 전통도 어린 그에게 깊은 영향을 주었다. 명예와 자존감, 충성, 독립성, 그리고 고난에 대해 지칠 줄 모르는 도전 정신이 그것이다. 특히 용맹성과 충성심의 대명사였던 베두인 전사들에 대한 이야기는 널리 알려져 어린 마호메트의 가슴 속에 깊게 새겨졌다. 당시 베두인 문화와 전통은 16세기까지 가히 아라비아 사회를 떠받치는 반석의 역할을 담당하는 위치에 있었다고 한다.

당시 아라비아의 교역의 중심지였던 메카도 베두인들이 제공했던 혈통 좋은 말과 낙타, 그리고 마구와 옷감 및 담요 없이는 존재할 수 없었다고 하니 그들의 존재감을 알 수 있다. 후에 언급하겠지만 마호메트의 인생 여정에 베두인족이 미친 영향은 가히 절대적이다.

이렇게 베두인들과의 생활을 5년간 계속한 뒤 그는 많은 유년의 추억과 귀중한 현장 교육 경험을 간직한 채 메디나 생활을 끝내고 어머니 아미나와 함께 메카로 돌아가는데 불행하게도 그녀는 도중에 사망하였고 2년 뒤 그의 메카의 조부마저 세상을 떠났다. 그는 이제 메카에서 완전한 고아 신세가 되고 말았다. 그의 나이 6세, 감수성이 한참 예민한 시기에 들이닥친 엄청난 불행이었다. 그 후 다행히 8세가 되어 자기 삼촌 아부 탈리브의 보호 아래 들어가서 삼촌의 카라반 행렬을 돕는 낙타 보이로 생활하게 된다.

비록 명문가의 피를 가지고 있지만, 아버지도 어머니도 없이 삼촌 집에서 생계를 의탁하는 그가 하는 일이라고는 삼촌을 따라 카라반 행렬에 합류하여 일을 거들고 배우는 것인데, 물주들의 상단을 관리하고 보호한 대가로 소량의 수고비를 받는 것이 고작이었다. 그러나 상단에 합류하여 함께 여행하는 것이 단순한 경제 행위는 아니었다.

그것은 정치와 문화의 전파자, 최신 정보 소유자, 협상과 외교 전문가 양성의 길이 되는 것이었다. 사막을 횡단하는 경우 제일 문제가 되는 식수를 얻기 위해 사전 허가를 얻어야 하며, 이를 위해 선물 공세는 물론 사전에 부족의 정세와 문화 파악, 지역적 연계 상황 인지, 가치 있는 정보 제공, 훗날을 위해 신뢰와 명성을 획득하는 것, 어느 것 하나 중요하지 않은 것이 없었다.

당시에 족장의 허가를 얻는 것은 곧 족장의 보호를 받는 것이므로 유력한 족장과의 관계가 무엇보다 중요하였다. 당시 아라비아에는 수원 통제권, 목초지 사용권, 세금 징수권, 통행세 등을 둘러싸고 족장들 간에 분쟁이 끊이지 않았고 때로는 전쟁으로 해결하거나 혹은 혼인관계로 동맹을 맺어 상호 이익을 도모하였다고 한다.

나는 내 어머니 카디자의 셋째 딸로 태어났다. 어머니는 명문가 출신으로 부자였지만 아버지를 만나고 재산가의 길을 접고 자신의 재산을 거의 탕진하다시피 하여 예언자를 보살피고 우리를 키우시며 아버지가 예언자의 길을 온전히 펼칠 수 있도록 평생 노력하셨다.

나는 어머니로부터 아버지가 '히라' 동굴에서 경험한 신비한 장면을 전해들었을 때 그것이 우리 가족의 운명을 바꾸는 것임을 알지 못했다. 그 뒤 수많은 사람들이 바쁘게 우리 집을 들락거리며 수군거리던 일, 어머니의 침착하면서 단호한 결정, 그리고 아버지의 초점 잃은 시선들로 어수선한 가운데 어머니는 사람들을 모으고 음식을 마련하여 대접하는 일로 주요 일과를 보내셨다. 어린 우리들은 우리 집을 오가는 사람들이 모두 겁에 질린 눈으로 살그머니 왔다가 얼른 사라지는 것을 보고 우리 집에 무언가 심상치 않은 일이 벌어지고 있다는 것을 직감하였다.

사람은 환경의 지배를 받는 법, 언니들과 나는 그저 숨죽이고 어른들의 일들에 방해가 안 되도록 몸가짐을 조신하게 처신하는 것이 전부였다. 아버지의 설교에 함께하는 사람들은 대개 청년들이거나 혼자된 여인들, 노예와 가난한 이방인들이 전부였다. 아버지 어머니가 다 함께 주관하는 모임에 참가하는 사람들이 늘어나면서 이것을 못마땅하게 생각하는 사람들도 늘어 갔다. 특히 당시에 지도급 인사들이 우리 모임을 눈치 채고 우리 가족을 질시하였다.

비밀리에 가졌던 우리 집 모임은 주위로 소문이 나서 점점 따가운 시선과 신랄한 비난이 쏟아지게 되었는데, 아버지는 추종자들과 함께 이를 정면 돌파할 생각으로 직접 거리로 나가 설교하였다.

빈정거리는 사람들, 욕을 하는 사람들, 돌팔매 세례를 하는 사람들을 피해 쩔뚝거리며 쫓기는 아버지를 보고 나는 울었다. 또 다른 때는 아버지가 기도를 하고 있는데 세 사람이 다가오더니 등 뒤에서 낙타 내장을 꺼내어 아버지 머리 위로 뿌리며 조롱하고 비웃는 것을 보고 울었다. 서럽게 울었다. 사람들이 물러가자 아버지는 나의 눈물을 닦아 주며 말하였다.

"딸아 울지 마라. 알라가 네 아버지를 도울 것이다. 알라는 너의 아버지의 승리를 허락하신다!"

나는 아버지의 다섯 번째 소생으로 딸로서는 세 번째였다. 일찍 시집을 간 언니들과 다르게 어린 나는 비교적 아버지, 어머니와 함께한 시간이 많았다. 내가 부모님들과 함께한 시절은 불행한 일들이 많이 일어났고, 특히 아버지가 심한 고난의 순간을 당하는 시기였다.

메카의 동네 사람들이 보인 멸시와 조롱은 그렇다 해도 가까운 친척마저 등을 돌리는 순간에 나는 처음 세상의 냉대가 어떤 것인가를 깨닫게 되었다.

특히 메카의 핍박이 고조되는 시기에 심장마비로 갑자기 돌아가신 엄마의 주검을 앞에 두고 흘리는 아빠의 눈물을 보고 나는 단순한 어린아이가 될 수가 없었다. 얼마간 엄마의 빈방만 지키던 나는 어느덧 아빠를 위해 요리하고 빨래하며 엄마의 빈자리를 채우기 시작하였다.

우여곡절 끝에 우리는 메디나로 이주하여 비교적 안정적인 경제적인 생활을 했지만, 정서적으로 더 불행한 시절이 계속되었다. 세 차례의 전쟁을 겪으면서 계속되는 아버지의 불면의 밤은 우리를 모두 불안하게 만들었다. 메카에서는 주위 사람들이 주로 아버지가 전하는 메시지를 듣고만 있는 편이었지만 메디나에 와서는 주위 사람들이 이것저것 아버지에게 주문하는 것이 많아져 아버지는 더 많은 고충에 시달리고 있었다.

아무것도 모르는 나는 그저 아버지의 건강을 챙기고 위로를 할 생각으로 이따금 집무 중인 아버지를 방문하곤 했는데, 그때마다 아버지는 자리에서 벌떡 일어나 자신의 자리를 양보하고서는 "빛나는 얼굴을 가진 사람이 왔구나!" 하시면서 즐거워하셨다. 아마도 아버지는 나에게서 돌아가신 엄마의 모습을 본 것이 아닌가 하는 생각이 든다. 그 뒤에도 측근에게 이르기를 "파티마는 나의 일부분이다. 누구든지 그녀를 화나게 하는 자가 있다면 그자는 바로 나를 화나게 하는 사람이다. 반대로 누구든지 그녀를 기쁘게 하는 사람이 있다면 그 사람은 바로 나를 기쁘게 하는 사람이다!"라고 말했다고 한다. 그만큼 내 아버지는 나를 귀여워해 주시고 존중해 주셨다.

하지만 예언자께서는 나의 오만과 거만을 경계하는 것도 잊지 않으셨다. 어느 날 나는 어린 '아이자(예언자의 어린 신부)'의 철없는 행동을 비난한 적이 있는데, 아버지는 나를 가만히 보시더니 "너는 왜 네 아버지가 좋아하는 것을 좋아하지 않는 것이냐?" 하면서 뜨끔한 질책을 주셨으며 알리와 결혼한 후 밀리는 집안일과 아이들을 보살피는 것이 힘들어 집에서 일할 사람(노예)을 보내 달라고 남편을 통해 말했더니 얼음장 같은 질책을 하셨다. 그 뒤로 나는 더욱 겸손해지고 검소한 삶을 살게 되었다. 가족 사랑이 가족을 망치게 될 수 있음을 경고한 것으로 나는 알아들었다. 이것은 나의 두 아들 하산과 후세인의 교육에 그대로 적용되어 그들을 보다 안전하게 하였다.

비록 내 손은 거칠어지고 손가락이 굵고 투박하여 볼품없게 되었지만 나의 마음은 더 편해졌다. 그 뒤로 사람들이 나를 일컬어 '천국 여인들의 여왕'이라는 실로 듣기 부끄러운 칭송을 하고 있지만 이것은 아첨꾼들의 화려한 수식어일 것이다.

조직이 비대해지고 메카의 공세가 거세어지자 이에 대응하는 아버지의 고민도 깊어졌다. 그중 하나는 우리 내부에 암약하는 음흉한 세력들이었다. 겉으로는 이슬람을 받아들이고 같은 자리에 앉아 그럴듯한 의논을 하고는 있지만, 속으로는 호시탐탐 사익을 추구하는가 하면 뒷공론으로 아버지를 음해하거나 제거할 의도가 많았다. 메디나의 토착 세력, 베두인의 족장들, 완고한 유대인 종족들을 비롯해서 수많은 원로들과 세력가들이 바로 그들이었다. 아무것도 모르고 그저 옆에서 지켜만 보는 나도 그것을 알아차릴 정도였는데, 아버지가 그것을 몰랐을 리가 없을 것이다. 나는 이따금 나의 남편 알리가 흘리는 말을 들을 때마다 가슴이 섬뜩하여 정신을 바짝 차리고 예언자 옆에서 한시도 호위 무사 역할을 소홀히 말라고 채근하였다.

메디나에서 아버지는 이주민의 신분이었지만 새로운 메디안 사회의 건설이라는 막중한 임무를 지고 있었다. 당시의 메디나의 지도자들은 자신의 역량으로 자신들의 문제를 해결하지 못할 만큼 뿌리 깊은 종족 간의 불화가 있었다. 아버지의 역할은 이들 간에 얽혀 있는 이해관계의 충돌과 갈등을 해소하고 새로운 메디나를 만드는 것이었다. 이런 사회 통합 과정은 아버지로 하여금 새로운 직무 수행, 즉 종전의 종교 지도자를 넘어 정치 지도자로서의 역할을 수행하도록 강제하는 것이 되어 산더미 같은 일들을 처리해야 했다. 더구나 메카와 대결하는 수차례의 전쟁의 와중에는 외부와 내부의 총체적인 난제들을 한꺼번에 감당해야 하는 그야말로 위기의 순간들이 많았다.

다음의 사례는 이러한 절체절명의 위기의 순간에 아버지가 감당해야 했던 고초의 일부분을 잘 보여 주는 것이다. 음모와 술책이 만연하는 아라비아 사막의 전투에서 벌어지는 내부와 외부의 총체적인 난맥상이 어떤 것이며, 마치 한편의 소설 같이 꾸며지는 음모와 술책이 실제로 어떻게 작동했던가를 잘 보여 주는 예라고 할 수 있다.

때는 627년 유명한 '참호 전투'에 있었던 일화이다. 엄청난 대군을 맞아 소규모 병력으로 참호 속에서 버티던 예언자는 하루하루 매우 불안한 방어전에 지쳐가고 있을 때였다. 이때 예언자 귀에 두 가지 소문이 접수되었는데 이것은 분명 노련한 수피앙의 고단수 심리 전략이었다.

- 첫째 소문: 마호메트가 메디나 근처에 있는 베두인 종족인 '가타판(Ghatafan)'족에게 비밀 협상을 제시하였다는 소문이 돌았다. 그 소문에 의하면 만약 유대인들이 메카와의 동맹을 파기한다면 마호메트가 메디나의 대추야자 수확물의 삼분의 일을 그 대가로 지급하기로 약속하였으니 베두인족도 현재 맺고 있는 메카와의 동맹을 끊으라고 말했다는 것이다(메디나 내

부의 대추야자 농장주들의 반감을 부추겨 예언자의 경제적 기반을 무너뜨리려는 심리전임).

- 둘째 소문: 메디나에 유일하게 남아 있는 유대인 종족 '쿠레이즈'와 메카는 상호 비밀 협정을 맺어 메디나에 제2전선을 형성 메카군의 진격 시에 협조한다는 것이다(메디나 군사들의 동요를 부추기고 사기를 저하 시키는 심리전임).

긴급 군사 회의가 개최되고 이것을 역이용하는 심리전을 펴기로 하였다. 이것을 맡게 될 사람은 '마수드(Nuaym Ibn Masud)'였다. 그는 일찍 이슬람으로 개종한 가타판족 지도자였다. 그는 노련한 심리 전략가였다. 그의 전략은 다음과 같이 진행되었다.

- 첫째 전략: 먼저 유대인족 쿠레이즈에게 비밀리 접근하여 경고와 함께 약간의 조언을 하는데, 그 내용은 '수피앙이 제시한 협약을 믿어서는 안 된다. 그는 노련한 장사꾼. 그의 머리에는 전리품을 챙기는 것뿐이니 당하지 않으려면 그의 제안에 확실한 담보를 받아야 한다. 만약 수피앙이 성공하지 못하고 돌아갈 경우 마호메트의 복수를 어떻게 감당할 것인가. 그러니 수피앙에게 확실한 담보를 요구하라. 즉, 메카인 다수를 인질의 형태로 당신들에게 보내 주면 협정을 맺고 협조하겠다

고 전하라. 그렇게 한다면 수피앙 쪽과 마호메트 쪽 양쪽으로부터 안전할 것이다. 원한다면 내가 직접 그대들의 입장을 전하겠다(전쟁의 결과를 알 수 없었던 '쿠레이즈'측은 그것을 수락한다)'는 것이었다.

- 둘째 전략: 그는 수피앙에게 접근하여 쿠레이즈가 협조를 대가로 인질을 담보로 요구하였다고 알리면서 쿠레이즈를 조심하라고 경고한다. 왜냐하면 그 유대인족은 이미 마호메트에게 충성을 하고 있기 때문에 인질을 보내면 그것은 곧 마호메트의 포로가 되고 공개 처형이 될 것이 확실하므로 당연히 거절해야 하기 때문이다(유대인과 연대를 포기시키는 전략임).

- 셋째 전략: 그는 자기 종족 가타판으로 돌아가서 공작을 개시하였다. 유대족 쿠레이즈가 메카인 인질을 요구한 것이 아니고 메카와 동맹 관계에 있는 우리 베두인족 인질을 요구했다고 소문을 퍼뜨림(베두인과 메카 사이의 동맹을 와해하기 위한 심리전임).

모든 것이 계획대로 진행되어 마침내 쿠레이즈는 자신들의 요구가 거절되자 마호메트에게 충성을 맹세하고, 베두인족은 수피앙이 자신들을 속였다고 믿게 되어 동맹을 파기하기에 이른다.

이런 역심리전은 마침내 효과를 거두었고, 마침 혹독한 모래 바람과 혹한이 닥쳐와 30일간의 포위 작전은 끝나고 메카인 들은 물러갔다(앞에서 언급한 대로 이 일로 쿠레이즈족은 모두 처형되고 말았다).

이상의 일화는 아버지께서 당하신 심리적 고뇌와 괴로움을 보여 주는 단적인 예에 속하는 것이지만 사막에서 일어나는 온갖 술수와 모함 그리고 다양한 심리 공작은 이후에도 그치지 않았다.

나는 이 부분을 내 가족, 특히 남편 알리의 경우를 들어 말해 보련다. 예언자가 돌아가시자 이슬람의 운명은 예언자의 장인들(바크와 오마르)의 세력으로 넘어갔는데 이 과정은 순전히 메카와 메디나의 원로 족장들이 중심이 된 원로회의에서 결정된 것이다. 그들은 대부분 겉으로는 이슬람을 받아들이고 있었지만 내심으로는 자신의 정치적 경제적 야욕을 차리는 일에 몰두하는 위선자들이다. 그들은 예언자가 명시적으로 후계자를 정하지 않았다고 주장하면서 그들만의 구실을 붙여 투표로 칼리프를 결정하고 난 뒤 유일한 혈육 출신인 내 남편과 내 두 아들의 정치적·경제적 입지를 막아 버렸다.

내가 알고 있는 한, 예언자의 아들로서 알리는 명실상부한 예언자의 후계자이라는 사실은 누구나 잘 인지하고 있었던 일이다. 메카에서 초기 이슬람 모임이 있을 때 예언자는 직접 알리의 등을 만지면서 자기 후계자임을 여러 사람들에 앞에 말하였고, 이것을 믿고 남편은 중요한 고비마다 예언자를 보호하기 위해 직접 피를 흘리는 일을 마다하지 않았다. 본격적인 전투가 벌어지기 전에 의례적으로 벌어지는 대표 전사들 간에 일어나는 목숨을 건 일대일 결투(Duel)에서 내 남편 말고 그 누가 그런 일을 감당해 왔는가? 그는 항상 목숨을 걸고 무슬림과 예언자를 지켜 왔다. 한번은 예언자는 예멘에서 군사 작전을 성공리에 끝내고 돌아온 알리를 불러 단상에 세우고는 다음과 같이 선포하였다.

"He of whom I am the master, of him Ali is also the master. God be the friend of he who is his friend, and the enemy of he who is his enemy!"

[나는 알라의 마스터(Master)이고 알리 또한 알라의 마스터(Master)이다. 알라는 그가 친구로 삼은 사람들을 친구로 대할 것이며, 그가 적으로 삼는 자들을 적으로 대할 것이다!]

이보다 더 정확한 표현이 어디 있단 말인가! 알리는 예언자의 후계자가 되어야 마땅한 사람이었다. 그러나 수니파들은 혈통주의 계승이 알라 신 앞에 모든 이가 평등하다는 이슬람 원칙에 어긋난다는 그럴듯한 주장을 내세워 마호메트가 말한 '마스터(master)'라는 표현은 알리에 대한 그의 애정 표현에 불과하다고 단언하였는데 과연 그들이 옳은 일을 한 것인가? 그들 스스로가 세운 그 원칙이 50년도 못가서 무아위야(Sufyan의 아들) 때에 와서 무너져 세습으로 굳어져 버린 것은 무엇을 말하는 것인가?

알리는 원로들의 투표에 반기를 들어 무장반란을 일으킨 사람이 아니다. 다만 그들의 행위에 찬동하지 않고 잠자코 예언자의 유산을 지키려 노력했을 뿐이다. 알리는 분쟁에 휘말리지 않으려고 메디나와 메카와는 거리를 두고 있었지만 유약한 3대 칼리프 우트만이 살해 위험에 놓이게 되자 두 아들을 보내 정문을 지키게 하여 그를 보호하려고 하였고, 우트만 살해범의 색출과 처벌에도 반대하지 않고 다만 절차를 협의하는 중에, 살해범들이 벌인 테러 때문에 내전을 피할 수 없었던 것이다.

원로 족장들의 횡포는 도처에 암약하여 우리 가족은 숨이 막힐 지경이었다. 예언자가 돌아가실 즈음 마지막으로 그를 보살핀 이들은 알리와 아이자가 중심이었다. 서로 증언이 엇갈리지만, 이때 알리는 자신이 후계자임을 들었다고 했지만 인정받지 못했다. 나도 아버지가 깊은 병이 들어 거의 자리에서 일어나지 못할 때 마지막으로 병상을 찾은 적이 있다. 예언자가 나에게 말하였다.

"자네의 아버지가 오늘 이후에 고통을 당하는 일이 없을 걸세!" 이것이 무엇을 의미하는 것을 모르는 이가 있을까? 나는 슬피 울었다. 목 놓아 울었다. 정녕 오늘 돌아가신단 말인가? 슬피 우는 나를 바라보던 아버지는 나를 가까이 부르시더니 귓속말로 나에게 말씀하셨다.

"자네는 나와 함께 다시 만날 첫 번째 사람이 될 것이네!" 영문도 모르고 다시 만난다는 말에 나는 빙그레 웃음으로 그분을 보내드렸다.

그 후 나는 몸이 좋지 않아 제1대 칼리프 바크에게 내가 은퇴하여 쉴 곳으로 '파닥(Fadak)' 땅을 요구하였는데 보기 좋게 거절당하였다. 물론 마음 좋은 바크가 한 짓은 아니었을 것이다. 그 후 몇 개월 후 나는 한 많은 세상을 떠나 마침내 아버지 곁으로 갔다. 이 위험한 세상에 남편과 두 아들을 두고 저세상으로 가는 나는 가슴이 많이 아팠다. 나의 마지막 유언은 내 몸을 묻기 전 몸을 씻을 때 아무도 보지 못하는 밤에 행하고 나를 묻을 때도 아무도 나를 보지 못하게 해 달라는 부탁뿐이었다.

## 예언자의 칼: 우베이(Ibn Ubayy)의 변명

내 이름은 '우베이(Ibn Ubayy)', 메디나의 종족들 중 가장 세력이 큰 '카즈라(The Khazraj)족의 족장이다. 나를 두고 세상 사람들이 여러 가지 평을 하는 모양인데, 우호적이든 악의적이든 내가 상관할 바는 아니고 그들의 견해를 존중할 생각이다. 그러나 한 가지 참을 수 없는 것은 나와 대립 관계에 있었던 마호메트 쪽 사람들이 나를 '비겁한 위선자'라고 매도하는 부분이다.

나를 그렇게까지 매도하는 것은 옳지 않다. 사실과 다르기 때문이다. 만약 그들이 나에게 그런 모욕을 주는 것이 예언자를 높이 받드는 데 도움이 된다고 판단했다면 그건 더욱 큰 오산일 것이다.

왜냐하면 나를 그렇게 매도하는 것이 나에 대한 모욕이 아니라 예언자의 자질을 과소평가하는 큰 결례를 범하기 때문이다. 나는 이제부터 이 부분을 중심으로 나와 마호메트 간의 관계를 세상 사람들에게 간략히 밝혀 보이려 한다.

먼저 마호메트가 메디나로 들어오기 전의 메디나 사정부터 말하는 것이 좋겠다. 당시 메디나는 종족 간 다툼이 심하여 극심한 혼란을 겪고 있었는데 주로 우리 종족 '카즈라'와 '오족(The Aws)'의 알력이 심하였다. 나는 메디나 종족들 간의 세력 다툼을 종식하고 종족 간 평화협정을 만들어 문제를 해결하고자 노력하였다. 그런 나의 노력에도 불구하고 오족은 나의 진심을 오해하여 다른 군소 종족 지도자들과 함께 작당하여 비메디나 출신의 명망가를 초대하여 원만한 조정자 역할을 하도록 주선하여 마침내 메카 출신 마호메트를 초대하기에 이르렀다.

오족은 우리와 협상을 통해 문제를 해결하기보다는 정체를 잘 알 수도 없는 제 삼자를 불러들여 자기들의 이익을 꾀하는 편을 선택한 것이다. 목전에 타협 가능한 상대와 교섭할 길을 버리고 적개심만 키워서 정체도 모르는 제 삼자를 불러들여 우리 운명을 맡기자는 그들의 우둔함! 명백한 반역 행위가 틀림없지만, 당시 우리에겐 이들을 제어할 강력한 조직이 없었고 나도 그들의 한심한 작태를 공론에 붙여 지역 여론을 조성할 의욕을 잃고 말았다. 나의 무능과 강력한 지도력이 없었던 메디나의 한계였다.

지난날 끊임없는 내분에 시달려 온 메디나 사람들은 마호메트를 열광적으로 환영하였고 오족을 중심으로 급속히 마호메트 세력이 형성되었다. 이 무리의 이름은 알안사르(Al-Ansar, '조력자'라는 뜻)이다.[5] 나도 얼떨결에 이 무리에 속하여 무함마드가 만든 신정국가에 참가할 수밖에 없었다.

삽시간에 일어난 이런 혁명 정부에 내가 할 수 있는 것은 가문의 재산을 지키고 내 추종자들의 안위를 보살피는 일 그리고 내가 사랑하는 메디나가 더 이상 나빠지지 않도록 마호메트를 견제하는 것이었다. 나와 이야기하던 원로들은 이미 힘이 없고, 이미 마호메트를 추중하는 젊은이들이 핵심 세력이 되어 실질적으로 메디나를 끌어나가는 상황에서 내가 선택할 수 있는 최선의 선택이 이것이었다. 친구들도 이웃들도 너도나도 모두 마호메트 편이 된 상황에서 더구나 내 사랑하는 아들과 딸마저 그들 편으로 가 버렸으니 내가 어찌 다른 선택을 할 수 있었겠는가? 마호메트가 오기 전에 나를 위해 준비된 왕관의 진주들은 이미 마호메트에게 가 버린 것이다.

내가 했던 현실적인 선택은 오족이나 몇몇의 풋내기 젊은이들의 선동에 어쩔 수 없이 떠밀렸기 때문만은 아니었다. 내가 메디나를 위해 할 수 있는 일, 오직 나만이 할 수 있는 일을 떠맡게 된 것이

---

5) Al-Ansar(조력자) 세력과 메디나에서 온 이주자 무리인 Al-Muhajirun(이주자) 세력을 합하여 The Companions(동반자) 그룹으로 불리며 이 그룹이 마호메트의 최고 핵심 그룹이다. 마호메트는 이 그룹들을 축으로 세력을 불려 나간다.

라고 나는 주장하고 싶다.

나는 이미 알고 있었다. 마호메트가 내세우는 유일신이 얼마나 위험한지를. 그리고 유일신을 외치는 자들이 결국은 폭력적으로 그리고 공격적이 되어 야만적인 행위로 치닫는다는 것을 알고 있었다. 파죽지세로 몰려가는 집단의 광기에 제동을 가할 수 있는 위치에 있는 사람은 나밖에 없었다.

유일신이야 이미 우리의 동맹 세력이자 친구들인 유대인족 '케누카'(메디나의 토착 유대인족들 중에 제일 먼저 마호메트에게 처벌을 받아 추방된 종족)를 통해 잘 알고 있다. 내가 아는 한 인간은 매우 불완전하고 무지한데 그런 불완전한 존재가 완전한 존재를 어찌 잘 알 수 있단 말인가? 그들의 고대 경전을 보아도 신은 하나가 아닐뿐더러 그 경전에 나타난 유일신이라는 존재는 전쟁과 살육을 일상화하는 존재라는 것도 보았다. 누구를 위한 유일신인가. 나는 그것이 궁금했던 것이다.

마호메트는 카라반 출신이다. 사막을 떠돌며 장사를 통해 세상을 쳐다본 사람이다. 상인은 누구인가? 유리할 때는 흥정하고 불리할 때는 도둑으로 변하는 것이 상인의 본성이 아니던가? 이런 일은 사막을 오가는 상인들에게 흔히 닥치는 일들이다. 그래서 고래의 신화에서는 상인의 신은 모두 도적의 신과 동일한 것이다. 그런 일은 없어야 하겠지만 행여 이런 신화의 의미가 그의 유일신 주장 속에 담겨 있지나 않을까 나는 의심하였다.

나는 또한 들었다. 유일신과 관련된 오래된 이야기에 관해서. 유대교가 있기도 전, 그러니까 예수가 이 세상에 오기 전 육백년쯤 옛날 페르시아에 조로아스터(영어식 표현은 Zoroaster, 이란식 표현은 Zara-thustra)라는 걸출한 인물이 있었다. 그는 신의 계시를 받아 인류 최초로 인류가 지향해야 할 유일한 신, '아후라 마쯔다(Ahura Mazda)'를 대중에게 선포하고 기피해야 할 신, '앵그라 메인유(Angra Mainyu)'을 멀리하도록 가르쳤다. 그는 다신교를 반대하고 유일신을 주장하면서 페르시아의 압제적 계급 제도에도 반대하면서 놀랍게도 자유의지(Free Will)을 주장하여 처음엔 지배 계층의 거센 반대에 직면하여 어려움을 겪었다. 그 후 우여곡절 끝에 그는 왕실들(Queen Hutaosa와 Vishtaspa)의 후원을 얻는 데 성공하여 조로아스터교는 왕실 공식 종교로 인정을 받게 되는데, 그 후 후세의 사람들이 그의 이름을 따서 조로아스터교라고 명명하게 된 것이다. 즉, 조르아스터교는 고대 페르시아의 지배 종교가 되어 이슬람의 점령으로 망하기 전까지 거의 천 년 동안 지속된 유력한 종교였으며 다신교를 타파하고 유일신을 내세우며 정치 권역과 영합하여 교세를 얻은 최초의 종교가 되었다 (유일신은 유대교나 그리스도교, 그리고 이슬람의 전유물이 아니라 이미 이천 육백여년 전에 존재했던 것이고 새삼스러운 것이 아니다).

이 종교의 여러 특징들 중에 내가 제일 좋아하는 부분은 그가 가르친 유일신 아후라 마쯔다와 백성과의 관계 설정 부분이다. 그의 가르침은 유일신과 백성과의 관계는 주종 관계가 아니라 동업자 관계이며 그 목적이 세상과 백성 자신을 새롭게 만드는 것이라는 점이다. 바로 이 점이 내가 놀랍게 들었던 점이다. 그래서 이 구조는 결론적으로 왕국의 평화와 안녕을 지향하는 것으로 되어 있다.

그러면 당시 고대 페르시아 왕국에서 그러한 평화와 안녕이 구현되었을까? 놀랍고도 충격적이다. 결과는 오히려 그 반대가 되었던 것이다! 조로아스터교 신관들과 통치자들은 새로운 강령을 채택하여 세상을 놀라게 하였다. 이 세상 모든 이들의 평화와 안녕을 담보하기 위해서는 모든 나라를 하나로 통일하여야 그 평화가 담보된다는 식으로 주창하여 평화를 멀리하고 전쟁을 합리화한 것이다. 이렇게 종교와 정치가 합작한 첫 작품이 인류 역사의 최초의 종교 정복 전쟁을 탄생시킨 것이고 결과적으로 그들은 평화 대신 전쟁을 그리고 피아간에 수많은 무고한 백성들을 제물로 희생시킨 것이다. 이것이 인류 최초의 신정에 가까운 왕정이 보여 준 뼈아픈 결과였다. 그러면 이천 년이나 지난 당시의 메디나의 신정국가는 어찌 해야 할 것인가? 여기에 나의 남모르는 고민이 있었던 것이다.

배드 전투에 참여하지 않았다는 이유로 우리의 동맹이었던 유대인족 케누카의 처벌을 논하는 자리에서 내가 격렬하게 마호메트와 맞서게 된 것도 예언자가 칼을 들면 안 된다는 것이었고, 그가 직접 정한 규약을 보더라도 그들을 그렇게 처벌할 수 없는 것이었기 때문이었다. 더구나 내 입장에서는 우리 종족과 동맹 관계를 가진 그들을 처벌하는 것은 우리에 대한 처벌과 마찬가지이기 때문에 그냥 있을 수 없는 것이었다. 사실 그들은 일전에 나의 생명을 구해 준 친구들이자 은인들이기 때문에 나는 필사적으로 그들을 구원하여 그들을 추방하는 선에서 일을 마무리하도록 하였다.

내가 그의 갑옷 깃을 잡고 늘어지는 통에 마호메트는 처음엔 화를 내었으나, 나중에는 나의 청을 들어주었다. 나는 이것이 그의 지도력에 오히려 도움을 준 것이지 해를 끼친 것이 아니라고 생각한다. 목전의 적을 앞두고 내부 결속을 저해하는 것은 모두에게 손해가 되기 때문이다. 나는 이 일로 내 오른손 같은 동맹을 잃고 말았지만 의리를 지키는 지도자로서의 권위는 유지하는 것으로 되었고, 마호메트는 내전을 막고, 지도자로서 아량도 베푸는 기회가 되었다. 당시만 하더라도 나는 그와 대등한 군사를 가진 유력자였기 때문에 가능한 일이었다.

다음에 우드 전투 후 생긴 베두인과의 마찰을 해결하는 과정에서 야기된 유대족 나디르의 처벌 문제도 전례에 따라 추방으로 마무리되었다. 물론 이 과정에도 나는 다른 족장들과 함께 메디나의 토착 세력에 대한 배려를 부탁하였다. 이때까지만 하더라도 메디나 토착민 세력이 인정되는 시기였다고 보여진다.

그러나 이른바 최후의 대규모 전투였던 참호 전투가 끝나자 상황은 급변하고 말았다. 기습 약탈이 용인되고 전쟁이 지속되는 가운데, 마호메트 주위에는 호전적인 참모들이 점점 많아지고 풋내기 젊은이들이 너도나도 맹목적 충성도를 높여 나가면서 평화적이고 비폭력적이었던 마호메트의 초심은 간곳없어지고 성전이니 신의 위대성을 외치는 소리만이 마호메트의 주위에 오갔다.

더구나 주위 참모들의 건의로 메디나 초기에 맺었던 규약은 모두 사문화되고 오직 이슬람 국가 위주의 새로운 규약만이 존재하는 가운데, 살벌한 전장의 분위기가 항상 그의 주변을 에워쌌다. 이런 분위기 속에서 마지막 남은 유대 종족 쿠레이즈의 대학살이 일어나고야 말았다.[6] 당시 쿠레이즈족은 메디나에 유일하게 남아 있던 유대 종족으로서 이들은 나와 대립하고 있었던 오족과 동맹 관계에 있었던 종족이었다. 따라서 오족과 메디나 토착 원로들이 간곡히 청원했음에도 불구하고 모든 노력이 모두 물거품이 되어 그런 참극을 당하고 만 것이다. 이젠 메디나에는 내가 가진 제한된 세력만이 남아 마호메트 진영에 일정한 영향을 미치는 정도가 고작이었다.

마호메트의 권위가 높아질수록 나의 권위와 영향력은 비참하게 되었다. 나는 원로회의의 상석에 앉아 형식상 대우를 받는 것으로 되었지만, 의사 결정 과정에 영향력을 주지는 못하고 항상 대열에 참여 못 하는 궁색한 변명을 하는 입장이 되었다. 그러나 그런 나의 태도는 언제나 강경파들의 공격의 대상이 되어 비겁한 자니 위선자니 하는 비난을 받기에 충분하였다. 그렇다고 여기서 완전 은퇴하여 방구석에 눌러 앉으면 언제 반역자의 낙인이 떨어질 판인데 내가 무엇을 할 수 있겠는가. 끝까지 자리를 지켜 나의 추종자들을 보살피고 내 고향 메디나의 안전을 위해 노력할 수밖에…….

---

6) '예언자의 어린 아내: 아이자(Aisha)의 이야기' 참조.

날아오는 칼날을 대책 없이 당하느니 차라리 면전에서 면박을 당하는 것이 더 나은 정책이었다.

메카와 치열한 전투가 계속될수록 메디나를 움직이는 권위와 권력은 모두 마호메트 한 사람으로 집중되고 있었다. 특히 그를 추종하고 따르는 젊은이들의 불붙는 충성심은 그동안 조언을 아끼지 않았던 마호메트의 최측근 원로들의 위치에도 영향을 미쳐서 과거의 친구 사이가 어느덧 하명을 기다리는 집사의 위치로 전락하는 결과를 초래하였다.

상황이 이렇다 보니 메디나 토착 세력을 배경으로 한 나도 과거와 같은 입장이 될 수가 없고 소극적인 대응을 하는 것이 고작이었다. 돌이켜 생각해 보니 나와 마호메트와의 관계 악화는 생각하기도 싫은 우드 전투가 그 분수령이었다. 당시 나는 나의 정예 부대원 300명을 데리고 이 전투에 참가했는데, 마호메트는 도중에 갑자기 전략을 바꾸어 메디나를 벗어나 일차 전선을 구축해야 한다는 젊은이들의 건의를 받아들여 메디나 밖에서 적들과 싸워야 한다고 결정하였다. 이것은 애초 메디나를 벗어나지 않고 메카 공세에 대응하여 싸운다는 기존 전략을 일방적으로 변경한 것이었다.

논란이 오간 후 유대인들과 나는 300명을 데리고 메디나로 되돌아가 메디나의 수성을 담당하기로 하였다. 이를 두고 많은 호사가들이 나를 비난하였다. 신심이 약하고 예언자의 지도력을 피하고 자신의 소유를 지키기 위한 비열한 행위라든지, 병력을 일선에서 후방으로 내뺀 겁쟁이 행동으로 매도한 것이다.

나는 그 당시 그들의 견해에 동의할 수가 없었다. 내가 생각할 때 그 싸움은 있어서는 안 되는 아버지와 아들 간의 싸움이자 형제 간, 친족 간의 싸움이었다. 더구나 절대적으로 열세인 전쟁에서 효과적인 전투는 철저한 방어 전투가 우선이었다. 나는 전투를 기피한 것이 아니라 출병을 해서 애초의 전략을 고수했고 다만 그들의 무모한 전술적 접근을 피하고자 했을 뿐이다. 그뿐만 아니라 결과적으로 볼 때 메카 사람들이 일차 저지선을 넘어 메디나에 쳐들어오지 못한 것은 내가 가진 강력한 군사력과 유대인의 단결된 힘을 알았기 때문이 아니겠는가? 그러나 이러한 나의 헤아림과는 반대로 그 후 나와 마호메트의 관계는 불편하게 되었다.

일이 더욱 꼬이게 된 것은 우드 전투 직후이다. 마호메트가 메디나 토착 세력에 대해 노골적인 적대감을 표시하면서 나와 그의 관계는 더욱 악화일로에 있게 되었다. 결과적으로 그는 마지막 남은 유대계 쿠레이즈족을 모두 처형되도록 방치함으로써 거추장스러운 메디나 토착 세력을 말살하려는 의도를 분명히 하였다.

후대에 와서 이런 학살에 대해 이슬람 친화적인 역사 기록과 이슬람과 적대적인 역사 기록이 서로 상반된 견해를 보이고 있지만 나는 그들의 말장난에 별 흥미가 없다. '오죽하면 그렇게 대학살을 했겠는가?'라든지 이 학살이 마호메트의 악마성을 보여 주는 단적인 예라든지 하는 것은 나에게 중요한 것이 아니다.

내가 중요하게 생각하는 점은 이성을 가진 지도자라는 인간들이 그럴듯한 명분을 만들어 차마 인간으로 할 수 없는 끔찍한 일을 저지른다는 점이다. 그간 마호메트를 가까운 거리에서 지켜본 사람으로서 나는 그를 분명 위대한 지도자이고 메디나의 안전을 위해 자신을 내던지는 봉사자라고 본다. 적대감을 가진 외부인들이 보는 것처럼 잔인한 학살자라고 보고 싶지는 않다. 분명 말하건대 그가 직접 그 상황을 결정한 것이 아니라 측근들의 비이성적인 태도가 그 상황을 연출한 것이라는 표현이 더 공정하다고 나는 보고 있다.

물론 사실을 말하자면 평소 그는 유대인들의 태도에 불편한 감정을 가지고 있었을 것이다. 그는 유대인들을 잘 알고 있었다. 그들은 마호메트를 예언자로 받아들이기는커녕, 종종 마호메트가 전하는 음송들 속에 있는 오류들을 집요하게 들추어내면서 그를 사기꾼으로 몰고 가면서 비웃는다는 것을 알고 있었다. 이슬람은 타 종교들을 존중하는 것이 기본적인 태도이고 신앙의 차이를 인정하고는 있지만 타 종교가 이슬람을 비웃고 조롱한다면 그것은 그냥 넘길 수 없는 일이다. 이것이 명예를 존중하는 우리 사막 문화의 굳건한 전통이다.

그래서 일이 크게 벌어진 것이다. 지난번 메디나에서 내쫓긴 유대인의 두 종족(케누카, 나디르)의 경우도 더 심한 처벌을 받아야 했으나, 나를 포함한 메디나 토착 세력의 간청으로 추방하는 선에서 마무리했지만 이번에는 경우가 달랐다. 메카와 최후의 일전을 앞둔 마호메트는 계속되는 메디나 내부의 반대 세력을 제거하지 않고는 강력한 메카와 대적이 불가능했을 것이다.

아무 저항도 없이 무조건 항복한 그들을 극형으로 처벌하는 것은 마호메트에게도 매우 고통스러운 일이었고 더구나 그것을 현장에서 지켜보는 것은 고문에 가까운 일이었다. 처형이 결정되고 밤새도록 파 놓은 참호 앞으로 오륙 명의 유대인들이 끌려 나와 참호 가장자리에 꿇어앉으면 차례로 효수되어 버리는 참호 속으로 떨어지고 남은 몸통은 발에 차여 구덩이 속으로 들어갔다.

아침에 시작한 처형은 한낮 내내 진행되어 시장바닥이 온통 붉은 피바다로 물드는데 동물처럼 울부짖는 소리를 어찌 그렇게 오래 들을 수 있으며, 죽이는 사람이나 죽는 사람 모두 피범벅이 된 채 광란의 처형이 계속되는 동안 그 처참한 장면을 어찌 두 눈을 뜨고 볼 수 있으랴! 마호메트와 나는 곧 자리를 뜨고 구경꾼도 이내 고개를 돌리고 현장을 떠났다. 정녕 어느 동물 세계에도 없는 이런 집단 학살이 어떻게 인간 세계에서 태연히 일어날 수 있는 것인가? 나는 똑똑히 보게 되었다. 종교라는 것이 때로는 집단적 광기의 온상이 되어 차마 인간으로서는 해서는 안 되는 일까지도 서슴지 않는다는 것을!

내가 이렇게 전쟁이 빚어내는 인간의 집단적 광기와 잔인함에 치를 떨고 있을 즈음 또 하나의 불미스러운 일이 나에게 닥쳐왔다.

때는 627년 우리가 바누 무스타릭(Banu Mustaliq) 정벌에 나섰을 때 우리 쪽(Al-Ansar: the Helpers)과 그들 쪽(Al-Muhajirun: the Emigrants) 사이에 경미한 사건이 생겼다. 오마르의 종과 우리 쪽 사람 사이에 같은 우물물을 사용하다가 생긴 약간의 몸싸움이 있었는데, 그것을 각자의 진영에 가서 그 일을 전하는 가운데 생긴 경미한 사건이다. 나는 사람들이 그들을 책망하는 소리를 듣고, 오히려 그 책망하는 사람을 질책하는 말을 했던 것이다. "너희들은 이제 와서 그들을 책망할 셈이냐. 메디나는 이미 힘센 자가 약한 자를 따돌리는 세상이 되었지 않았느냐" 등 다소 냉소적인 이야기를 한 적이 있었다. 이런 나의 이야기는 악의적으로 포장되어 마호메트에 전해지고, 그와 최측근들은 나의 언사에 대해 몹시 기분이 상했다는 것을 알게 되었다. 나도 마음이 편치 않아 마호메트를 찾아가 내 말이 와전되었음을 알렸다. 또한 나는 내친 김에 이 시기에 마호메트의 어린 신부 아이자의 행실을 두고 나도는 험담도 우리 쪽에서 만들어 냈다고 주장하는 것도 사실과 다르다는 점을 이야기하였다. 내 이야기를 듣고 난 마호메트는 아무 표정도 없이 내 말을 경청하며 동의해 주었다. 그러나 주위에 함께 있던 오마르를 비롯한 최측근들의 표정은 적개심에 불타고 있음을 알게 되었다.

이런저런 일들이 나와 마호메트 간에 불편함을 만들고 그런 불편함은 곧 나에 대한 측근들의 반감으로 연결되었다. 나도 그들의 눈초리가 몹시 거슬렸다. 마호메트가 최측근에 호전적인 인물들을 가까이 두는 것도 못마땅했지만 그의 권위를 이용하여 풋내기들이 권력을 휘두르는 것은 정말 눈꼴사나운 일이었다. 그러던 중 어느 날 내 안색을 주의 깊게 살피던 부관 하나가 나에게 슬며시 다가와 섬뜩한 정보 하나를 귀띔해 주었다.

오마르를 포함하여 여러 호전적인 마호메트의 참모들이 모여 나를 제거하기 위해 여러 차례 회동을 가졌으며 수차례 마호메트의 승낙을 요청했다는 것이었다. 물론 그때마다 마호메트의 거부로 일이 성사되지는 않았지만 그 정보를 듣는 순간 나는 끓어오르는 분노를 주체할 수 없었다.

짬을 내어 조만간 마호메트와 직접 담판을 벌여 이 문제를 깨끗이 정리하기로 마음먹고 계속되는 원정 사업에 당분간 말없이 참여하면서 기회를 엿보기로 하였다. 그러던 중 나에게 예기치 않았던 청천벽력 같은 일이 일어났다.

그날은 긴 원정 기간을 끝내고 그리운 메디나로 돌아가는 날이었다. 모두들 가족이 기다리는 메디나로 돌아간다는 생각에 전날 밤잠을 설친 이들이 많았다. 나도 그들과 마찬가지로 한시 바삐 집으로 돌아가 쉬고 싶은 생각뿐이었다. 사실 엊저녁 밤에 꾼 악몽 때문에 마음이 뒤숭숭했지만 이제 모든 것이 끝나고 집으로 돌아갈 테니 무슨 대수이겠는가. 우리는 부지런히 메디나 성문을 향해 말을 몰았다. 우리 행렬은 늘 그렇듯이 원로들과 핵심 지휘관들이 선두에서 깃발을 앞세우고 행렬을 인도하는 가운데, 마호메트는 호위병들과 함께 행렬의 마지막 그룹에서 따라오고 있었다.

　멀리서 보니 성의 이곳저곳에 마중 나온 환영 인파가 더러 보이고 성문은 이미 활짝 열려 우리를 맞을 준비가 잘되어 있었다. 그런데 가까이 다가가니 분위기가 이상하였다. 영 환영하는 분위기가 아니었다. 성벽에 이리저리 매달린 사람들의 표정은 무표정이고 성문을 지키는 병사들의 표정은 얼어 있고 굳게 다문 입술 언저리

에 무서운 살기마저 서려 있었다. 난생 처음 당하는 이상한 환영식 분위기……. 선두 그룹에서 말을 몰아가며 성의 입구에 다다른 나는 매우 괴이한 기분이 들어 주위를 다시 살펴보았더니 어디서 나타났는지 갑자기 내 아들 압둘라가 모습을 드러내었다. 우선 안심이 되었다. 아들이 여기 있으니 이런 이상한 분위기를 잘 설명해 주겠지 하는 마음으로 반갑게 아들을 보며 성 안으로 들어가려는데, 아들은 갑자기 칼을 빼들고 내말의 고삐를 쥐고는 소리쳤다.

"당신은 이 성 안으로 들어 올 수 없다!" 쉰 목소리로 소리 높여 외치는 아들의 목소리는 떨리고 있었다.

"무슨 일이냐? 압둘라!" 나는 영문을 모른 채 아들을 쳐다보며 말했다.

"알라 신께 맹세코 말하건대, 당신은 이 성문을 들어올 수 없다!" 아들은 미친 사람처럼 같은 말을 반복하여 소리 높여 외쳤다.

"이게 무슨 일이냐? 무슨 일이 있었느냐? 압둘라! 나에게 말해 보라! 도대체 무슨 일이냐?" 나는 전혀 예상치 못했던 상황에 경악하여 핏대를 올리며 고함을 질렀다.

"당신은 이 성문을 들어올 수 없소! 왜냐하면 당신은 비열한 인간이기 때문이오". 아들은 이미 정상이 아니었다.

나는 어쩔 줄을 모르고 허둥대며 우왕좌왕하고 있는데, 드디어 후미에 있었던 마호메트가 다가와 그 상황을 보게 되었다. 마호메트를 본 아들은 그에게 다가가 큰 소리로 다음과 같이 외쳤다.

"오, 알라의 예언자이시여! 당신은 영광스러운 분입니다만 이 사람은 비열한 사람입니다. 따라서 나는 이 사람을 우리 성 안으로 들어오게 할 수 없습니다. 만약 당신께서 이 자의 성 안 출입을 허락하신다면 저는 그렇게 하겠습니다만 그 전에는 결코 이 사람을 이 성 안으로 들어오게 할 수 없습니다. 왜냐하면 이 사람은 당신의 영광을 더럽히는 비열한 사람이기 때문입니다!"

"진정하라! 압둘라! 우베이는 메디나의 어른이시다. 그분을 성 안으로 모시도록 하라!"

이렇게 소동이 끝났다. 나는 어떻게 성으로 들어왔는지 기억이 없다. 다만 뚜렷하게 남아 있는 아들의 격앙된 목소리만이 반복해서 내 귓전을 때리고 있었다. '비열한 인간이라? 다른 사람도 아닌 아들이라는 작자가 만인들이 보는 앞에서 나를 비열한 인간으로 외치고 있다니!'

그 후 나는 자리에 눕고 일어서지 못하였다. 아들에게마저 멸시와 모욕을 당한 늙은이가 어찌 낯을 들고 바깥출입을 하랴? 이슬람을 맹신하여 아버지조차 버리는 저 패륜은 과연 누구의 책임인가? 식음을 전폐한 태 마냥 누워 있으니 소리 없는 눈물이 베개를 타고 내려왔다. 내 인생이 결국 이런 것이었던가?

며칠이 지나도록 나는 자리에서 일어나지도 못했고 먹는 것이라고는 고작 미음으로 입술을 적시는 정도가 고작이었다. 가슴에 응어리가 맺혀 전혀 음식을 삼킬 수가 없었기 때문이었다. 아내조차도 내 눈치를 살피며 내 곁을 맴돌 뿐 선뜻 내 방 안으로 들어오는 일도 없었으니 외부인의 문병 요청도 모두 거부되는 것은 당연하였다. 보다 못한 아내가 시집간 딸, '자밀라(Jamilah)'를 불러들였다. 딸은 내가 가장 좋아하는 사람, 나는 차마 딸마저 물리치지는 못했다.

"아버지! 어쩌다 이렇게 되셨나요? 어서 건강을 회복하시어 자리에서 일어나서요. 많은 사람들이 모두 걱정하잖아요?"

"……."

"아버지, 나도 이야기는 다 들었어요. 오빠도 너무하셨지. 늙은 아버지를 그 많은 사람들 앞에서 그렇게 했다니……!"

"…… 그렇게 말하는 너는 어떠하냐? 너도 네 오빠와 같이 마호메트의 졸개가 아니더란 말이냐?"

"아버지! 그렇게 말씀하시면 안 되지요. 말씀대로 나도 오빠와 같이 예언자를 따르는 무슬림인 것은 맞지만 나는 아버지까지 저버리는 그런 사람은 아니지요. 나는 아버지의 딸이니까요. 나에게 예언자도 중요하겠지만 내 아버지도 똑같이 소중한 사람이라니까요!"

"……."

"아버지, 제 말을 들어 보서요. 한 사람의 무슬림으로 나도 보고 들었던 것들이 많아요. 어쨌거나 메디나 사람들은 거의 모두 아버지를 존경하고 있어요. 고향 메디나와 메디나 사람들을 끝까지 배려하는 아버지 노력을 왜 모르겠어요. 내가 듣기로 메카에서 온 사람들도 아버지를 따르는 사람들이 많아요. 예언자의 옆자리만 노리고 바른 소리를 내는 대신 권력욕과 사욕을 채우는 무리들의 일방적인 처사를 잘 알고 있거든요. 아버지의 노력이 없었더라면 그 누구도 그들이 꾸미는 간교를 막지 못했을 것입니다. 예언자의 입장도 크게 다르지 않을 겁니다. 아버지의 바른 소리를 고맙게 생각했을 거예요. 다소 역설적이지만 아버지가 있어 예언자의 가장 큰 고민 하나가 줄어들었다고 봐요. 예언자는 사실 메디나 사람들과 메카 출신 사람들 간에 일어날 수 있는 내전을 제일 두려워했거든요. 좋은 일이든 궂은일이든 아부지와 예언자는 같은 자리에 앉아 국사를 함께 의논한 것이 모두의 평화를 위해 노력한 것이 아니던가요? 그런 의미에서 예언자와 아버지는 적대적 관계가 아니라 동지요, 동업자 역할을 한 것이 아니겠습니까! 예언자는 아마도 이것을 미리 아시고 측근들이 아버지를 제거하려는 노력을 단호히 거부한 것입니다.

이제 아버지 딸로서 한 말씀 드리겠어요. 오빠는 패륜아가 아닙니다. 오빠는 아버지에게 다시없는 효자입니다. 그날 그런 일이 일어난 것은 오빠의 탁월한 조치였다는 것을 아셔야 해요. 긴 원정에서 돌아오는 길에 오빠는 우연히 오마르 측근에게 중대한 첩보를 입수하였다고 하는군요. 그 첩보는 그날 저녁 무렵 메디나로 입성하는 즉시 아버지를 살해한다는 무시무시한 내용이었습니다. 이것을 접한 오빠는 지체 없이 오마르를 찾아가 다음과 같이 말했다 합니다.

"대인이시여, 오늘 나는 처음으로 대인께 한 말씀드리고자 합니다. 저는 오늘 저녁 대인의 거사를 우연히 알게 되었습니다. 그것과 관련하여 내가 대인께 말씀드리지 않을 수 없는 것은 그것이 소인과 깊이 관여되어 있기 때문입니다. 나는 예언자의 충복이고, 대인 또한 그러합니다. 대인 같은 분이 예언자의 허락 없이 거사를 치르면 대인의 위치는 위험해질 수도 있는 일입니다. 대인이 한 일이 예언자의 한 일로 소문이 난다면, 그래서 예언자의 칼이 친구를 죽이는 데 사용됐다는 소문이 돌면 그 결과를 어떻게 감당하시겠습니까? 예언자의 칼이 우리가 쓰는 칼과 같을 수는 없지 않겠습니까! 저는 수년 전부터 대인 밑에서 일해 온 사람이니 차라리 저 같은 사람이 꾸민 일이라면 예언자도 어쩔 수 없는 일로 넘어갈 수 있겠습니다. 저에게 귀띔해 주지 않으신 것은 이해가 갑니다만, 그것은 좋은 방법이 아니라고 봅니다. 만약 제가 후일 내 아버지를 살해한 사람을 알게 되었을 때 과연 내가 어떤 태도를 취해야 옳겠습니까? 아무리 잘못을 했다고 하더라도 아버지는 아버지가 아니겠습니까? 그러나 이 일을 저에게 맡겨 주시면 일을 더 깔끔하게 처리할 수 있으니 이 일을 저에게 맡겨 주십시오. 필요한 경우 내가 직접 아버지의 목을 갖다 바치겠습니다!"

"……"[7]

---

[7] 우베이는 이 일을 계기로 마호메트와 갈등 관계를 해소하고 적극적으로 그를 돕는 방향으로 돌아섰다. 그는 628년 후다이비야(Hudaybiya) 진격에 직극직으로 참여했으며, 630년 비잔틴(Byzantine) 제국과 전쟁을 할 때도 병든 몸을 이끌고 출병하던 중 병이 깊어 메디나로 돌아와서 이듬해 631년 사망하였다. 한편 그가 죽자 아들 압둘라(Adullah)는 마호메트에게 그의 겉옷을 벗어달라고 요청하여 그의 시신을 덮었다. 용서와 화해의 행동이었다. 동시에 이것은 더 이상 마호메트 주위에는 라이벌이 없다는 상징이 되었다. 그가 죽은 후 1,000명의 불신자들이 무슬림으로 돌아섰다고 전한다.